ENTRELAÇADAS

KANAE MINATO

ENTRELAÇADAS

TRÊS **MULHERES**
UMA **MORTE** MISTERIOSA
UM **SEGREDO** EM COMUM

TRADUÇÃO: Jefferson José Teixeira

HANA NO KUSARI by MINATO Kanae
Copyright © 2021 MINATO Kanae
All rights reserved.
Original Japanese edition published by Bungeishunju Ltd., Japan in 2011.

Portuguese translation rights for Brazil reserved by Autentica Editora Ltda.
under the license granted by MINATO Kanae, Japan, arranged with Bungeishunju Ltd., Japan through Japan UNI Agency, Inc., Tokyo and Patricia Natalia Seibel.

Todos os direitos reservados pela Editora Gutenberg. Nenhuma parte desta publicação poderá ser reproduzida, seja por meios mecânicos, eletrônicos, seja via cópia xerográfica, sem a autorização prévia da Editora.

EDITORA RESPONSÁVEL
Flavia Lago

REVISÃO
Bia Nunes de Sousa

CAPA
Diogo Droschi
(sobre imagens de Olga Ekaterincheva, Dmytro Buianskyi e Doodko/Shutterstock)

DIAGRAMAÇÃO
Larissa Carvalho Mazzoni

Dados Internacionais de Catalogação na Publicação (CIP)
(Câmara Brasileira do Livro, SP, Brasil)

Minato, Kanae
  Entrelaçadas / Kanae Minato ; tradução Jefferson José Teixeira. -- São Paulo : Gutenberg, 2021.

  Título original: Hana no Kusari
  ISBN 978-65-86553-25-3

  1. Ficção policial e de mistério (Literatura japonesa) I. Título.

21-63696   CDD-813.0872

Índices para catálogo sistemático:
1. Ficção policial e de mistério : Literatura japonesa   813.0872
Maria Alice Ferreira - Bibliotecária - CRB-8/7964

A **GUTENBERG** É UMA EDITORA DO **GRUPO AUTÊNTICA**

São Paulo
Av. Paulista, 2.073 . Conjunto Nacional
Horsa I . Sala 309 . Cerqueira César
01311-940 . São Paulo . SP
Tel.: (55 11) 3034 4468

Belo Horizonte
Rua Carlos Turner, 420
Silveira . 31140-520
Belo Horizonte . MG
Tel.: (55 31) 3465 4500

www.editoragutenberg.com.br
SAC: atendimentoleitor@grupoautentica.com.br

CAPÍTULO
1

Rika

Costumava comprar *kintsubas* na Baikoudo, uma loja tradicional fundada há oitenta anos. Pagava, em média, cem ienes por cada doce. Pedi para colocarem cinco deles em uma pequena caixa que levaria em uma sacola branca com filigranas de ameixas.

– Não tenho visto sua avó ultimamente. Como ela está? – a vendedora me perguntou enquanto amarrava o pacote com uma fita dourada.

Contei a ela que devido a um problema no estômago minha avó estava internada desde a semana anterior no Hospital da Universidade de Medicina H. Os doces eram um presente para ela. Mas tinha dúvidas se ela poderia comê-los.

– Nossa. Isso é grave. Preciso contar ao dono da Baikoudo. Sua avó é uma ótima cliente.

Minha avó sempre comprava *kintsubas* dessa confeitaria quando recebia uma visita ou visitava alguém.

Quando pequena, sempre que eu a acompanhava, em separado à caixa onde colocara os doces, a vendedora envolvia apenas um deles em um papel de seda cor-de-rosa e o enfiava em meu bolso dizendo *Este aqui é para você, Rika*. Somente mais tarde percebi como era delicioso aquele doce japonês com recheio de feijão-azuqui em formato de um quadrado, envolvido apenas por uma fina camada de massa frita.

Costumava dar apenas uma mordiscada no *kintsuba* ofertado pela vendedora e jogava o resto na lata de lixo. Uma vez o esqueci no bolso e levei uma bronca de minha mãe ao colocar o casaco na máquina de lavar.

Devia ser uma menina insuportável.

Quando a vendedora me perguntou meio constrangida qual era a doença de minha avó, respondi que aparentemente surgira um cisto no intestino, mas felizmente era benigno. E foi exatamente o mesmo que informei à minha avó.

– Dê minhas lembranças a ela, por favor.

A vendedora envolveu um *kintsuba* em papel de seda cor-de-rosa e o colocou junto da caixa, dentro da sacola em papel branco com filigranas de ameixas. Um aroma pungente penetrou até o fundo de minhas narinas. Agradeci com um tom de voz acima do usual e saí com pressa da loja.

A Baikoudo localizava-se na parte central da galeria Acácia. Embora estivesse situada em uma cidadezinha periférica, havia um movimento razoável, principalmente à tarde, por servir de acesso entre uma área residencial e a estação. Mas era apenas um lugar de passagem. Há cinco anos, desde a construção de um shopping ao lado da linha de trem, mesmo não sendo às quintas-feiras, dia de folga semanal, cada vez que passava pela galeria via aumentar o número de lojas que permaneciam de portas fechadas.

Três folhas que formavam um grande pôster estavam coladas lado a lado na porta de aço fechada de uma loja de ferragens. A ilustração de um coala em patins, com os dizeres dentro de um balão *Quer falar como um nativo?*, referia-se à escola de inglês JAVA.

Vamos cantar juntos A, B, C.
Apple, Bread, Carrot.
Rapidinho você também ficará fluente em inglês.
JAVA, JAVA, a divertida JAVA.

O *jingle* de um comercial na voz fofa de um personagem de anime começou a invadir minha mente. Aos poucos se juntaram a ele vozes semelhantes às de um coral de donas de casa. Tudo isso porque o grande relógio no centro da galeria começou a tocar uma melodia que informava a hora do lanche.

Três da tarde de um dia útil era sempre um horário terrível... Acabei relembrando algo parecido com o diálogo inicial do antigo filme americano *Papai Pernilongo*. Seria pelo fato de nos últimos dias K. não me sair da cabeça?

Os dias em que eu ensinava na JAVA.

As crianças eram uns amores. Havia alguns pirralhos desobedientes e irritantes, mas sabemos relevar algumas falas e ações das crianças. As mães eram as que estavam longe de ser boazinhas.

A partir do ensino fundamental, os pais passaram a ser proibidos de permanecer na sala de aula durante a aula, porém, nas turmas de crianças menores, o acesso era livre. Claro que apenas como observadores, mas, diariamente, nas aulas de quarenta minutos a partir das 15 horas, o acesso era limitado a no máximo oito deles por turma.

Em abril, no início das aulas, as mães se sentavam em cadeiras enfileiradas no fundo da sala e observavam em silêncio os filhos. As crianças começavam cantando a música-tema com suas vozes singelas. As mães deviam pensar *Ah, a voz do meu filho é muito baixa, será que devo dar uma forcinha?* Todo ano, no início do verão, todas elas cantavam entusiasmadas como se competissem entre si. Sem perceber que as crianças permaneciam caladas e desmotivadas.

Ao aplicar um teste, elas se inclinavam para a frente e sopravam a resposta para os filhos. Quando surgia a pronúncia do "r", elas enrolavam a língua mais do que necessário. Ao chegar ao final da aula, me crivavam de perguntas, empunhando suas cadernetas de anotações.

Não acha que a linda pronúncia de nossa Arumizinha se destaca em comparação à das outras crianças? Será que devemos mandá-la para um intercâmbio no exterior?

A professora acha que Luquinha conseguirá ingressar na Universidade de Tóquio?

Meu marido diz que a pronúncia do "r" do Marcelinho está estranha. Será que você está ensinando direito, professora?

Que diabo esperavam com apenas uma aula de inglês por semana para crianças? Intercâmbio no exterior? Universidade de Tóquio? Elas próprias falavam mal e porcamente o japonês. A pronúncia estranha dos filhos vinha do que ouviam das mães, uma péssima referência! E por mais que nomes sejam uma questão de gosto pessoal, parem de chamar os próprios filhos pelo diminutivo na frente de outras pessoas. *Mães imbecis, imbecis, imbecis! Vou largar essa droga de trabalho, vocês vão ver só!* Quantas vezes gritei para mim mesma?

Mas, ao pensar nisso tudo, sentia saudades daquela época.

O mesmo pôster estava pregado na porta de aço de um armazém mais adiante. Alguém grafitou nele, com caneta permanente preta, *Ladrões. Devolvam nosso dinheiro!*

Suspirei. Longe de ser um ato digno de elogios, podia entender bem o sentimento de quem escreveu aquilo. Apesar de ser um trabalho bastante estressante, eu devia ser grata de coração por receber um salário todo mês.

Ser grata de coração… Parecia minha avó falando. Porque ao receber uma lembrancinha qualquer ou uma pequena gentileza, ela sempre se alegrava e, apertando os olhos, dizia *Sou grata de coração*.

Parei em frente à floricultura. Na porta de vidro onde se lê "Floricultura Yamamoto" havia uma elegante placa dependurada onde estava escrito *Loja associada à Flower Angel*. Enfileiradas na frente da loja, porém, viam-se somente flores próprias para visitas a cemitérios. Dentre elas havia umas flores de cor lindíssima. E, além disso, baratas. Quinhentos ienes por um ramalhete com bastante volume.

Devia ou não comprá-lo para minha avó?

– Procurando um presente para si mesma? – uma voz atrás de mim perguntou.

Só existia uma pessoa com um jeito tão grosseiro de falar. Ao me virar, Kenta estava atrás de mim. Meu colega de classe até o ensino médio, ele assumiu a floricultura da família.

– Presente para minha avó que está hospitalizada. Achei a cor linda.

– Você até que tem bons olhos para flores. Acabei de recebê-las do fornecedor. É difícil encontrar um azul como esse.

– Azul? Está mais para violeta, não?

– A qual flor você se refere?

– Aos lisiantos.

– Bem que achei estranho. Nunca tivemos a mesma opinião sobre algo. Seja como for, você é minha cliente.

Dizendo isso, Kenta tirou do balde um buquê de lisiantos violeta e outro de gencianas azuis e entrou na loja. Eu ainda não havia dito que compraria. Porém, nada melhor para alegrar minha avó, até porque precisava ter uma conversa difícil com ela.

Entrei na loja e ao abrir minha carteira havia exatamente uma moeda de quinhentos ienes. Dentro da vitrine de vidro estavam expostas rosas e lírios de diversas cores. Quinhentos ienes daria para comprar apenas uma delas.

Quanto afinal deveriam custar os enormes arranjos de flores enviados por K.? Fiz um cálculo mental e, quando já ultrapassava a casa dos trinta mil ienes, Kenta me entregou um buquê de flores. Ele o envolveu em um celofane transparente e em um papel fino amarelo amarrando com um laço azul claro.

– Quanto ficou?

Mais do que o fato de ele ter preparado um lindo arranjo, me preocupei com o preço.

– Quinhentos ienes. Não está uma belezura? Apesar de nem chegar aos pés dos arranjos de flores de K.

Senti-me envergonhada, pois ele pareceu adivinhar meus pensamentos.

– Falando nisso, não consigo ligar para seu celular. Por quê?

– Tenho meus motivos para deixá-lo desligado nos últimos dias. Queria algo?

– Era sobre a reunião de fim de ano com nossos colegas de escola, nada urgente. Mas as coisas estão bem complicadas para você, não é mesmo? Mande lembranças para sua avó.

– Sou grata de coração.

– Ahn?

– Procurei dizer isso como se fosse minha avó.

Entreguei a Kenta a moeda de quinhentos ienes. Ah, sim. Enfiei o pequeno embrulho cor-de-rosa no bolso do seu avental preto.

– Que é isso?

– O lanchinho das três da tarde. Tchau.

Saí para a rua em frente à estação passando pelo arco de entrada da galeria logo à saída da loja. O violeta e o azul das flores estavam deslumbrantes sob os raios de sol.

Tudo vai dar certo. Está tudo bem, repeti comigo mesma a caminho da estação.

Ao entrar no quarto do hospital, minha avó assistia à televisão. O leito dela ficava bem no fundo, ao lado da janela, do quarto com capacidade para quatro pacientes. Apesar de sempre desligar o aparelho tão logo eu chegasse, naquele dia ela apenas disse *Ah, você veio*, por vezes olhando para a tela da TV, deixando entrever que o fato de eu estar ali representava para ela um leve transtorno.

Quando olhei para confirmar se ela assistia a algo assim tão interessante, percebi ser apenas o telejornal. O teor da notícia era a autorização de venda de alguns espaços públicos da região devido às dificuldades financeiras, sendo citados os nomes de dois museus.

– Só se fala dessa crise econômica, não?

A senhora idosa deitada no leito ao lado, que assistia ao mesmo programa, sussurrou. Senti uma desagradável premonição. Talvez minha avó tivesse descoberto sobre a escola. Foragido, o presidente fora finalmente encontrado ontem, e havia grande possibilidade de isso ter passado antes daquela notícia. Ou então no telejornal da noite anterior, e ela devia estar esperando por alguma nova informação.

– Vó, vou comprar um cartão de créditos para você assistir televisão, ok?

Não tive coragem de ver junto com ela as notícias e saí do quarto sem esperar sua resposta. Comprei um cartão de mil ienes na máquina de venda automática ao lado do posto de enfermagem. Doeu ver as notas saindo da carteira. Naquele dia, tinha ido consultar minha avó a respeito de dinheiro. Se soubesse da falência da escola, ela própria teria tocado no assunto.

Quando voltei para o quarto preparada para o pior, minha avó havia desligado a TV. Pegou o buquê de flores que eu deixara ao lado do leito antes de sair e o contemplava toda feliz.

– Linda cor, não?

– Realmente um azul lindo.

Embora admitindo, meio desapontada, que Kenta acertara na mosca, dessa vez saí do quarto levando o buquê e o vaso. Procurando não estragar o formato do arranjo, eu o pus ao lado da janela, e minha avó, contente, novamente apertou os olhos.

Aplaudiu com entusiasmo quando retirei a caixa de *kintsuba* de dentro da sacola de papel e lhe entreguei. *Nossa, quanto luxo hoje.* Ela não aparentava ter nem de longe o ar de uma pessoa preocupada com minha situação financeira. O tédio da vida no hospital devia ser a única razão por estar tão concentrada no telejornal.

Fosse como fosse, era preciso dizer a ela.

Apesar de adorar *kintsubas*, minha avó sequer tocou neles e me pediu para distribuí-los entre os outros pacientes do quarto e seus acompanhantes. Como eu pressentira, ela não conseguia comê-los. Apesar do seu rosto sereno, sentia muitas dores. Precisava agir para que ela fosse operada o quanto antes. Para isso, necessitava de dinheiro.

A senhora do leito ao lado saiu do quarto junto com seu acompanhante. A hora era aquela, precisava falar.

Vamos, Rika, diga *Deixe-me usar o dinheiro de sua poupança para pagar os custos da cirurgia.*

– Tenho um pedido para lhe fazer, Rika – minha avó declarou em voz baixa.

– O que? Está faltando algo?

– Você não poderia participar de uma licitação?

– Licitação?

– Aquele negócio que define qual empresa vai realizar um serviço público? Quero comprar uma coisa por um sistema parecido.

– Ah, um leilão? Quanto custa?

Fiquei mais preocupada com o valor do que com o objeto a ser comprado por ela.

— Não sei ao certo, mas vou deixar com você minha caderneta bancária. Talvez não seja suficiente, mas você poderia se esforçar na medida do possível?

— E vai investir todo o seu patrimônio nisso?

Minha avó assentiu calada. Senti um branco dentro da cabeça.

— Sinto muito. Poupei pensando nas despesas do seu casamento.

— Tanto faz meu casamento. Não faço ideia de quando será e só tenho 27 anos. Mas o que deseja comprar a ponto de chegar a esse extremo? Recobrar sua saúde não deveria ser prioridade? Não está sendo vítima de algum golpe?

— Não importa que seja um golpe. Eu desejo muito. É difícil explicar isso em palavras, por isso vou escrever tudo bem direitinho. E sei bem o que está acontecendo comigo.

— Não fale assim. O que será de mim se a senhora morrer? Na cerimônia de meu casamento, quem vai se sentar no assento reservado à família?

— Mais um bom motivo para você se casar logo.

Minha avó abriu um sorriso preocupado. Depois, estendeu os braços lentamente e segurou minha mão entre as dela.

— Rika, eu imploro. Faça isso por mim.

Uma lágrima caiu sobre sua mão trêmula e sem força. Não tinha como recusar. Afinal, era a primeira vez que presenciava minha avó chorar. Mesmo quando minha mãe morrera, ela não verteu uma só lágrima diante de mim. Seja qual for o objeto que ela pretende obter, quero realizar o desejo dela.

— Entendi, pode deixar comigo. Ainda que tenha de completar o valor com a minha poupança, vou comprar aquilo que a senhora deseja.

Apertei com força as mãos dela. As mãos tépidas de minha adorada avó. Para realizar seu desejo sem perder o toque daquelas mãos, não havia outro jeito a não ser recorrer a K.

Antes de voltar para casa comprei um jogo de papel de carta e envelope numa lojinha da estação. Fiquei perdida diante da enorme variedade de estampas e cores e me questionei se havia tantas pessoas escrevendo cartas assim. Optei então por um papel simples azul claro com linhas brancas.

Não havia outro jeito por eu não ter uma imagem formada de K., o destinatário da carta. E falando nisso...

Papai Pernilongo.

Quando meus pais morreram em um acidente três anos atrás, alguém se dizendo secretário de K. me visitou e me ofereceu ajuda financeira. Mas recusei. Na época, eu tinha 24 anos. Havia me formado na universidade e estava empregada. Minha renda me permitia viver sozinha uma vida comum, sem luxos. Por isso, não precisei do *Papai Pernilongo*.

Além disso, seria um transtorno receber ajuda de um desconhecido e depois ser obrigada a dar algo absurdo em troca. O autointitulado secretário não respondeu a nenhuma de minhas perguntas. Apenas queria saber se eu aceitaria ou não a ajuda. Ignorava a identidade de K. e o motivo de ter me oferecido auxílio. Talvez fosse um novo tipo de golpe.

Além disso, não estava sozinha. Vivia com minha avó na casa deixada por meus pais.

Apesar de ser adulta, foi grande a minha tristeza por ter perdido meus pais de uma só vez. Justo eles, que nunca haviam adoecido, certo dia acabaram morrendo de repente. Sempre que tinham tempo livre para sair, eles me deixavam aos cuidados de minha avó. Estava acostumada a ficar sozinha em casa. Porém, entre *Em algum momento eles voltarão* e *Eles nunca mais voltarão* existe um fosso enorme e profundo. De fato, inexiste uma ponte aí. Chorar era tudo o que me restava.

Graças a minha avó consegui superar. Minha avó, uma pessoa doce e uma excelente cozinheira.

Se não se casar logo, será imperdoável para com os seus pais. Bastava me animar para ela me falar isso em qualquer oportunidade que tinha, mas se o casamento era um incômodo e se eu permanecia em casa, provavelmente se devia ao fato de a vida com minha avó ser cômoda.

Podia dizer algo tão descontraído enquanto havia espaço para isso em meu coração. Agora precisava fazer algo a respeito do dinheiro. Por isso...

Papai Pernilongo, me socorra.

Peguei uma caneta azul-escuro.

Prezado Sr. K,

Perdoe-me por esta carta tão repentina.

Três anos atrás, quando meus pais faleceram, o senhor, por intermédio de seu secretário, me ofereceu ajuda financeira. Porém, declinei de sua cortesia. A razão é que eu tinha uma renda definida conforme informei na época.

Todavia, a situação mudou. Eu trabalhava como professora na rede de ensino de inglês JAVA, mas a escola foi processada por problemas financeiros que enfrentava havia um ano, criando-se uma atmosfera inquietante que acabou conduzindo à sua falência administrativa duas semanas atrás.

Embora fosse funcionária, não me foi reportado o que ocorria. Certa noite, recebi o telefonema de um gerente da matriz que apenas informou que a partir do dia seguinte eu não precisava mais ir à escola. Por mais que eu ligasse de volta para tentar saber exatamente do que se tratava, o telefone dava sempre ocupado; quando por fim chamou, já passada a meia-noite, caiu na caixa postal; e, ao ligar às oito da manhã, uma mensagem informava que o número fora desativado.

Ao me dirigir até o prédio da estação na cidade ao lado, onde a escola de inglês se situava, cerca de trinta pessoas se concentravam em frente à porta de entrada. Eram alunos e mães das crianças pequenas para quem eu dava aulas. Fui cercada por essas pessoas.

Queriam saber o porquê da falência administrativa, como ficaria a escola, e o que iria acontecer com o valor de um ano de aulas pago adiantado.

Sinto vergonha em dizer, mas fui correndo até lá sem ver as notícias pela manhã. Se tivesse visto, creio que jamais teria ido. A porta de entrada, que sempre abria às nove horas, estava rigorosamente trancada com cadeado, apesar de passar das dez. Todos estávamos no mesmo barco, mas, na visão dos alunos, eu era uma representante da empresa e, por isso, era natural que me culpassem.

Mesmo afirmando que também não sabia ao certo e não conseguia contatar a matriz por telefone, ninguém acreditava em mim. Menti ao prometer que iria confirmar diretamente com os responsáveis e saí apressada. A matriz fica em Tóquio, de trem-bala leva mais de uma hora. Cheguei a pensar em ir até lá. A notícia de que o prédio da matriz estava completamente deserto e o presidente se eclipsara foi ao ar na noite desse mesmo dia.

Meu celular não parava de tocar. Todas as ligações eram de alunos e pais das crianças. Mesmo atendendo eu não tinha condição de responder nada e, por isso, fingia que não estava ouvindo direito. Como tocava dia e noite, resolvi desligá-lo.

O contato com a escola era realizado principalmente pelo telefone fixo de casa e eu continuava a esperar, preparada para obter qualquer explicação; no entanto, o telefone não tocava.

No dia do pagamento, nem mesmo o salário do mês anterior foi depositado, que dirá alguma verba rescisória.

Nessa ocasião, minha avó se queixava de dores estomacais e os exames realizados no hospital diagnosticaram câncer. Ela parecia ter aguentado pacientemente sozinha e, apesar das dores que devia sentir havia bastante tempo, não foi ao hospital ou se abriu comigo. O câncer avança com rapidez e é preciso realizar a cirurgia o quanto antes.

Agora, ela está internada no Hospital da Universidade H. Porém, o hospital não é gratuito. Meus pais levavam uma vida despreocupada e praticamente não constituíram uma poupança, minha avó é pensionista, e eu tenho pouco dinheiro guardado. Por estar em uma situação em que não consigo obter minha rescisão, não tenho como dar entrada no pedido de seguro-desemprego.

Não tenho parentes de sangue e só posso depender do senhor. Não lhe peço uma ajuda. Peço-lhe, por favor, um empréstimo. Procurarei o quanto antes uma recolocação e lhe devolverei um pouco a cada mês. Por favor, ajude minha avó antes que seja tarde demais para ela.

Desde já lhe agradeço.

Quanto mais eu relia, mais me dava conta de que era um texto despudorado. Seria melhor evitar escrever diretamente o pedido de empréstimo? Mas não escrevi para pedir flores ou doces para uma visita a ela no hospital. Depois de ele ter enviado aqueles objetos, não poderia deixar de escrever que não era bem aquilo que eu precisava, mas, sim, de dinheiro.

Enviei assim mesmo.

Dobrei o papel de carta, coloquei no envelope endereçado a *Sr. K.* e o fechei cuidadosamente com cola. Agora, como fazer para que a carta chegue às mãos de K.?

Miyuki

—Que inveja – Kayo balbuciava a cada página virada do álbum.
Eu e Kayo éramos amigas de infância. Estudamos juntas até o ensino médio. Depois de formadas, ela começou a trabalhar numa empresa local, e eu numa empresa de outra cidade. Kayo me visitava quando aparecia por aqui em viagem a trabalho, mas há cinco anos não nos víamos. Enquanto mostrava a ela o álbum de meu casamento, de três anos atrás, lhe contava como eu e meu marido nos conhecemos. Kayo ainda é solteira.
– Foi um casamento arranjado, não?
– Sim, mas não exatamente.
Fui contratada como funcionária administrativa da firma de construção na qual meu tio materno era diretor. Kazuya trabalhava na área de vendas dessa empresa. Ele era seis anos mais velho do que eu, e, embora não fosse tão articulado quanto outros rapazes encarregados de vendas, era atencioso e simpático. Quando fiquei desesperada por ter perdido um papel com as anotações da conversa que tive com um cliente, ele me perguntou o que tinha acontecido. Expliquei a situação e ele me ajudou a procurar. No final, dizendo ter uma relação de proximidade com o encarregado do cliente, ligou para ele e perguntou novamente sobre o caso.

Desde então, sem perceber, meus olhos o acompanhavam. Ele deve ter percebido meus olhares insistentes. Várias vezes, nossos olhares se encontravam, mas, envergonhada, desviava o rosto baixando a cabeça às pressas.

– Se os seus olhares se encontravam devia ser porque Kazuya também olhava para você, Miyuki, não acha?

Não havia pensado dessa forma até Kayo ter comentado. Senti meu rosto enrubescer.

–Você não tem jeito mesmo, sempre brincando comigo. O chá esfriou, vou preparar outro.

– Obrigada. Este *kintsuba* é uma delícia. Vende aqui por perto?

– Isso. Na Baikoudo, uma loja de doces japoneses na galeria Acácia, em frente à estação. Mudamos para cá faz pouco tempo e ainda não conheço muitas lojas do bairro. Kazuya me deu a dica dessa confeitaria quando comentei que uma amiga de infância viria me visitar.

– Obrigada pelos doces. Então, você pediu ao seu tio para lhe apresentar o adorável Kazuya?

– De jeito nenhum. Não conseguiria fazer algo parecido. Ao contrário de você, desinibida, mesmo as apresentações de trabalhos da escola sempre foram difíceis para mim. Além disso, apesar de ser meu tio, não éramos tão íntimos a esse ponto. Ele é o primogênito e é bem mais velho do que minha mãe, a caçula, por isso o que ele fala não se contesta. Não conseguiria pedir nada a ele. Quando o ouvi comentar sobre o encontro arranjado, minha surpresa foi enorme.

Morava na casa de meu tio desde que comecei a trabalhar. Ele era muito severo na empresa e em casa. Minha tia era mais descontraída e sempre foi muito carinhosa comigo. Por ter só um filho homem, ela me tratava como uma filha. Meu primo Yosuke cursava uma pós-graduação em Tóquio, mas certo dia, do nada, enviou uma carta anunciando que decidira se casar com uma moça que conhecera por lá. Meu tio se enfureceu, ficou fora de si, e aparentemente acabou sobrando para o pessoal da empresa.

É bem o jeito do Yosuke, minha tia comentou sorrindo, resignada. O choque que meus tios levaram do filho acabou tendo repercussões sobre mim, até então fora do centro das atenções.

— Você não poderia arranjar um casamento para Miyuki?

Durante o jantar, certa noite, minha tia levantou esse assunto. Meu tio começou a falar bem-humorado, afirmando ter, na realidade, um rapaz em vista para mim. Protestei levemente que ainda era muito cedo para aquilo, mas tentaram me convencer com o argumento sem pé nem cabeça que quanto mais cedo melhor, uma vez que eu já era adulta e trabalhava. Meu tio acabou arranjando um encontro para a semana seguinte em seu restaurante predileto.

Aquela semana foi excruciante para mim. A ponto de minhas lágrimas rolarem ao ver Kazuya de relance na empresa.

— Mas foi Kazuya que apareceu no dia do encontro, não foi?

— Por que não me deixa contar o final?

— Não consigo esperar o final de uma história mais parecida com um conto de fadas. Então, você se casou com o homem pelo qual estava apaixonada e viveram felizes para sempre. Foi isso?

— Também não foi bem assim.

Quando Kazuya surgiu diante de mim, senti como se estivesse sonhando. Teria minha tia lido meu diário às escondidas? Meu tio teria percebido como eu olhava encantada para Kazuya na empresa? Essas suspeitas brotavam dentro de mim.

Porém, algum tempo depois entendi que Kazuya era um subordinado direto de meu tio e fora colega de universidade de Yosuke. Havia muito meu tio reconhecia sua capacidade e, ao me contratar, já tinha o intuito de me fazer casar com ele. Meu encontro com Kazuya fora decidido desde o início, independentemente se eu estava apaixonada por ele ou não, e se Yosuke se casaria com ou sem permissão.

Confesso que sinto certa tristeza quando penso que a atenção que recebia de Kazuya era por saber que as coisas caminhariam algum dia para essa direção. Se eu não fosse parente de meu tio, mas apenas uma funcionária comum admitida pela empresa, provavelmente ele não teria me ajudado a procurar o papel com anotações ou ligado para o cliente.

— Você está sendo muito exigente consigo mesma. Não acha que deve agradecer ao seu tio e se sentir feliz? Miyuki, você não muda. Sempre se preocupando demais com detalhes. O importante é o resultado final, não acha?

– Concordo que é uma preocupação sem muito cabimento. Mas será que Kazuya realmente desejava se casar comigo? Talvez não tenha podido recusar por eu ser a sobrinha do chefe.

– Basta perguntar a ele.

– Não é o tipo de coisa que possa perguntar. Além disso, depois do nosso encontro no restaurante, ele me disse em surdina na empresa: *Se você não se sentir à vontade, eu mesmo recuso.*

– E o que você disse a ele?

– Disse a ele que isso sim me deixaria incomodada...

– Kazuya deve ter ficado contente.

Ignoro se ele ficou ou não contente, mas, me vendo séria e falando alto, ele desatou a rir. O rosto risonho e simpático dele me tranquilizou e acabei chorando.

– Você não notou? Miyuki, a gente logo percebe o que você sente pelo seu semblante e suas atitudes, sem precisar falar nada. Você certamente se viu apaixonada por Kazuya, e não duvido que desde o surgimento da conversa sobre o encontro arranjado você tenha até cogitado se suicidar. Kazuya também sabia que você era a pretendente, correto? No momento em que decidiram a data do encontro, ele, por sua vez, ficou apreensivo e se enganou achando que você o detestaria. Mesmo se encontrando, se você estivesse no dia com uma expressão obcecada no rosto, qualquer um se ofereceria a recusar.

– Então ele disse aquilo porque teve consideração por mim?

– Claro! Não é coisa que se costume dizer. Ele é um homem doce, nem um pouco machista. Vamos, continue me mostrando as fotos. A lua de mel foi em Shinshu? Por quê?

– Kazuya gosta de passeios pelas montanhas.

– Você já tinha feito *hiking*? Com essas suas pernas brancas e finas?

– Nada a sério, mas já tinha caminhado em trilhas pela região montanhosa de Kamikochi.

Kazuya andava um pouco, parava e me ensinava delicadamente o nome das plantas alpinas e das montanhas elevando-se ao nosso redor. Naquela época achei que ele gostasse profundamente de montanhas, mas as paradas talvez fossem somente porque ele estivesse preocupado com meu cansaço.

Mesmo assim, no meio do caminho minha respiração ficou ofegante e talvez por culpa de meus tênis novos apareceram até bolhas nos meus pés. Kazuya apanhou minha mochila, a colocou na frente do corpo e ajoelhou-se, oferecendo-se para me carregar nas costas até o hotel. Sem jeito e envergonhada, declinei alegando que seria muito peso para ele. Porém, ele não cansava de repetir que não havia problema e me pôs nas costas com facilidade e começou a andar.

Seu dorso era mais largo e musculoso do que eu imaginara. Uma sensação de segurança se espalhou por todo o meu corpo. Bastaria acompanhá-lo e não sentiria mais medo em relação ao futuro.

– Entendi. Obrigada de novo pelos doces. O seu peso, Miyuki, é fichinha para Kazuya. Mesmo assim, foi tão lindo você admitir a ele que era muito pesada que dá vontade de apertar sua bochecha de tão fofa.

– Como você pode ser tão debochada, Kayo? Antigamente minhas pernas talvez fossem cambitos, mas mesmo assim trabalhei por dois anos em uma construtora. Como auxiliar administrativa também carregava materiais pesados e por isso ganhei força física.

Sentindo-me poderosa, contraí levemente o bíceps e o mostrei a Kaiyo que deu um peteleco no meu braço e riu.

– Hum, isso mostra que você poderá dar à luz um bebê saudável.

Ri de volta sem dizer uma palavra. Kayo fechou o álbum, pegou um *kintsuba* e após mordê-lo começou a contar sobre sua situação atual.

Solidária comigo, que mesmo depois de três anos não conseguia engravidar, ela me incentivou sem cerimônias.

Invejava Kayo por ela poder se encontrar com frequência com os pais, irmãos e colegas dos tempos de escola, mas ela não se cansava de repetir que *Feliz é você, Miyuki* a ponto de me sentir culpada achando que minha conversa, totalmente natural para mim, pudesse ter soado aos ouvidos dela como arrogante.

Eu provavelmente me acostumara com a felicidade.

A tarde ao lado de minha amiga de infância passou voando. Foi possível condensar cinco anos em algumas horas muito significativas. Caminhamos juntas em direção à estação, prometendo não apenas trocar cartões de Ano-Novo, mas de vez em quando colocar a conversa em dia.

Como Kayo desejava comprar um presente na Baikoudo para levar, decidimos passar pela galeria Acácia. Mandei embrulharem também quatro *kintsubas* e pedi a Kayo que os entregasse à minha mãe que morava perto da casa dela.

– Obrigado por ter vindo de tão longe.

O atendente deu um *kintsuba* que acabara de sair do forno a mim e a Kayo.

– Estão fritando croquetes.

Ao parar em frente ao açougue, Kayo comprou dois croquetes e me deu um deles. Várias vezes havia comprado carne, mas nunca cheguei no horário certo e aquele foi o meu primeiro croquete.

Caminhamos pela galeria comendo nossos croquetes. Desde os tempos da escola não fazíamos algo do gênero. Minha tia franziria o rosto incisivamente se nos visse agora, mas eu ainda não conhecia praticamente ninguém naquela cidade.

– Tem bastante carne, está realmente delicioso.

A crosta estava crocante. Por dentro a carne agridoce e a batata bem amassada se misturavam bem umedecidas. Ao morder um pedaço, o caldo de carne se espalhou dentro da boca.

– É a primeira vez que saboreio um croquete tão gostoso.

Kayo também demonstrava estar satisfeita. Aparentemente estava relutante até mesmo em jogar no lixo o papel de embrulho oleoso.

– Que inveja de você, Miyuki. Pode comer sempre que desejar.

– Mas é a primeira vez que experimento o croquete daquele açougue.

– É mesmo? Que desperdício. Que tal comprar e levar para Kazuya?

Apesar de o cardápio do jantar daquela noite estar definido e os ingredientes comprados, pensei em levar mesmo assim.

Na vitrine da loja de bicicletas estava em exposição uma bicicleta branca com cestinha.

— Kayo, estou pensando em comprar uma bicicleta.

— Mas você sabe andar?

Kayo se espantou. Eu não sabia andar de bicicleta até entrar para a escola. Aproveitei ter ingressado no ensino médio para pedir que me comprassem uma e treinei em um terreno descampado, mas, por não ser do tipo atlético, levei um baita tombo e acabei me ferindo no rosto. Vendo isso, minha mãe me proibiu de andar até me casar e acabou presenteando à filha de um parente a bicicleta recém-comprada.

Desde então, não toquei mais em uma bicicleta, mas isso não fez diferença, pois a escola e a casa de meus amigos ficavam a uma curta distância a pé.

Esta cidade onde moro agora é bem interiorana, incomparavelmente mais do que o local onde morava antes ou onde vive a minha família. Não há no momento nenhum impedimento à vida diária, mas é longe para ir a pé ao dentista ou à prefeitura, e uma bicicleta faz falta até porque seria esbanjar muito ter de chamar um táxi.

— Sim, porque Kazuya me deu um treinamento especial.

Quando disse a ele que não sabia andar de bicicleta, Kazuya pegou uma emprestada com um colega de trabalho e a trouxe para casa no fim de semana. Como adulta, sentia enorme vergonha por treinar em um terreno descampado das redondezas onde as crianças costumam brincar, mas Kazuya não parecia ligar nem um pouco para isso e me incentivava dizendo *Vamos lá!*

— Até eu sentir que está tudo bem, não largarei de jeito nenhum, pode ficar despreocupada.

Ouvindo-o dizer isso, eu pedalava em frente confiante, quando reparei a figura de Kazuya parado a um canto do meu campo de visão. Ao vê-lo, acabei levando um tombo, mas não senti nenhuma dor, apenas bati levemente o cotovelo.

— Quem diria. Você conseguiu bem rápido. Estou decepcionado por não poder lhe ensinar mais como eu esperava.

Dizendo isso, Kazuya se desviou de alguém de bicicleta para se ajoelhar diante de mim e acariciar minha cabeça. Aparentemente pouco depois de eu subir na bicicleta ele soltou as mãos dela. Acabei caindo na gargalhada por acreditar que ele estava o tempo todo segurando a bicicleta.

– Você está só se gabando de Kazuya.

Enquanto conversávamos sobre bicicletas, atravessamos a galeria e chegamos à estação.

– Na próxima será a sua vez de contar vantagem.

E assim nos separamos.

Ao me despedir dela na catraca da estação, mantive o sorriso, mas, ao me ver completamente só, senti uma repentina tristeza me invadir.

A própria galeria Acácia, muito divertida ao passar por ela junto com Kayo, se tornou de súbito um lugar enfadonho para mim. Talvez também pelo fato de o Sol estar começando a se por, ela parecia obscura e triste.

Mas, de súbito uma cor azul brilhante saltou para dentro de meus olhos. Era a floricultura na entrada para o lado da estação da galeria. Muitos baldes repletos de flores se enfileiravam na frente da loja e as gencianas azuis me chamaram a atenção.

A mesma flor decorava o quarto do hotel em que passamos nossa lua de mel. De flores azuis eu só conhecia as comelinas que florescem à beira das estradas. Lembro meus olhos terem se fascinado com seu azul profundo.

Vou aproveitar e comprar para levar.

Ao voltar para casa, ainda haveria os resquícios da visita de Kayo. Enquanto arrumasse a xícara de chá para visitas, o prato do doce de sobremesa e o álbum, eu me sentiria abatida, mas as flores decorando a mesa limpa serviriam para me animar.

Quando pensei em chamar o rapaz dentro da loja, um aroma inebriante assomou minhas narinas. Eram os croquetes que comi com Kayo. Percebi que seria uma extravagância comprar flores além dos croquetes não sendo um dia especial nem nada.

Eu nem pensaria nisso quando Kazuya trabalhava na outra empresa, mas, agora, era preciso pensar antes de gastar com extravagâncias.

Admirei mais uma vez as gencianas e me dirigi ao açougue.

Decidi pelos croquetes para acompanhamento no jantar, bastando cortar o repolho e preparar o arroz e o *misoshiru*. Hoje Kazuya avisou que faria uma viagem a trabalho, mas parece que retornaria no horário de sempre, logo deveria estar em casa por volta das sete. Como ainda tinha quase meia hora, decidi tricotar.

—Você deve gostar muito de tricô para fazer mesmo durante o verão — Kazuya me disse misturado a um sorriso irônico, mas não consigo tricotar rápido como uma profissional. Se começar um suéter depois que o tempo esfriar, quando tiver terminado já será primavera. Na semana anterior tinha concluído a parte de trás e, como estava começando a da frente, quando terminasse certamente o clima já estaria um pouco mais fresco.

Kazuya me contou que nas redondezas havia um vale com lindas folhas de bordo coloridas e estava ansiosa para vê-lo vestir este suéter quando saíssemos para admirá-las.

—Vamos sair para um encontro romântico neste fim de semana.

Ele sempre falava desse jeito quando me levava para passear.

Sempre achei que as mulheres logo engravidassem depois do casamento. Por isso, eu e Kazuya vivíamos expressando nossos desejos como, por exemplo, queríamos de início uma menina e dois anos depois um menino, ou que tanto eu quanto ele, que viemos ao mundo durante o inverno, preferíamos que nossos filhos nascessem no verão.

Logo após o casamento, quando tricotei um par de sapatinhos, não só Kazuya como minha tia afirmaram ser demasiado cedo para pensar em ficar grávida, mas acreditava que seriam com certeza usados em um futuro não muito distante.

Porém, um ano se passou, dois anos se passaram e nada de engravidar. Tentei comer tudo o que me recomendavam: peixes azulados, ameixas secas, salada de pepino agridoce. Fui até visitar com minha tia um templo que diziam trazer boa sorte para as mulheres que desejavam engravidar. Mesmo assim, eu não deixava de menstruar.

Por recomendação também de minha tia, consultei um médico famoso que diagnosticou não haver nada de anormal em mim. As pessoas ao redor se tranquilizaram ao ouvir isso, mas minha frustração se intensificou ainda mais. Seria o mesmo se me dissessem que não havia tratamento. Somente eu entendia como era desgastante ter de apenas esperar.

O momento mais estressante foi quando, logo depois do retorno de Yosuke no ano passado, Natsumi, sua esposa, anunciou que estava grávida. Meus tios, que nunca viram com bons olhos o casamento deles, no momento em que souberam da gravidez começaram a tratar Natsumi com toda a atenção. Em particular, toda a animação de minha tia...

Nessa época, ela visitava diariamente o apartamento onde eu morava, e só ia embora após discorrer longas horas sobre como dava para deduzir que, pelo formato da barriga ressaltada, seria um menino; e que, quando estava grávida de Yosuke, ela sentia desejo de comer uvas todo dia, e uma vez que Natsumi também desejava comer uvas, certamente se tratava de algo genético; e era certo que ela daria à luz um menino muito parecido com Yosuke.

E, se não bastasse, ao final invariavelmente afirmava o seguinte: *Dizem que a sorte é transmissível. Venha nos visitar, Miyuki. Se passar a mão na barriga de Natsumi certamente logo você engravidará.*

Depois dos vinte anos finalmente descobri o que era a fúria. Porém, desde pequena tinha dificuldades para expressar minhas emoções, e mesmo conseguindo me imaginar revidando e reclamando com minha tia, chorando e gritando, usando todo o meu corpo, quebrando objetos ou agindo de forma a me reconciliar com minhas desilusões, não tive coragem suficiente para colocar nada disso em prática.

Aguentava tudo com seriedade, por vezes até esboçava um sorriso e, depois de minha tia partir e eu ficar só, tudo o que conseguia fazer era permanecer sentada, calada, até me acalmar por completo.

Não devo chorar, não devo chorar. Dessa forma eu continha as lágrimas e, quando menos percebia, começava a chorar de madrugada e não era raro acordar pela manhã com o travesseiro molhado e os olhos avermelhados e intumescidos. Acreditava estar perturbada.

Todavia, creio que todo mundo já deve ter deixado lágrimas escorrerem enquanto dormia. E foi graças a Kazuya que as coisas não passaram disso.

Ele também esperava ansioso pela minha gravidez. Ria quando eu tricotava os sapatinhos, mas na realidade ele próprio declarava já ter pensado em um nome para o bebê. Quando lhe pedia para me contar qual era, ele desconversava alegando que seria vergonhoso que o nome fosse muito diferente da imagem da criança recém-nascida e que decidir o nome seria um divertimento para depois que o bebê nascesse.

Depois disso, preocupado comigo, deixou de conversar sobre filhos, e assim acabei sem saber em qual nome teria pensado.

Apesar de Kazuya estar cansado de trabalhar, quando tinha um dia de descanso invariavelmente me levava para passear. Sempre para o cinema, concertos de música clássica e outros locais em que não houvesse crianças.

Nossa vida a dois era bastante prazerosa e não seria ruim se continuasse assim para sempre. Se enquanto estivéssemos vivendo dessa forma ocorresse naturalmente de a família aumentar, daríamos boas-vindas a essa nova vida quando isso acontecesse.

À medida que eu me incentivava, também comecei a parar de pensar em ter filhos.

Mas isso não significava que tivesse desistido da ideia. Sentia-me insegura quando decidimos mudar para uma cidade sem ninguém de nossa família por perto. Natsumi me contou que muitos casais engravidam justamente quando ocorria uma mudança de ambiente, o que fez com que uma semente de esperança germinasse em meu peito.

A campainha da porta tocou. Era Kazuya.

Fui recebê-lo na entrada. Ele estava de pé com ambas as mãos nas costas.

– Estou de volta.

Dizendo isso, esticou os braços me oferecendo um buquê de gencianas azuis.

– Não é uma cor linda? Chamou minha atenção assim que saí da estação. A loja já estava quase fechando, mas pedi que embrulhassem às pressas.

– Realmente linda.

Mesmo não revelando a ele que eu também havia pensado em comprá-la, ele provavelmente entendeu que vimos aquelas flores com o mesmo sentimento.

Coloquei o buquê de imediato em um vaso sobre a mesa de jantar.

– Ah, croquetes. Também me interessei por eles.

Enquanto servia um copo de cerveja gelada, confidenciei a ele que pouco antes havia provado um croquete junto de Kayo. Kazuya devorou os três croquetes que estavam no prato, repetindo que estavam deliciosos. Mesmo levando em conta o fato dos croquetes serem deliciosos, parecia haver algo a mais que o deixava feliz.

Também pela primeira vez ele me trouxe flores sem ser em uma data comemorativa.

– Aconteceu algo de bom hoje? – perguntei enquanto lhe servia mais uma porção de arroz. Kazuya abaixou o copo, olhou para as gencianas e depois voltou o rosto em minha direção.

– Consegui definir uma meta para mim. É uma meta tão grandiosa que poderia apostar nela tudo o que tenho.

Desconhecia detalhes sobre o trabalho dele, mas vendo sua expressão viril repleta de determinação, uma grande força também transbordou dentro de mim.

Satsuki

O tema era genciana. Nas turmas dos mais novos houve quem reclamasse chamando de *coisa de velha*, mas na turma dos adultos o tema foi bem recebido. Com os girassóis na semana anterior fora o contrário.

Pedi para a floricultura Yamamoto, localizada na galeria Acácia, entregar uma flor-tema. Sem especificar, solicitei apenas uma flor da estação que não custasse tão caro. Foi então que percebi que a cada vez eles escolhiam cuidadosamente uma flor que agradasse a crianças, adultos, mulheres e homens.

Não que eu almejasse trilhar o caminho da pintura de quadros. Quando era estudante, fiz um desenho à mão livre de uma planta alpina; por acaso, depois que me formei, ele chamou a atenção de um editor e foi usado na capa de um romance de um escritor famoso. Antes mesmo de perceber, tornei-me ilustradora e cheguei a publicar um livro de coletânea de pinturas.

Desenhava exclusivamente flores. De fato, porque gostava delas, mas também por não conseguir pintar a flor ideal. Não existia uma flor de que eu gostasse especificamente. Mesmo sendo da mesma espécie, todas elas tinham diferenças de cor e expressividade. Pensava que seria um desaforo para com as flores afirmar simplesmente que gostava de rosas ou de tulipas.

Além do mais, a mesma flor provoca sensações diversas dependendo do local de onde é vista. Tremi ao constatar a beleza das dicentras peregrinas na primeira vez que caminhei pelo Monte Yatsuga. O cor-de-rosa próximo a um violeta único dava-lhes realmente um ar de rainha das plantas alpinas, e esse foi o início da minha busca por reproduzir aquele tom.

No entanto, para confirmar a cor, as dicentras peregrinas que vi em um jardim botânico próximo não passavam de florezinhas insignificantes. Se fossem oferecidas em um vaso juntamente com um anel de noivado, sem dúvida se retirariam de imediato por não se saber que diabos estavam fazendo ali.

As flores que ficavam sobre uma longa mesa no salão do Centro Comunitário, fossem quais fossem, era apenas a flor-tema. Era assim que me planejava, mas era mais interessante ver as diferentes reações dos alunos admirando as flores toda vez que entravam na sala de aula do que propriamente ensinar as técnicas de pintura.

Todos à sua maneira faziam sobreposição de cores. Minha orientação não era rígida. O curso de Aquarela Floral patrocinado pelo Centro Comunitário era um espaço onde aficionados por pintura se reuniam, independentemente de pintarem bem ou não. Todas as sextas-feiras havia a turma das crianças, das três às seis da tarde, e a turma de adultos, das seis e meia às nove da noite, e as pessoas se juntavam em qualquer horário para se divertir desenhando.

Fui contratada como professora, mas meu trabalho principal era no escritório. Abria a sala de aulas às duas da tarde e cuidava dos preparativos. Realizava pedidos de materiais e, como eram muitos os alunos que ficavam ansiosos para que todos vissem suas pinturas, também executava atividades comerciais procurando um local onde os quadros pudessem ser expostos.

Nos demais dias, permanecia em casa fazendo trabalhos de ilustração, apesar de não me renderem muito. Quatro vezes por semana trabalhava na Baikoudo, loja de doces japoneses localizada na galeria Acácia.

Distribuía uma flor-tema para cada aluno. Aqueles que acabavam de desenhá-la apresentavam o trabalho, embrulhavam a flor no jornal e a levavam para casa. Aqueles que não conseguiam acabar dentro do horário ou os que saíam antes do término da aula, levavam a flor e apresentavam o desenho na semana seguinte.

Depois que todos partiam, iniciava a arrumação. Na turma dos pequenos, fazia as crianças limparem toda a sujeira. Era exigente com elas, mesmo que me chamassem de *bruxa má*. Os adultos arrumavam tudo direitinho antes de partir.

Naquele dia, restaram três gencianas na sala de aula. O florista colocava como cortesia algumas flores a mais. Minha mãe ficava ansiosa para que eu as levasse para casa e às vezes dizia sarcasticamente *De vez em quando gostaria de ver ramalhetes de flores recebidos de algum namorado*, ou algo do gênero.

Quando completei 25 anos, um desconforto permanecia desde então. Gostaria que minha mãe parasse de se preocupar com o fato de que eu tinha entrado em uma idade na qual, em alusão ao vinte e cinco de dezembro, as moças eram vistas como bolos decorados que perdem seu valor após o Natal. Afinal de contas, não se pode forçar o destino.

Terminada a arrumação, tranquei a sala de aula e, ao levar a chave até a recepção, o diretor já tinha ido embora. Akio, o assistente, lia uma revista com ar entediado. Toda vez que o via ele parecia ocioso. Haveria tão pouco trabalho para fazer no Centro Comunitário?

Ao lhe avisar que terminara, ele veio até o balcão continuando a segurar a revista em uma das mãos. Na capa da revista estava escrito *O alpinista*.

Será que ele também fazia *hiking*? As mangas da camisa social amassada estavam enroladas para cima e podiam-se ver seus músculos bem bronzeados. Por algum motivo me fascinei com as veias estufadas de suas mãos, mas os cabelos desgrenhados não me atraíam.

– As bolsas...

Ao ouvi-lo me virei, mas ele apenas coçou a cabeça e disse:

– Ah, deixa quieto.

– O que houve? – perguntei, cismada.

– É que as bolsas parecem pesadas e pensei em carregá-las para você até o estacionamento, mas você parece feliz e as carrega com tanto equilíbrio que, ao contrário, acabei achando que poderia ser um transtorno.

– Não se preocupe. Estou acostumada.

Saí do Centro Comunitário carregando duas bolsas com materiais de desenho, cada qual pendendo em um ombro. O armazém do Centro tinha espaço restrito e ficava abarrotado só com os desenhos dos alunos, por isso levava e trazia o material em um carro pequeno e velho a cada aula.

Mesmo assim, se eu fosse uma mulher frágil a ponto de não conseguir carregar as bolsas, teria escapado ao destino de me tornar um bolo decorado de Natal sem valor porque ninguém mais o quer depois do dia vinte e cinco? Se minha mãe visse furtivamente meu aspecto naquele momento, talvez suspirasse. Ou, mais do que isso, se enfureceria por eu não ter agradecido a Akio. Mas não tive força suficiente para retornar só para isso. Na semana seguinte, se me lembrasse, transmitiria casualmente a ele o meu agradecimento.

Pensei que seriam quatro semanas contínuas de desconforto, mas minha mãe estava de muito bom humor. Quando coloquei as gencianas no vaso e as pus em cima da mesa para decorá-la, esquentou meu prato de batata com carne apesar de sempre me mandar fazê-lo.

– Como está o trabalho?

Ela retirou a louça da mesa depois do jantar e preparou um chá quente. Decidimos comer um por um os *kintsubas* que ganhei por terem sobrado ontem na Baikoudo. Trata-se de um produto novo que mistura a pasta de feijão-azuqui com creme de leite fresco. Nos últimos tempos, o dono da Baikoudo vinha se concentrando na criação de novos sabores. Diziam que estávamos em uma época em que mesmo as confeitarias estavam ficando chiques, mas a opinião dos frequentadores habituais não era das melhores. Minha mãe também os comia franzindo o cenho.

Achei uma delícia. Ao contrário, preferia aqueles.

– Nada muda no trabalho. O de sempre.

– Não entrou algum aluno novo? Um pretendente talvez?

– Xii... de novo... Mãe, você sabe que por aqui só tem gente de idade...

– Ah, tem uma carta para você, Satsuki...

Minha mãe levou ambas as mãos à boca para esconder um sorriso contido. Ela era uma pessoa sofredora, e por vezes sabia ser fofa.

Mas, cartas não eram raras. Convites para exposições ou cartas de pessoas relacionadas ao meu trabalho apareciam diariamente na caixa de correspondência.

– Carta de quem?

– Não sei. É esta aqui.

Ela me entregou um envelope azul-claro. O nome do destinatário está escrito numa caligrafia cuidadosa. Ao virar para ver o remetente...

– De K.?

Apenas isso estava escrito.

– Quem é K.? É tão chique receber uma carta apenas com uma inicial.

Ela parecia acreditar se tratar de uma carta de amor secreta. Por isso estava de tão bom humor. Coitada, mal sabia que não havia ninguém. Se levasse a carta para ler em meu quarto, isso só serviria para aumentar a ansiedade de minha mãe, portanto decidi abrir ali mesmo o envelope.

Rasguei com força pela parte colada enquanto minha mãe, chocada, lamentou por eu não ter usado uma tesoura.

Dispensando as preliminares, peço desculpas por uma carta tão repentina.

Era uma carta curta, uma página de papel de carta apenas.

– Que pena. É de Kimiko.

– Sua amiga da universidade? Se bem me lembro, ela nos visitou uma vez antes de retornar de uma viagem ou algo assim. De olhos arredondados, muito graciosa.

– Isso mesmo. Ótima memória a sua. Que alívio ver que ainda não começou a ficar gagá.

– Que grosseria. Ao contrário de você, Kimiko é simpática e certamente já deve ter se casado.

— Pare de pegar no meu pé!

Apesar de ter começado as provocações, aquela afirmação dela tinha sido dura. Por culpa de quem ela achava que eu tinha desistido de ficar com ele?

Minha mãe assistia a tudo com o semblante espantado, e acabei correndo para meu quarto calada, levando a carta comigo. O quarto era separado por uma fina porta de correr, o que me impedia de falar alto ou chorar. Por sua vez, jamais ouvi tampouco a voz chorosa de minha mãe.

Era desse jeito que nós duas, mãe e filha, vivíamos uma vida plena.

Minha mãe me criou sozinha enquanto trabalhava em um restaurante de uma cidadezinha interiorana. Eu pretendia começar a trabalhar assim que me formasse no ensino médio, mas ela me aconselhou a continuar os estudos porque, segundo ela, mulheres também deviam se educar.

Pensei até em uma universidade de curta duração na região, mas decidi tentar estudar em Tóquio. Tinha planos de voltar para casa e me empregar em uma empresa local. Naquela ocasião, o fato de ter no currículo uma graduação por uma universidade de Tóquio tinha efetivamente um valor maior do que as notas obtidas em uma cidadezinha interiorana. Não havia uma faculdade ou departamento para o qual desejasse ir e decidi tentar ingressar no departamento de inglês de uma universidade onde as filhas da elite da capital se formavam. A combinação *Tóquio* e *Departamento de inglês* é invencível.

Foi uma surpresa eu ter passado com uma atitude tão displicente. Minha mãe se alegrou, mas não se admirou. Ela parecia ver naquilo algo natural por eu ter puxado a meu pai.

Por razões financeiras e pela ansiedade de ir morar em uma metrópole, solicitei uma vaga na moradia estudantil. Isso porque a senhora da Baikoudo sussurrou secretamente ao pé do meu ouvido *Tóquio é um antro de criminosos*. Por sorteio, fui selecionada para um prédio da moradia com um nome lindo, Lírio Branco, com quartos para dois ocupantes. Kimiko era minha colega de quarto.

Abro a carta.

Satsuki,
Dispensando as preliminares, peço desculpas por uma carta tão repentina.
Cinco anos se passaram desde a nossa formatura. Como você está? Sei que receber uma carta minha depois de tanto tempo pode ser desagradável, mas gostaria de marcar um encontro sem falta, pois preciso pedir um conselho.
Me diga, por favor, qual o melhor dia e horário e irei até onde você estiver. Por favor, me contate.
Desde já lhe agradeço.
Kimiko

Ignorava se ela estaria fazendo cerimônias comigo ou com minha mãe ao escrever apenas *De K.*, sem sequer incluir o sobrenome, mas era frustrante que ela ainda fizesse isso.

Parecia que nada tinha mudado: só me procurava choramingando para pedir conselhos quando tinha algum problema.

Foi o mesmo que aconteceu daquela vez...

Ao ingressar na faculdade, o primeiro tópico entre os residentes da moradia era a qual clube estudantil se associar. Havia no próprio campus atividades extracurriculares e clubes estudantis, mas praticamente todas as alunas falavam a respeito de entrar em um clube de outra universidade.

Não tinha intenção de me associar a um clube. Na medida do possível pensava em fazer trabalhos temporários, pois queria evitar ser um peso para minha mãe. Além disso, enquanto estivesse em Tóquio, desejava visitar museus de arte e de história.

Essa era minha intenção até Kimiko aparecer choramingando.

— Satsuki, o que você me aconselha fazer? Sabe a Kurata, veterana do quarto número 4? Ela foi minha veterana no ensino médio e me convidou para entrar para o clube de montanhismo da Universidade W.

Kurata era a presidente da Associação de Residentes do Dormitório e, apesar de uma diferença de apenas um ano, tinha um inacreditável ar autoritário. Não era de estatura muito alta, mas, como diria?, seu corpo exalava uma atmosfera tal que lhe fazia parecer mais alta do que de fato era.

Se foi um convite da Kurata, seria impossível recusar. Na realidade, Kimiko era um pouco mais favorita do que as outras colegas de classe e foi convidada por estar sempre rodeando Kurata.

– Que tal experimentar se associar? Deve ser divertido, não acha?

– Quero entrar para o clube de tênis da Universidade K.

– Então, diga isso a Kurata.

– Como você pode ser tão fria, Satsuki? Você bem sabe que eu não poderia dizer isso a ela.

– Então, o jeito seria se associar aos dois clubes.

– Impossível. Pelo que Kurata me contou, parece haver reuniões quase diariamente.

– Então, está decidido: você vai entrar para o clube de montanhismo.

Ao dizer isso sorridente, Kimiko se aproximou até diante de mim juntando ambas as mãos como em oração.

– Sendo assim, entre você também comigo, Satsuki. Por favor!

– Hum... Será que eu devo?

Demonstrei estar relutante, mas na realidade tinha muito interesse. Se fosse para entrar para o clube de tênis da Universidade K, teria declinado de imediato.

– Prometo atender a um pedido seu, seja qual for.

– Sendo assim, posso pensar em fazer uma visita de observação.

– Obrigada, Satsuki. Adoro você.

Dizendo isso, puxou meu braço e me conduziu até o quarto de Kurata.

– Esta é Satsuki, minha colega de quarto. Ela também deseja muito se associar ao clube de montanhismo da Universidade W, mas estaria tudo bem em relação a isso?

Kimiko era sempre assim.

– Sim, sem problema – Kurata disse para mim.

– Muito obrigada. Mas será que não vai atrapalhar meus trabalhos?

– Todo mundo está cheio de trabalhos. Pode ser apenas nos dias em que você puder participar. Mais do que isso, nossos treinos são rigorosos, não teria problema para você?

– Acredito que não.

Já tive experiência em distribuir jornais. Tenho confiança em minha força física.

– Como é que é? Basta olhar para Satsuki para ver que ela tem uma constituição sólida. Por favor, preocupe-se também comigo – Kimiko disse para Kurata como se quisesse ser mimada e acabou quebrando a cara ao ouvir dela um *Detesto gente que se faz de frágil.* Kimiko fez um beicinho exagerado, mas não disse que desistiria de entrar para o clube de montanhismo.

Ao contrário, ao voltar para o quarto, seu sentimento já estava direcionado ao clube.

– Será que tem alguém encantador por lá? Se as coisas avançarem bem, não podemos descartar uma cerimônia de casamento em conjunto com a de formatura.

Era esse o objetivo dela ao entrar para o clube. Contudo, não me senti disposta a contradizê-la. Afinal, eu também desejava encontrar alguém. Não um namorado, mas queria buscar uma figura paterna.

Kimiko também ouviu alguns pedidos meus. O último deles equivaleria a dez ou vinte vezes um dos pedidos dela. Apesar disso, deixei-o escorrer por entre meus dedos.

Invejava a felicidade de Kimiko, sempre perspicaz, e era uma covardia me lembrar apenas de determinados acontecimentos convenientes para recusar o encontro.

Ia me encontrar com ela. Contanto que o conselho que ela quisesse não tivesse relação com ele.

Dois dias após enviar minha resposta, recebi um telefonema dela no qual não se cansava de me agradecer.

Kimiko havia dito que viria até minha casa, mas fui até a estação mais próxima e decidimos nos encontrar em uma casa de chá.

Há cinco anos sem vê-la, ela tinha agora o corpo mais rechonchudo e um semblante um pouco mais gentil. Transpirava nela o ar de uma esposa feliz.

– Você parece bem. Comprei seu livro de ilustrações. Achava seus esboços de plantas alpinas e outros desenhos muito bons, mas jamais poderia imaginar que você se tornaria pintora.

– Pintora? Que exagero. Ilustradora, e apenas porque um desenho amador meu foi bem aceito.

– Mas continua desenhando até hoje?

– Em princípio, sim, mas o salário que ganho trabalhando alguns dias em uma confeitaria é melhor.

– Aquela dos *kintsubas*?

– Isso, a Baikoudo.

– Eu a adorava. Ainda hoje a considero a melhor do Japão. E se engordei cinco quilos em questão de dois anos, talvez seja por culpa sua, Satsuki.

– Também posso dizer o mesmo.

Pacotes eram entregues com frequência na moradia estudantil. Objetos enviados pelas famílias de cada uma de nós. Minha mãe também costumava me mandar algo a cada dois meses. Apesar de dizer que não era necessário pois não cozinhava minha comida, ela continuou enviando até me formar, pedindo para não me preocupar por se tratar de um prazer dela como mãe.

Em geral, o conteúdo eram roupas costuradas à mão, pequenos objetos e doces da Baikoudo. Apesar de haver na galeria lojas de doces ocidentais, minha mãe tinha por teoria que os bolos das lojas de Tóquio seriam mais gostosos e a cada vez só enviava doces japoneses como *kintsuba*, *dorayaki*, *yokan* e outros.

Na realidade, eu não gostava de doces japoneses.

Desde pequena, quando saía para comprar algo andando pela galeria, uma senhora aparecia e me dava às escondidas um doce envolto em papel, possivelmente por estar ciente da situação de nossa família.

Sabia em meu coração de criança que devia agradecer educadamente pela gentileza. Por isso, dizia *obrigada* com um semblante feliz. E relatava à minha mãe. Como ela me dizia apertando os olhos *Que bom, não é?*, eu precisava comer com gosto.

Por isso, minha mãe certamente encasquetou que estaria enviando a minha comida favorita.

A família de Kimiko tinha uma plantação de frutas e parece ter tido sempre em casa, como lanche da tarde, o que ali se colhia. A ponto de nem saber o que o nome *kintsuba* significava. *Por que você não come algo tão delicioso?*, ela perguntou de boca cheia. Eu, ao contrário, por ter sido criada em um ambiente em que comprar verduras já era um pequeno luxo, ansiava pelas frutas que vinham para Kimiko.

— Todos traziam doces e conversávamos bastante. Era muito prazeroso.

Kimiko olhava para o céu com ar nostálgico e listou nos dedos os doces que comera na época.

— O pai de Masami era marinheiro e enviava com frequência chocolates fabricados no exterior, e quem era mesmo que recebia ameixas dizendo ter sido a avó que colocou em conserva?

— Chiharu.

— Isso, isso, Chiharu. Ela sem dúvidas nasceu em...

Eu acompanhava o mesmo ritmo de Kimiko, mas comecei a sentir que alguma coisa estava errada. A conversa dela parecia forçada. Inclusive citou nomes de pessoas com as quais nem tinha tanta intimidade. Apesar de ter vindo até ali manifestando ter algo para me consultar, parecia indecisa sobre como iniciar a conversa...

Não conseguia me tranquilizar imaginando se era algo tão penoso de falar.

— Kimiko, tudo bem com o horário? Podemos ficar a noite toda recordando e mesmo assim não esgotaremos os assuntos, mas desse jeito não vai ser possível ter a conversa importante.

Ao dizer isso claramente, ela abaixou a cabeça e permaneceu calada como se uma luz tivesse se apagado dentro dela.

Sorveu o chá preto, limpou a mão na toalhinha úmida, suspirou. Depois de repetir as mesmas ações três vezes, movimentou os ombros respirando fundo e finalmente ergueu o rosto.

– Você pode me ouvir?

Apesar de a garganta estar obviamente umedecida, sua voz era baixa e rouca. Calada, assenti com a cabeça.

– Preciso que você ajude Koichi.

Koichi... esse era o único nome que eu não desejava que ela pronunciasse. Não podia continuar a ouvir o restante.

– Compreendo sobre Koichi e você. Porém, não tenho ninguém mais com quem contar além de você, Satsuki.

– Não me leve a mal, mas não me peça conselhos, por mais importante que sejam, sobre algo que se refira a ele. Desculpe, vou embora.

Levantei-me e estendi o braço em direção à comanda. Kimiko agarrou meu braço com ambas as mãos.

– Espere, Satsuki. Ouça o que tenho para dizer. Há seis meses dei à luz uma criança. Para vir hoje eu a deixei deliberadamente com meus sogros.

Como se tivesse recebido um forte soco na têmpora, por um instante tudo se embranqueceu diante de meus olhos. Ela teve um filho? Kimiko deu à luz um filho de Koichi.

– E foi para me informar isso que veio até aqui? Se é assim, entendi, meus parabéns.

Desvencilhei-me das mãos dela e saí do restaurante sem pagar. Não deveria ter aceitado me encontrar com ela. A essa altura, esse tipo de coisa deveria ficar no passado.

Custei a enfiar as moedas na abertura da máquina de venda automática de bilhetes.

– Espere, Satsuki.

No momento em que peguei o bilhete, por detrás de mim Kimiko me agarrou. Tive ânsia de vômito ao sentir o cheiro de leite materno.

– Me larga.

Tentava desvencilhar-me do braço de Kimiko, mas não conseguia. Ela tinha apenas aparência de frágil, mas a força física e os braços foram bastante desenvolvidos na fazenda de frutas.

– Por favor, Satsuki.

– Tome vergonha na cara!

Quando pensava em cravar as unhas no braço dela, subitamente senti alguém segurar meu ombro. A mão de Kimiko se soltou de mim. Ao voltar a cabeça, havia um homem de pé. Apesar de ter a aparência de um alpinista, com uma mochila nas costas do tamanho das que se usa para uma viagem curta, era um rosto conhecido.

– Akio?

A outra mão de Akio estava pousada sobre o ombro de Kimiko.

– Achei melhor fazer vocês pararem com isso antes que a polícia apareça, mas foi inconveniente de minha parte?

O mesmo jeito de falar relaxado de quando estava no Centro Comunitário.

– Não... obrigada.

Completamente envergonhada, perdi de vez o vigor para me desvencilhar de Kimiko. Ela também parecia confusa e olhava alternadamente para Akio e para mim.

– Já posso soltar minha mão? – Akio perguntou.

– Por fa...

– Espere! – Quando comecei a dizer *por favor*, Kimiko protestou. – Deixe-me dizer apenas uma coisa.

Kimiko falou dirigindo-se a Akio e eu, numa postura esquisita, meio virada para trás, apenas aguardando o que aconteceria. Akio continuava a me olhar calado. Vencida pelos olhares de ambos, esperei pelas palavras de Kimiko.

– Satsuki, você se lembra de Kurata? Koichi padece agora do mesmo que ela.

– Não acredito.

Aquilo não podia ser verdade.

– Por isso, só tenho você com quem possa contar.

Finalmente entendi o motivo de Kimiko ter vindo me visitar. E o motivo de ter dito tudo aquilo por ter um filho e estar em desespero. E também o motivo de se agarrar a mim sem se importar com o que as pessoas ao redor pudessem pensar. Mas não consegui responder de imediato.

– Eu lhe imploro.

Lágrimas apareceram nos olhos de Kimiko e deles transbordaram. Lindas lágrimas. Por que será que um líquido tão lindo e transparente sai de dentro do corpo? O que seria esse sentimento brotando agora em ebulição dentro de mim?

– Não chore! Se quiser pedir de verdade, peça depois de devolver essas lágrimas para mim e para minha mãe.

Livrando-me da mão de Akio, corri em direção à catraca do trem. Não olhei para trás.

E não havia sinais de que Kimiko estivesse me seguindo.

CAPÍTULO
2

Rika

Apesar de achar que pela manhã não estaria corrido, Kenta estava de pé no fundo do balcão da floricultura, movimentando as mãos, ocupado, sem perceber que eu entrara na loja. Cosmos brancos e de cor violeta-claro e violeta-escuro. Ele pegava uma flor, enrolava em papel celofane, amarrava com um laço rosa e pronto.

– Onde estão seus pais?

Ele finalmente levantou a cabeça quando lhe dirigi a palavra.

– No Centro Comunitário. De tarde haverá a palestra de um famoso economista e eles estão ajudando nos preparativos.

– Hum. E você?

– Preciso entregar tudo isso até às dez e meia na turma Rosa na escola de educação infantil Acácia. É dia de visita dos pais e, como a professora encarregada entra de licença-maternidade a partir da semana que vem, eles encomendaram trinta flores embrulhadas individualmente, o que corresponde ao número de crianças da turma. É normal o pedido entrar no mesmo dia às nove e meia?

– Porque os pais não são normais. Falando nisso, se a turma é Rosa, por que pediram cosmos?

– Talvez porque trinta rosas não caberiam no orçamento deles.

– Poderiam misturar diversas espécies. Ficaria deslumbrante quando a professora segurasse juntas as flores recebidas de todos os alunos.

– De jeito nenhum. Em outra ocasião, disseram que deixariam por minha conta e fiz exatamente o que você acabou de sugerir. Oito rosas e várias outras flores misturadas. Aconteceu de a mãe que estava organizando tudo reservar as rosas para o filho dela e os das suas amigas, distribuindo o restante das flores entre as demais crianças. Outra mãe ligou reclamando furiosa. *Fique sabendo que minha filhinha não é uma mera coadjuvante, ouviu bem?*

Kenta imitou o jeito de falar histérico da mãe. Mesmo enquanto falava, suas mãos não paravam de se movimentar.

– Posso imaginar. Também tive de lidar diariamente com esse tipo de pessoa. Foram elas que decidiram pelos cosmos?

No caminho para cá, lindos cosmos floresciam também nos jardins das casas ao redor.

– Sim. Disseram que vão cantar depois de entregar as flores.

– Existe alguma música em que a palavra cosmos aparece? Não lembro.

– Tem uma música famosa de Momoe Yamaguchi.

– Os pais de crianças da educação infantil têm mais ou menos nossa idade ou são praticamente mais novos do que nós. Não devem conhecer uma música que era popular antes de nascerem. Ao contrário de você, Kenta.

Nos karaokês com os colegas dos tempos de escola, Kenta sempre cantava músicas antigas. Como era de se esperar do filho de floristas, suas prediletas eram as que tinham na letra nomes de flores. Mas agora ele não tinha tempo nem para assoviar.

– Quer ajuda? Se for algo simples como amarrar um laço eu consigo.

– Ah, vai me ajudar muito.

Passei para dentro do balcão e assumi meu posto recebendo a fita e uma tesoura.

– Falando nisso, o que você queria comigo?

– Não poderia me informar o endereço de K.?

— K. é aquele dos arranjos?

— Esse mesmo. Todo ano você ou seu pai entregam as flores. Isso significa que recebem o pedido de K.

A conexão com K. eram os arranjos. Tinha ido até lá achando que bastaria perguntar a Kenta, mas as coisas não eram tão simples assim.

Os pedidos de K. eram recebidos por outra loja associada à Flower Angel e parecia haver um sistema pelo qual a floricultura Yamamoto, por ser a loja associada mais próxima do destinatário, assumia o pedido por intermédio da matriz. Aparentemente não constava no boleto vindo da matriz as informações de K.

— Mesmo assim as coisas funcionam bem. Nos últimos anos, os pedidos começaram a poder ser efetuados pelo site da matriz e não se vê mais o rosto dos clientes. Deve fazer diferença ouvir diretamente o valor em ienes estipulado, as flores a serem usadas e o tipo de arranjo pretendido do que receber tudo apenas por escrito.

— Não dá para saber o sentimento embutido nas flores. Como é no caso de K.?

— É curto e grosso. Apenas define o valor e o resto deixa a nosso critério. Se o dono da loja é alguém que não aprendeu as técnicas de arranjo floral, K. não vai saber. No cartão de mensagem consta apenas *De K*. E sou eu que escrevo naquele computador.

Kenta virou-se e com um súbito gesto do queixo indicou um computador colocado sobre uma prateleira.

— Não sabia. Estou um pouco chocada.

O *Papai Pernilongo* deixava tudo por conta do florista.

— Bem, depois de entregar esta encomenda na escola, vou tentar consultar a matriz.

— Obrigada. Vai me ajudar muito.

— Em troca, você poderia tomar conta da loja enquanto estou fora fazendo a entrega? Uns dez minutos apenas. Creio que não devem aparecer clientes.

— Claro. Tenho tempo.

—Vi as notícias. Mas o que acontece com uma funcionária como você?

— É terrível. Ser demitida com um telefonema. Não pagaram nem o salário referente ao mês anterior, que dirá as verbas rescisórias. Será que ninguém me contrataria, mesmo que seja apenas temporariamente?

— Dia desses a senhora da Baikoudo me pediu para criar no computador um folheto oferecendo trabalho temporário na loja. Será que ela já encontrou alguém?

— Baikoudo? Seria uma boa.

— Ah, mas se você for trabalhar lá, vai ser comparada com Satchan, a chamariz de clientes.

— Chamariz de clientes?

— Meu pai é o membro número um do fã-clube. Um fã enviaria flores enormes, mas ele é incrivelmente tímido e, quando muito, dizia que costumava colocar duas ou três flores a mais da flor-tema das aulas ao receber um pedido do curso de aquarela dela. Não é engraçado?

— Não sabia disso.

Coloquei o laço na última flor.

— Hoje à tarde não vou estar aqui porque tenho curso de arranjo floral do Centro Comunitário. Vou pesquisar sobre K. Que tal jantarmos juntos?

— Tudo bem, mas você está aprendendo arranjo floral?

— Se liga, Rika. Sou o professor.

— Não sabia. Tem muitas coisas que desconheço nesta cidade.

— Porque você se envolve pouco. Não deve nem pensar sobre o futuro da cidade, não é?

Ele tinha razão, mas não acreditava que devia me preocupar com isso. Não era vereadora nem nada. Além disso, tinha outros problemas.

— Jantar. Que tal vir até em casa? Eu preparo algo.

Quero reduzir as despesas extras ao mínimo possível. Se for o Kenta, basta preparar curry.

— Então amanhã será o anúncio do noivado?

— Do que você está falando?

— Apesar de já ter um tempo que você se mudou para cá, realmente ainda não entendeu como as coisas funcionam por aqui.

Experimente levar um homem para uma casa onde não há uma senhora de idade, e no dia seguinte as fofocas já se espalharam: *Nossa, você sabia que Rika está levando alguém para casa? Quem? Ah, Kenta, o florista?*

– Não acredito...

Não podia dizer que era exagero dele. Ao se formarem no ensino médio, quase todos iam embora para sempre da cidade, logo, não havia muitos jovens para se tornarem alvo de fofocas. Por serem poucos, o tempo de duração de uma fofoca era longo. Daquela vez também foi.

Dois anos atrás, um rapaz americano trabalhava como professor na mesma escola que eu, a JAVA, e como desejava tomar um chá em uma confeitaria local antes de regressar aos Estados Unidos, eu o levei à Baikoudo. Apesar de tê-lo apresentado como um colega de trabalho, alguns dias depois a dona me perguntou por onde andava o rapaz loiro, e ao responder que retornara ao país natal dele, quando dei por mim, já estavam me tratando como Madame Butterfly. Na época fui consolada por um grande número de pessoas da galeria.

Se acontecesse com Kenta, as coisas se tornariam ainda mais inconvenientes. Apesar de não sentirmos nada um pelo outro, conseguia imaginar facilmente as fofocas saindo de controle: *Eles vão se casar em breve. Já juntaram os trapos,* e daí por diante.

Em frente à loja parou uma van branca na qual estava escrito Floricultura Yamamoto. O casal de donos desceu dela.

– Ah, na hora certa. Não precisa mais cuidar da loja, Rika. Depois mando uma mensagem, deixe o celular ligado.

Dizendo isso, Kenta apanhou de debaixo do balcão uma caixa de papelão, enfileirou nela os cosmos e a segurando com ambas as mãos deixou a loja. Saí junto com ele.

– Ah, Rika, obrigado pelos *kintsubas* de ontem – O pai de Kenta me agradeceu com o semblante sorridente enquanto retirava do compartimento de carga baldes e caixas de papelão vazios.

Kintsubas. Perpassava pelo rosto de Kenta uma expressão de dúvida enquanto amarrava a caixa no compartimento de carga da motoneta estacionada ao lado da loja. Dei a volta até me colocar diante dele e, depois de apontar para o peito dele e encostar de leve meu punho cerrado sobre o bolso de seu avental preto, me despedi virando as costas.

Não importava qual seriam as fofocas, jamais haveria algo entre nós.

Cogitei ir visitar diretamente minha avó, mas decidi voltar para casa.

Eu e Kenta decidimos nos encontrar num bar bem familiar ao longo da rodovia. Aceitei seu pedido para irmos no meu carro porque ele queria beber, e se fui até o Centro Comunitário buscá-lo foi por estar em dívida com ele pelo favor que estava me prestando.

– Disseram que não podem divulgar informações pessoais – ele tocou no assunto com essas poucas palavras enquanto bebia uma cerveja gelada. – Insisti, mas disseram que seria ilegal.

– Mas o fato de não revelarem significa que a matriz da Flower Angel tem as informações de K., não é mesmo?

– É, pode ser. A propósito, que tipo de pessoa é esse K., afinal? Todo ano entrego as flores que ele pede e não sei nada além disso.

Isso também era tudo o que eu sabia.

No dia vinte de outubro de cada ano, um enorme arranjo de flores era entregue em minha casa endereçado à minha mãe. Lembro-me disso desde que me entendo por gente.

Quando criança não pensava sobre o preço das flores, apenas contemplava a beleza do grande arranjo que fazia o tio da floricultura virar o corpo de lado para poder colocá-lo no hall de entrada de casa. Tampouco questionava que minha mãe recebesse flores em um dia que não era seu aniversário de nascimento ou de casamento.

Minha mãe recebia o arranjo, tão grande a ponto de não ser possível segurá-lo com ambas as mãos, sem expressar qualquer tipo de alegria, da mesma forma quando tinha de assinar um documento. Cada ano, apesar da elaboração refinada, ela nem admirava o arranjo, desfazendo-o indiferente às flores, algumas para o ofertório, outras para o quarto de minha avó, outras ainda para a sala de estar, e me dando o laço e o papel de embrulho. Percebendo que havia um cartão preso ao arranjo, quando eu o entregava a ela, apenas me devolvia dizendo que eu podia ficar com ele também.

No cartão branco ilustrado com rosas vermelhas estava escrito, em letras impressas, *De K.* Apesar de constar apenas isso, meu coração de criança palpitava como se fosse um convite recebido para uma festa em um castelo. Sentia as cócegas pelo alfabeto recém-aprendido.

– Mamãe tem um príncipe. É você, papai?

Embora tivesse também essa preocupação, meu pai, como se fosse uma tradição anual, apenas tirava alguns vasos do armário dizendo *Nossa. Já se passou um ano. Como o tempo voa.*

– Quem é K.? – perguntei uma única vez à minha mãe.

– Não é uma pessoa. É o K da palavra KUJI, loteria. Você aprendeu as letras do alfabeto, não é? Acertei na loteria e por isso todo ano recebo flores.

Ela dizia isso com naturalidade, sem o sorriso reprimido de quando alguém mente, e por muito tempo acreditei na explicação de K ser a abreviação de KUJI, por ser mais possível do que Papai Noel. Ela dizia ter tirado a sorte grande.

Depois de entrar para a universidade, recebi pela primeira vez, no meu aniversário, um buquê de flores de um rapaz com quem tinha saído algumas vezes. Decepcionei-me por ser um ramalhete muito mixuruca. Mesmo assim, quase caí de costas quando uma amiga o viu e comentou:

– Que chique! Deve ter custado uns dez mil ienes.

Compreendi que o arranjo entregue em casa era de um preço astronômico. Embora suspeitasse se tratar do presente de alguém especial, se assim fosse, além do arranjo seria natural que eu percebesse algum sinal. Não havia nada além da entrega das flores uma vez por ano e acabei acreditando que fosse realmente por minha mãe ter ganhado na loteria.

Mas K. era indubitavelmente uma *pessoa*.

Isso porque alguns dias após o velório de meus pais, alguém se apresentando como seu secretário veio nos visitar e declarou que desejava nos ajudar. Mesmo tendo declinado, até hoje todo ano é entregue um arranjo de flores por parte de K.

— E isso é tudo.

— Na sua idade não dá para continuar acreditando nessa história de loteria, não acha? Não tem mesmo uma ideia de quem K. possa ser? Algum amigo de sua mãe, talvez?

— Pensando nisso, pesquisei várias coisas.

Naquela tarde vasculhei alguma pista de quem pudesse ser K. Cadernetas de endereço de minha mãe, cartões de ano-novo, até liguei o notebook dela que evitei jogar fora.

— Tem um monte de pessoas cujo nome começa com K. Se considerar o nome e o sobrenome, quase metade delas. Como as flores começaram a chegar há aproximadamente 27 anos, deveria ser possível reduzir o número de pessoas prováveis, mas não sei dizer ao certo, com relação a todos, quem era conhecido dela e desde quando. Se pelo menos começasse com R como eu, ou com F, W, C, seria bem mais simples.

— Pensando bem, meu nome também começa com K. Se eu fosse a verdadeira identidade de K., o que você faria?

— O remetente das flores, um florista? Qual seria o motivo de abreviar o nome?

— Essa é a questão. A pessoa que envia um cartão de ano-novo com seu nome verdadeiro não escreveria *De K.* apenas quando oferece as flores, não é mesmo? Você não se lembra de alguém cujo nome tenha sido citado com frequência em conversas antigas, mas que não conste nas cadernetas?

— Pior que não. Minha mãe não era do tipo de pessoa de conversar essas coisas. Só pensava em planejar aonde iria e o que faria. Mesmo quando eu perguntava como ela e papai se conheceram, apenas despistava dizendo *Como foi mesmo?*, fazendo realmente parecer não se lembrar. E como papai também era como ela, nada ficava claro.

— E sua avó? Ela é muito lúcida. Se um arranjo enorme como aquele chega em casa para a filha, certamente indagaria sobre quem o mandou, não acha?

— Lógico que perguntei a ela. Até porque minha avó estava junto quando o secretário de K. apareceu. Na hora, ela se expressou de uma forma como se não tivesse intenção de descobrir a verdadeira identidade de K. já que, na opinião dela, em certos casos pode existir um forte vínculo com pessoas desconhecidas.

— O que ela quis dizer com isso? Você não quis saber mais? Se minha mãe recebesse um arranjo enorme como aquele, eu investigaria a fundo.

— Mas é que...

Não fui capaz de revidar, pois eu havia aceitado as coisas como elas eram.

— Fora isso, de que forma o secretário se apresentou a você?

— Como assim, de que forma?

— Que tipo de secretário era afinal? Há muitas formas de se referir ao próprio empregador, como *meu patrão*, *senhor presidente* ou outras.

— Ele o chamava de K. *Sou secretário, representando K., conhecido de sua mãe desde antes de você nascer...* foi mais ou menos assim. Não falou usando *senhor K.*, *doutor K.* ou algo parecido com um cargo.

— Esse secretário é suspeito. Que tipo de homem era ele?

— Tinha idade regulando com a minha ou um pouquinho mais velho do que eu. Alto, bonito, tinha uma aura de alguém bem competente... Ah, sim, se pensarmos no *Papai Pernilongo*, é possível que o próprio secretário fosse o K., não é?

— Mas as flores eram entregues desde que você se entendia por gente. Ele não poderia ser uma criança... É realmente suspeito, mas se foi uma oferta de alguém tão bem-apessoado, você deveria ter analisado mais a sério. Por que desistiu tão fácil?

— Porque o secretário era antipático. Tinha um ar insatisfeito de quem estava descontente por estar ali. Quando recusei a oferta, ele apenas disse que informaria K. e foi tratando de ir embora.

— Talvez porque quem conhecia sua mãe era apenas K. e o secretário não tinha nada a ver. Mas conte por que logo agora você quer saber a real identidade de K.?

— Porque há algo que quero pedir a ele.

— O quê?

— Dinheiro.

— Lamentável. Porque a JAVA quebrou? Você tem que se sustentar por si mesma.

— Não é por isso.

Contei a Kenta sobre a doença de minha avó. Sem rodeios, a verdade. Depois falei também sobre minha avó querer adquirir algo de preço tão elevado em um leilão que nem sei se seria possível, mesmo esgotando todas as nossas economias.

— O que será que sua avó quer comprar? Ela não me parece do tipo consumista.

— Também acho. Por isso mesmo deve ser algo que deseja muito. Quero comprar isso para ela e também tem a cirurgia que ela precisa fazer. Seja como for, quero enviar o quanto antes uma carta para K.

— Carta? Se for só isso, não vejo problema.

— Como assim?

— Envie para a matriz da Flower Angel e peça para reencaminharem. Eles apenas se recusaram a nos informar o contato. Se você enviar flores juntamente com a carta, eles tratarão você como uma cliente. Nada de muito exagerado como os tais arranjos. Se enviar a flor de que sua mãe mais gostava, talvez K. também se alegre.

— Fantástico. Você é genial, Kenta. Mas qual era mesmo a flor predileta de minha mãe?

— Inacreditável. É a filha dela e nem isso sabe?

— É que ela parecia preferir as que florescem no campo ou na montanha às flores vendidas em floriculturas. Afinal, ela era uma andarilha.

— É isso. Provavelmente ela conheceu K. em algum lugar para onde viajou. Especialmente nas montanhas, o povão e os milionários seguem as mesmas trilhas, e seria impossível imaginar que K. estivesse correndo algum perigo e que sua mãe o tenha salvado?

Parecia algo plausível. Por coincidência, a pessoa que minha mãe salvara devia ser um milionário e não seria estranho ela usar como metáfora ter acertado na loteria. Podia entender também a maneira de falar de minha avó. Mesmo que para a pessoa salva minha mãe fosse uma benfeitora, para minha mãe talvez tenha sido algo sem importância. Por isso, quando as flores chegavam, ela as recebia, mas não ficava tão entusiasmada com isso. Ciente da situação, meu pai não sentia ciúmes.

— Por favor, veja logo amanhã sobre a carta. Eu a deixei no carro, mas na volta eu lhe entrego. As flores... podem ser cosmos. Ah, falando nisso, como foi hoje na escola?

— Como eu imaginava, foi uma música de Momoe Yamaguchi.

Por sorte a loja estava vazia, pois Kenta começou a cantar "Cerejeiras de Outono", por vezes apenas assoviando.

O assoviar se tornou mais animado no momento em que entramos no carro. Mas isso foi porque ele estava bêbado.

Acho que foi a primeira vez que eu ouvi a letra da música. Seria uma música que minha mãe costumava escutar?

Foi muito duro perder meus pais, mas, não arrastei esse sofrimento comigo por muito tempo. Provavelmente pelo fato de minha avó estar ao meu lado, mas não haveria outros motivos? Porque, por exemplo, praticamente nunca vi minha mãe passar dificuldades. Nunca a vi chorar. Talvez eu não sentisse nenhum arrependimento por não ter tornado a vida dela mais leve, como fazê-la saborear comidas gostosas ou levá-la para conhecer vários lugares.

Pensando melhor, percebi que havia aspectos de minha mãe que me eram desconhecidos. Afirmava que ela teve uma vida feliz simplesmente porque desejava me convencer disso, mas talvez houvesse muitas coisas que minha mãe ainda quisesse fazer.

Será que ela não desejou se encontrar com K. nenhuma vez?

É impossível que não sentisse algo por alguém que lhe mandava tantas flores todo ano. Por que não lhe perguntei? Antes de não poder mais vê-la?

Mesmo não me encontrando diretamente com K., talvez ele me emprestasse o dinheiro. No entanto, se fosse possível, gostaria de encontrá-lo para que ele me contasse coisas de minha mãe que eu desconhecia.

Ao estacionar o carro perto da entrada lateral da estação da galeria Acácia, reparei no pai de Kenta andando cambaleante como se ele também tivesse bebido num bar próximo. Ao perceber nossa presença, ele soltou uma exclamação de espanto.

— Kenta, você está em um encontro amoroso com a Rika!

Ele se aproximou de nós exclamando em voz alta. Aquilo minou todos os esforços de termos ido a um bar mais distante para escapar dos olhares indiscretos.

— Estamos trabalhando — Kenta falou perplexo. Não havia dúvidas disso, pois com certeza minha consulta a Kenta fora exatamente por ele ser florista.

— Trabalho uma ova. A essa hora? Vamos, desembuchem, o que estavam fazendo de verdade?

Bêbado, ele se exaltava. Felizmente as lojas da galeria estavam fechadas.

— Rika queria saber o endereço de K. e, como a matriz da Flower Angel não informa, estávamos trocando ideias sobre o que fazer. Só isso!

— Aquele K. que todo ano pede um arranjo de flores?

— Ele mesmo.

— Parece ser um pintor ou arquiteto famoso — o pai de Kenta acrescentou meio sem querer.

— Ah, é?

— Quando recebia os pedidos não sabia, mas uma vez ele foi a uma rádio que eu ouvia. Era um nome conhecido e me lembrei da voz.

— Pedido? Mas no boleto que vem da Flower Angel não consta o nome do solicitante.

— Isso foi antes de nos associarmos à Flower Angel. Nos primeiros anos, eu recebia os pedidos diretamente por telefone. Como o valor do pedido era enviado previamente por remessa postal em dinheiro, ele deixava o arranjo por minha conta.

— E os boletos daquela época não existem mais?

— Você mesmo os jogou fora, esqueceu? Disse que iria passar a fazer o controle por computador, que os boletos de dezenas de anos atrás eram desnecessários, e acabou jogando tudo no lixo sem sequer verificar o conteúdo. Apesar de eu ter tentado impedir por achar que pudessem ser úteis algum dia.

Lancei a Kenta um olhar de reprovação e ele pediu desculpas juntando as mãos como em oração.

– Não se lembra do nome?

– Hum, como era mesmo? Nos pedidos, só ouvi o nome no primeiro ano. Depois disso era sempre K. apenas. Era um nome começado sem dúvida por Ka, Ke, Ki, Ko ou Ku.

– Tenha santa paciência. E não se lembra de outro detalhe?

O pai de Kenta cruzou os braços e inclinou a cabeça, pensativo.

– Ah, sim. Quem recebe um pedido de arranjo de oitenta mil ienes, afinal? Oitenta mil ienes em valores da época. Como ouvi que a pessoa que receberia as flores era casada, fiquei matutando qual seria a relação entre eles e cheguei mesmo a indagar como quem não quer nada.

– Não deveria fazer algo tão indiscreto. E então?

– Ele deixou a meu critério, mas disse a ele que agradeceria se me informasse o tipo de arranjo desejado. Afinal, há um objetivo ao se ofertar flores: poderia ser para uma namorada, uma amiga, alguém internado no hospital, para usar em uma celebração de casamento.

– Pai, até que você pensa rápido. E aí?

– *Para a pessoa amada* – ele disse.

Senti meu coração apertar.

– O secretário disse que a mãe de Rika era uma conhecida de K. Quer dizer então que não eram flores imbuídas de um sentimento de gratidão.

Em geral era muito difícil falar sobre isso e um pouco embaraçoso.

– Não – ele falou, com sua voz sóbria como num filme americano dublado. – Se fosse minha esposa atendendo ao telefone, certamente teria desmaiado.

– Minha mãe sabia dessa mensagem?

– Quem sabe? Eu mesmo não falei para ela. O senhor K. me pediu para não transmitir isso em palavras, mas expressá-lo por meio das flores. Foi a instrução que recebi diretamente dele. E tenho orgulho de ser qualificado como instrutor no estilo Yamamoto de arranjo floral.

Essa coisa de estilo Yamamoto é algo meio suspeito. Mas as flores recebidas anualmente tinham um arranjo espetacular e não pareciam ter sido arrumadas por qualquer florista da galeria.

Teria minha mãe percebido que o tema do arranjo era *para a pessoa amada*?

Ela deve ter percebido. Ela era muito perspicaz. Apesar de ter por princípio a não interferência na criação dos filhos, logo notava quando eu estava deprimida ou ocultando algo dela.

Eu assumira por conta própria que se tratava de gratidão por ter ajudado algum milionário idoso na montanha, mas, se K. nos ofereceu ajuda porque amava minha mãe, será que poderia me aproveitar disso?

Miyuki

Natsumi veio nos visitar.
Yosuke morava na mesma cidade que a gente, mas Natsumi se recusou a viver com ele e estava morando com o filho na casa de meu tio, que era a casa dos pais de Yosuke. Deixava os cuidados da casa por conta de uma faxineira e apesar de o filho ter apenas um ano de idade, ela o largava nas mãos de minha tia. Parecia não parar em casa, sempre fazendo compras ou viajando. Além do mais, custava a entender porque ela mesma afirmava, cheia de orgulho, que aquele era o segredo para uma relação harmoniosa entre nora e sogra.

Como ela não lembrava o endereço da minha casa, pediu que eu fosse buscá-la. Fui até a estação de trem, e em vez de um cumprimento ou uma palavra de agradecimento, ela demonstrou-se visivelmente decepcionada por eu ter ido a pé. *Que remédio*, sussurrou. Com um vestido que deixava entrever colo, braços e pernas, apesar de pela manhã e à noite esfriar bastante naquela época do ano, e usando sapatos de salto alto, Natsumi caminhou sem pressa pela galeria Acácia como uma estrela de cinema em visita a uma cidadezinha interiorana onde um filme estivesse sendo rodado.

Embora fosse difícil ter simpatia por ela, era realmente uma mulher bonita, deslumbrante. Mesmo a convidando para minha casa alugada de andar único, suficiente para um casal mas não muito espaçosa, em vez das almofadas colocadas sobre o tatame, puxou à revelia a cadeira que Kazuya usava para trabalhar e sentou-se de pernas cruzadas. Sem opção, decidi puxar uma almofada para mim e me sentei aos pés dela. Eu me sentia como uma criança prestes a receber uma admoestação da professora.

Coloquei sobre a mesa uma xícara de café e *kintsubas* comprados na Baikoudo. Sem sequer me entregar a lata de cookies que trouxera de presente, ela mesma rasgou o papel de embrulho e pôs a lata no centro da mesa. Sentada de joelhos sobre a almofada, mesmo esticando o braço, eu não alcançava os cookies.

– Admiro você por ter acompanhado seu marido no interior. É distante de tudo e certamente você deve se entediar todos os dias – Natsumi disse olhando pela janela.

Para além do terreno baldio onde crianças jogavam beisebol, havia algumas residências e, um pouco mais adiante, enfileiravam-se as montanhas que já começavam a se colorir. O céu azul se estendia sobre elas.

– Nem tanto assim. Acho até conveniente, pois fica próximo da galeria e dos locais necessários ao dia a dia, como hospitais e a prefeitura, quase todos a uma distância que dá para ir de bicicleta. E há também muitos eventos na cidade, apesar de eu ainda não ter participado deles. Por enquanto estou tranquila, mas daqui para a frente isso deve mudar – respondi tentando na medida do possível aparentar descontração.

– Você é fantástica. Fico entediada até na cidade T. – Natsumi disse pegando um cookie da lata de uma famosa loja de doces ocidentais e o enfiando na boca.

Será que ela compreendia que fora por causa do marido dela que nos mudamos da cidade T. – que, se não podia ser chamada de uma cidade provinciana, tinha pelo menos todas as funções de uma grande cidade – para esta cidadezinha onde não há nada e é entediante?

Após terminar a pós-graduação, Yosuke começou a trabalhar na empresa onde o pai dele, meu tio, era diretor. Mas, um ano depois ele começou a manifestar o desejo de abrir um escritório de arquitetura e se tornar autônomo. Na opinião dele, em uma grande organização era impossível desenvolver suas capacidades individuais, e apesar de meu tio propor que ele trabalhasse por mais alguns anos na empresa, porque além de servir como aprendizado, também o faria se tornar independente no tempo certo, Yosuke insistiu que aquele era o momento.

Meu tio era do tipo de fazer os outros se calarem levantando a voz, completamente o oposto de Yosuke que silenciava o interlocutor com lógica e usando palavras difíceis. Mas acabou concordando e a contragosto ajudou financeiramente o início do escritório. Percebi que ele era rigoroso com estranhos, como no caso do casamento de Yosuke com Natsumi, mas era um doce com o próprio filho.

Nos centros urbanos, empresas de grande porte exerciam forte influência e dificultavam a penetração de uma nova empresa no mercado. Sendo assim, Yosuke decidiu que iria instalar o escritório em uma cidadezinha interiorana localizada a não mais do que duas horas de carro de um centro urbano. Selecionou, então, alguns possíveis locais, avançando gradualmente nos preparativos para sua autonomia.

Na época, minha tia, preocupada com Yosuke, veio me visitar no apartamento onde eu morava, mas como tinha meus próprios problemas, pouco me importei com a independência dele.

Certa noite, Kazuya veio me consultar.

— Yosuke me convidou para ser sócio dele no novo escritório. Bem, os próximos um ou dois anos serão decisivos para o sucesso. Parece que aos poucos pequenos trabalhos estão aparecendo, mas não é bem isso que Yosuke deseja fazer.

Que estranho pretexto.

Primeiro, ambos desejavam pegar trabalhos que consolidassem seus nomes na região e depois finalmente partir para algo maior. Também para isso a força de Kazuya era necessária. *Afinal, como eu, você certamente não quer deixar sua capacidade e seu talento serem enterrados dentro de uma grande empresa...* Yosuke repetia essas palavras convincentes para fazer com que Kazuya, que aos poucos acumulara bons resultados na empresa, recuasse até o zero, ou melhor, até o negativo, apesar de ter finalmente conseguido chegar aonde estava agora.

Não é isso que eu quero para mim. Esse era o bordão de Kazuya. Ciente de que a renda cairia e da incerteza com relação ao futuro, ele largou a empresa e decidiu abrir o escritório juntamente com Yosuke porque desejava ser projetista.

Na universidade, Kazuya estudou no departamento de arquitetura da faculdade de engenharia, especializando-se em projetos. Embora tivesse sido contratado por uma empresa de arquitetura para um cargo técnico, foi alocado na área comercial. Todos os recém-ingressados na empresa eram alocados por dois anos nesse setor e, a partir do terceiro ano, eram transferidos para outras áreas. Entretanto, por ter desde o início apresentado resultados excelentes, Kazuya acabou permanecendo na área comercial.

Se for melhor para Kazuya ir para um novo escritório, não serei eu a me opor, pensei.

— Além disso, na parte da manhã fui dar uma espiada no escritório e notei que apenas Yosuke, coitado, fica completamente isolado. Kazuya bem que poderia apoiar Yosuke um pouco mais. Desse jeito, é difícil saber qual deles é o representante do escritório.

Finalmente entendi o motivo de Natsumi de repente vir me visitar, já que aparecia com frequência no escritório para ver Yosuke, mas nunca nos visitava. No entanto, era eu quem desejava reclamar. Por também fazerem Kazuya trabalhar no escritório na área comercial.

O Escritório de Arquitetura Kitagami, mesmo pequeno, foi formado como uma pequena empresa e aos poucos foi conquistando grandes trabalhos, tudo graças aos esforços de Kazuya, que estreitou as relações de amizade com as empreiteiras locais, convenceu veteranos talentosos da época de estudante a virem trabalhar nesta cidadezinha interiorana como encarregados administrativos do escritório e contratou como funcionários pessoal local. Isso porque Yosuke, mesmo desenhando os projetos, não consegue abaixar a cabeça para ninguém.

E ela quer que Kazuya preste ainda mais apoio? Cinismo tem limites.

– Se Yosuke parece tão esgotado, deve ser por estar vivendo afastado de você, Natsumi. Mesmo que tenha uma ajudante para cuidar da casa, o papel de uma esposa não é apenas esse. Empurrar todo o trabalho comercial para Kazuya e ainda reclamar disso é cruel demais.

Se Kayo estivesse aqui, talvez elogiasse minha maneira de falar. Apesar de eu ter tido a coragem de dizer isso, Natsumi mantinha um semblante inescrutável.

– Empurrar? Kazuya foi convidado para cuidar das vendas e não para ser o braço direito de Yosuke. Yosuke sempre teve em alta consideração o fato de Kazuya ser popular e reunir pessoas ao redor dele. Não entendo por que você está tão ofendida, Miyuki.

– Não foi para fazer projetos que Kazuya foi chamado?

– Estou ouvindo isso pela primeira vez. A meu ver, Yosuke não permitiria que alguém fizesse os projetos em sua empresa, a menos que tivesse muita capacidade.

– Se for assim, você se engana. Os desenhos de Kazuya são maravilhosos. Ele possui senso artístico.

Como minhas palavras seriam insuficientes para explicar e Natsumi teria dificuldades de entender, retirei da gaveta da mesa alguns desenhos feitos por Kazuya quando era estudante e os mostrei a ela.

– Nossa, que lindos. Ele era esse tipo de pessoa – Natsumi observou com atenção cada desenho aparentando interesse.

– Você entende, Natsumi?

– Trabalhei em um escritório de arquitetura. E estive envolvida na construção de um grande museu de arte, relativamente famoso. Foi lá que conheci Yosuke.

Apesar de me manter séria, me questionava se deveria ter mostrado os desenhos à revelia de Kazuya e me sentia um pouco ansiosa, mas se ela, que entendia do assunto, estava vendo tão avidamente os desenhos, minha expectativa aumentou de que Natsumi talvez pudesse ver como eram maravilhosos.

– Mas eles não servem para nada.

Natsumi os colocou sobre a mesa, quase os jogando. Nesse instante, derrubou o pouco de café que restava na xícara, que respingou sobre a folha de cima. Corri para enxugar com um pano, mas o desenho ficou manchado. Natsumi nem sequer se desculpou.

– Que horr...

– Mas como está isso aqui? – perguntou dando tapinhas na própria barriga com uma expressão de indiferença. Com esse gesto despudorado, engoli meu protesto por ela ter manchado o desenho.

Foram minha tia e Natsumi que vieram me pedir para convencer Kazuya, que pensava seriamente se deveria ou não se tornar independente com Yosuke.

– Muitas mulheres engravidam quando o ambiente muda. Isso vai ser bom também para você, Miyuki.

Não que eu tivesse aceitado essas palavras, mas a pressão que senti me levou a convencer Kazuya.

– Posso viver tranquilamente em uma cidade que não conheço. Quando se muda de ares, a gente se renova por dentro e algo bom parece que vai acontecer.

Deveriam agradecer a nós, como casal, e não adotar uma postura tão arrogante.

– Você não tem problema com o horário da volta? – perguntei, mas sem obter resposta ela visivelmente olhou o relógio.

– É mesmo. Preciso voltar cedo senão minha sogra vai ficar exausta por conta do netinho.

Não bastasse não entender meu sarcasmo, Natsumi apenas o devolveu em dobro. Perdi a energia para levá-la até a estação e, ao me despedir dela no hall de entrada, voltei para dentro de casa sem esperar que sua figura desaparecesse de meu campo de visão.

Eu e Yosuke éramos primos, Kazuya e Yosuke eram bons amigos e colegas de trabalho, Natsumi era a esposa de Yosuke. Seis meses após a abertura do escritório, mais do que quaisquer outras pessoas, havia entre nós quatro um forte vínculo de confiança, e apesar de estarmos em uma situação em que começaríamos a remar por um vasto oceano, o pequeno barco estava preparado, mas existia uma tristeza e insegurança de que, na verdade, esse barquinho não estaria mais amarrado em parte alguma.

A primeira vez que vi os desenhos de Kazuya foi justamente quando ele estava indeciso se deveria mudar ou não para o escritório.

Quando acordei de madrugada sentindo um pouco de frio, Kazuya não estava ao meu lado. Do quarto contíguo vazava uma claridade e, ao ir até lá, vi que ele contemplava sozinho um desenho. Ele pediu desculpas achando que tivesse me acordado. Feliz por ter um momento a dois diferente do que estávamos acostumados, decidi preparar um café.

Imaginei que fosse um desenho trazido do trabalho, mas ao sentar ao lado dele e espiar, notei na parte inferior direita a assinatura "K.".

– Foi você quem desenhou? – perguntei.

Ele contou um pouco envergonhado que o fizera quando era estudante e me mostrou outros desenhos. Apesar de ser uma funcionária administrativa, trabalhei vários anos em uma empresa de arquitetura e entendia um pouco de plantas-baixas e cálculo estrutural, mas o que eu mais gostava era de ver o projeto conceitual.

Estavam desenhados cerca de cinco padrões de prédios parecidos com teatros e museus, cada qual refinado, porém, acolhedor, e com o traço bem particular de Kazuya.

– Este é o mais lindo de todos – comentei, escolhendo um desenho.

– Esse é também o que sinto mais autoconfiança – disse, e apenas isso me deixou muito feliz.

No dia seguinte, Kazuya me levou junto quando foi anunciar aos meus tios e a Yosuke que largaria a empresa e se transferiria para o escritório de arquitetura. Assim, viemos parar nesta cidade.

Coloquei o desenho manchado por baixo dos demais e os devolvi à gaveta.

Fiz algumas compras para o jantar na galeria Acácia e quando voltava para casa ouvi uma voz atrás de mim chamando "*Senhora*". Não imaginei que fosse comigo e continuei andando até ouvir um "*Senhora Takano*".

Parei e olhei para trás. Da porta de entrada de uma casa ao longo da rua, uma mulher de idade próxima à de minha mãe acenava em minha direção. Ignorava quem fosse, mas ao me voltar ela me cumprimentou dizendo que seu filho estava trabalhando no escritório de meu marido.

Aparentemente era a casa de Kiyoshi Moriyama, funcionário administrativo contratado pelo escritório.

Lembrei que Kazuya me contara: *Ainda não conheço bem esta região e Kiyoshi, do Administrativo, tem sempre me ajudado. Gostaria de convidá-lo para almoçar ou jantar qualquer dia. Conto com você quando isso acontecer.*

– Nós é que agradecemos pelo apoio que temos recebido de seu filho – disse abaixando a cabeça.

– De jeito algum. Espero que meu filho esteja sendo útil ao escritório – ela retrucou abaixando também a cabeça.

Repetimos mutuamente esse gesto, mas isso se tornou tão estranho que acabei rindo e a senhora Moriyama me devolveu um sorriso amigável.

– Já se acostumou por aqui?

– Sim, pouco a pouco. Mas ainda há muita coisa que desconheço.

– Pergunte o que desejar, se eu puder ajudar. Não há muita coisa, mas recomendo os *kintsubas* da Baikoudo. Já experimentou? São vendidos durante todo o ano, mas daqui em diante, quando esfriar um pouco mais, recomendo um que é mais torrado na frigideira com a superfície caramelizada, quase da cor de uma raposa.

– Parece delicioso. Vou experimentar com certeza.

Estava contente e, ao abaixar a cabeça, os cosmos florescendo no jardim me chamaram a atenção.

– Os cosmos estão lindos.

Bastou dizer isso inadvertidamente para a senhora Moriyama insistir para que eu os levasse. Trouxe de dentro da casa uma tesoura e folhas de jornal e me fez um buquê quase impossível de carregar em um braço só.

Kazuya tinha sido bem aceito pelo pessoal daquela cidade e graças a isso eu também era tratada com gentileza. Acreditava que aprofundar o vínculo com a região fosse a minha função. Também desejava construir relações pessoais com os habitantes da cidade para facilitar o trabalho de Kazuya, além de não ficar trancada em casa me preocupando com coisas insignificantes.

Decorei o hall de entrada, a mesa de jantar, toda a casa com os cosmos.

Kazuya ficou muito feliz quando voltou do trabalho e lhe contei que as flores foram presentes da senhora Moriyama. Desde logo informei também sobre a visita de Natsumi, mas de jeito nenhum transmiti a ele o teor de nossa conversa.

Quando terminei de tomar banho ele me disse para ir me deitar primeiro. O abajur estava aceso sobre a mesa sobre a qual um papel de desenho estava estendido.

– É trabalho?

– Não, não é isso...

De pé, ele colocava as mãos na cintura, olhava para cima, depois para os pés, parecendo indeciso sobre se deveria ou não me dizer algo.

– Se for algo tão difícil de falar, não precisa se esforçar.

– Não, não é isso. Fiquei pensando no melhor momento para isso, mas precisa ser hoje. É melhor que eu comece apenas depois de te contar, Miyuki.

Meu coração começou a palpitar por não saber do que se tratava.

– Estou pensando em participar de um concurso.

Segundo Kazuya, o governo estava realizando um concurso de projetos para um museu de arte. O local previsto da construção estava situado em um desfiladeiro nas montanhas. Embora me questionasse se havia sentido em construir um museu em um lugar semelhante, ao saber que nele seriam expostas as obras de Michio

Kasai, apelidado de Picasso japonês e falecido no ano passado, convenci-me que teria muitos visitantes.

— O local tem alguma relação com Michio Kasai?

— Ele parece ter morado uns três anos lá para se tratar de uma doença. O estilo de Michio Kasai muda da água para o vinho entre as obras da primeira e da segunda fase. Esse local parece ter sido um ponto de virada. Não apenas as pinturas como também cartas endereçadas a conhecidos e seu diário devem estar em exposição.

— Fantástico. Que incrível você fazer o projeto desse prédio, Kazuya.

— Não fique tão empolgada. Deve haver uma enxurrada de inscrições, não só da região como de todo o país. Mas desejo apostar tudo o que tenho nisso.

— No outro dia era sobre isso que você falava então. Por que não me contou logo?

— Se eu não passar na primeira triagem será vergonhoso. Se for escolhido será preciso criar uma maquete e pensei em te contar só quando chegasse nesse momento!

— Vergonha nada. Estou certa de que você será escolhido. Afinal, minha sensação ao ver pela primeira vez uma pintura de Michio Kasai foi muito parecida com a que tive ao ver pela primeira vez um desenho seu.

— Aquela pintura estranha?

— Não. Há obras de um estilo um pouco diferente da primeira e da segunda fase. Talvez tenham sido pintadas nesta cidade.

Há cerca de cinco anos, eu e minha tia vimos as pinturas de Michio Kasai no espaço de eventos de uma loja de departamentos. *Será que se pode chamar esse quadro de bem produzido? Não entendo absolutamente nada de arte*, ela resmungava baixinho. *Realmente*, concordei, mas havia apenas uma pintura com um estilo diferente que me deixou bastante emocionada. As colorações eram escuras, e apesar de ter sido desenhada com um aspecto refinado, havia algo acolhedor nela, transmitindo uma sensação que me fazia desejar ficar de pé em contemplação por horas a fio. E posso imaginar sem erro que essa pintura estaria exposta no interior do prédio projetado por Kazuya.

– Tenho certeza que havia a palavra "lua" no título da pintura. Desculpe. Eu, uma leiga, acabei falando de um jeito como se fosse uma especialista em artes.

– Imagina. Senti-me como se tivesse uma incrível torcida organizada – disse ele, acariciando meus cabelos. Fui eu que acabei me sentindo como se estivesse sendo desafiada a algo.

– Se te atrapalhar, posso ir dormir antes, mas queria ficar acordada junto com você, tricotando no mesmo cômodo. Acha ruim?

– Não se você me acordar sem falta amanhã de manhã.

Quem ouvisse isso certamente pensaria em ir dormir logo, mas desejando dar apoio a Kazuya enquanto ele tinha por desafio uma grande meta, decidi continuar e me esforçar para acordar cedo pela manhã. No jantar, pensei em preparar café para tomar junto com os *kintsubas* cor de raposa levemente tostados na frigideira.

Satsuki

Lembro-me daquela época com clareza sem precisar abrir o álbum. Kimiko, Koichi, a veterana Kurata.

Apesar de ter entrado para o clube de montanhismo por confiar em minha força física, meu coração disparou quando, no primeiro dia de treinamento, corremos dez quilômetros seguindo o leito de um rio. Em meio a vários desistentes pelo meio do caminho, Kimiko, a meu lado, exausta e controlando a respiração, tentava concluir de qualquer jeito a corrida resmungando *Ah, como estou cansada!*, enquanto mordia um pedaço de chocolate.

– Coma também, Satsuki, é bom para repor as energias.

Não estava muito a fim de ingerir chocolate ou o que quer que fosse, mas não desejava admitir que minha força física era inferior à dela, e fingindo estar tudo bem enfiei um pedaço do chocolate na boca. Senti náuseas e custei a manter os olhos abertos.

Parecendo não notar minha condição, Kimiko sussurrou ao pé de meu ouvido, arregalando os olhos: "Satsuki, acho aquele veterano bem interessante".

Sem dúvida, foi uma gentileza da Baikoudo me contratar para um trabalho temporário.

O dono, que no ano passado completou 60 anos, e sua esposa, que desde muito tempo me presenteava com *kintsubas* sorrateiramente e que proclamava efusivamente *Eu sou a número três do fã-clube de Satchan* e coisas parecidas, tinham um filho que naquele outono decidiu se casar com a graciosa namorada, um ano mais nova do que ele. Se ela viesse trabalhar na loja depois do casamento, eu me tornaria desnecessária.

Isso porque agora eu apenas permanecia de pé diante da vitrine, sem ter muito que fazer.

Eles colocavam os doces com prazo de validade vencido e não vendidos em uma caixa e me davam; embora eu os recebesse com alegria, imaginava se não haveria outra solução para eles. Mesmo a produção de novos produtos podia ser interrompida se as vendas não decolassem. Era preciso fazer as pessoas da cidade, principalmente os jovens, perceberem logo a boa afinidade entre a pasta de doce de feijão-azuqui e o creme de leite.

— O que a senhora acha de mudar o nome?

— O meu nome?

— Não, o dos produtos. No caso dos *kintsubas* é fácil entender quando se diz que são de feijão-azuqui com recheio de castanha e creme de leite, mas esses nomes não são nem um pouco charmosos. Não atiçam o desejo de comprar.

— Você tem razão. Veja o caso dos bolos. As pessoas imaginam que gosto eles teriam apenas os vendo na vitrine e lendo seus nomes. Mesmo se tratando do mesmo bolo, há uma diferença brutal entre "*Bolo de Chocolate*" e "*Chocolat Classique*". Satchan, você não teria alguma boa ideia?

— Como no nome da loja, Baikoudo, há o ideograma de ameixa, que acha de batizá-los com nomes de flores? O *kintsuba* de feijão-azuqui é o carro-chefe, logo, flor de ameixa. O com recheio de castanha poderia ter o nome de uma flor amarela por dentro. Poderia ser cosmos ou camélia. Como tem uma grande castanha cristalizada, camélia seria melhor. O de creme de leite, como é violeta-claro por ter pasta de feijão-azuqui misturada, de estilo ocidental, seria cosmos.

— Que bom. E ficará ainda melhor se você puder fazer o desenho de cada flor, Satchan.

— Flor de ameixa, camélia e cosmos, correto?

Imaginava que desenho poderia fazer.

— Então, quero cinco cosmos.

— Como?

Ao voltar os olhos para a voz que não era da dona da loja, Akio estava de pé. Baixei a cabeça ao me lembrar do que acontecera dois dias antes na estação.

— Antes de ontem, eu...

Não sabia se devia me desculpar ou agradecer e, mantendo a cabeça abaixada, fui para o outro lado da vitrine.

— São cinco *kintsubas* de creme de leite, correto?

— Não, cinco cosmos.

Apesar de ter proposto o nome, fiquei envergonhada ao ouvi-lo sendo pronunciado por outra pessoa. Enfileirei os cinco *kintsubas* na caixa cor-de-rosa com filigranas de ameixa, amarrei com uma fita dourada e coloquei a caixa em um saco de papel com o ideograma de ameixa.

Creme de leite, cem ienes cada, quinhentos ienes no total.

— Devo fazer o recibo em nome do Centro Comunitário?

— Não, não preciso de recibo.

Como era frequente receber pedidos de *kintsubas* como acompanhamento ao chá servido aos professores em palestras patrocinadas pelo Centro Comunitário, estava convicta de que ele tinha vindo comprar com esse objetivo.

— Ouvi do diretor do Centro que você estava trabalhando aqui também. Tenho uma mensagem que recebi para você.

— Coisa de trabalho?

— Não, da moça que estava junto com você na estação.

— Kimiko? Se for isso, obrigada, não precisa.

— Não faça isso. Fico numa posição difícil se não puder transmitir a mensagem que recebi.

— Então seria melhor não tê-la recebido.

— Apesar de ter sido você quem fugiu?

Ao ouvir isso, não tive como retrucar.

— Sendo assim, recebo a mensagem — propôs a dona da loja de pé ao meu lado. — Se for uma conversa inconveniente para ambas, deixe que eu a receba.

Foi uma atitude generosa.

– Se desejar, ali tem chá, sirva-se, por favor. Posso ouvir sem pressa o que você tem a dizer no lugar da Satchan.

Ela indicou a Akio o espaço para chá localizado no fundo da loja.

– Obrigado, mas estou em meu intervalo para descanso, não disponho de tanto tempo.

Ao receber a sacola de papel, Akio apenas se despediu de mim e saiu da loja.

Satsuki, seu comportamento irrepreensível é graças – ou por culpa – da dona da Baikoudo que repele os homens esquisitos. Isso era dito pelas pessoas da galeria. Até mais ou menos no ano anterior, no bom sentido, e recentemente, um pouco no mau sentido. Por homens entendam-se todos os da galeria que se autodenominavam "*fã-clube da Satchan*". Quando estavam sem nada para fazer, entediados, e apareciam para me importunar, eram escorraçados pela dona da loja que parecia ter prazer nisso.

– Desculpe – disse a senhora, abaixando a cabeça. – É a primeira vez que vejo esse homem.

– É Akio, do Centro Comunitário. Ele veio em abril deste ano e talvez não seja desta região.

– Usei o mesmo método que emprego para afastar os rapazes da galeria, mas é você que parece abatida. Se estiver sentindo dificuldades, posso receber a mensagem e depois fazer de conta que me esqueci de transmiti-la.

Ela parecia ciente de tudo. Deixando de lado a mensagem, acabei achando que ela sabia tanto do que aconteceu cinco anos antes como do que estava acontecendo naquele momento, enfim, de tudo. Não, mais do que isso, ela sabia do que tinha acontecido na cidade. E era por saber ainda mais do que eu que provavelmente estivesse cuidando tanto de mim.

Talvez ela tenha se encontrado com meu pai que nunca vi. Se foi isso, gostaria de perguntar a ela que tipo de pessoa ele tinha sido, se ele se parecia com Koichi. Ah, mas ela não conhecia Koichi. Mesmo assim, por que eu teria dito aquilo quando o vi pela primeira vez?

*

Ao olhar na direção apontada por Kimiko, onde estava o veterano que ela achara interessante, havia um grupo de cinco ou seis pessoas bastante animadas. Antes que eu pudesse confirmar qual delas seria, Kimiko, que percebeu a presença da veterana Kurata naquele grupo, me puxou pelo braço, apesar de ainda não ter recuperado minha força física, e descaradamente se atirou dentro da roda de pessoas dizendo *Veterana, por favor, nos elogie. Das moças do primeiro ano só eu e Satsuki conseguimos completar a corrida.*

– Bom trabalho. Mas ainda há muito mais pela frente – Kurata ameaçou em tom meio de brincadeira, e as demais veteranas nos elogiaram, ressaltando o grande feito.

Como fomos elogiadas, era preciso agradecer e a queimação no peito se irradiou para todo o corpo. Levantando a cabeça, ainda meio tonta, me dirigi à pessoa em minha frente dizendo *papai*.

Por um instante todos se petrificaram, e em seguida eclodiram várias gargalhadas.

– Koichi, você tem uma filha bastarda tão grande assim?

O rapaz a quem chamei de *papai* foi caçoado por todos e coçava a cabeça com ar constrangido. Tinha dito algo ridículo e, já com a cabeça fresca, pensei em me desculpar, mas ele foi mais rápido dizendo:

– Então, a partir de hoje... qual era mesmo o seu nome?... Serei o *papai* de Satsuki.

Ao dizê-lo me apresentou a todos ao redor em tom de brincadeira.

– Pessoal, apresento-lhes minha *filha* Satsuki.

E foi assim que fui reconhecida como *filha* dele entre os membros do clube.

– Que espertinha você é, Satsuki. Fez isso de propósito, não foi? – Ao retornar ao dormitório entendi que o rapaz interessante a que Kimiko se referira era Koichi.

Não foi de propósito. Koichi não fazia meu tipo a ponto de me apaixonar; não havia no rosto dele nada que me fizesse sentir uma ligação entre nós; não se parecia com a figura comum de um pai, muito menos aparentava ter idade suficiente para esse papel. Então por que diabos eu o chamei de *papai*?

Na época, só obtivera de minha mãe duas informações sobre meu pai. Ele era inteligente e gostava de montanhas. Por isso, tive interesse no clube de montanhismo da Universidade W e não apenas Koichi como todos os demais rapazes naquele local se enquadravam na outra característica. Acabei pensando o tempo todo nele, achando que teria algo que o diferenciava dos outros. Mas, naquele momento, isso não era paixão.

A própria Kimiko enxergava algo.

— Hoje vou perdoar você com os *kintsubas*. Apesar de parecer ter saído na frente, foi um grande fracasso. Será um trabalho do cão ser promovida de *filha* a namorada.

Os fatos daquela época e Kimiko deveriam estar enterrados no meu passado.

Até que ponto da história Kimiko teria contado para Akio? Não era algo para se falar a uma pessoa que acabara de conhecer, mas em casos excepcionais, e ela sendo quem era, era possível imaginar que tivesse revelado tudo.

Na sexta-feira iríamos nos encontrar no Centro Comunitário, mas o fato de ele ter vindo expressamente até a loja onde eu trabalhava devia ser por também entender a urgência do recado de Kimiko.

No lugar dele, me arrependeria de ter me envolvido. A menos que ele fosse uma pessoa muito curiosa e talvez pretendesse saber mais das circunstâncias.

Se eu recebesse a mensagem, ele deixaria de estar envolvido no caso.

— É realmente fantástico ter vendido cinco doces no momento exato em que mudamos o nome. Mas cosmos é bastante pesado para o estômago, não acha? – a dona da loja disse, aparentando indiferença enquanto repunha os *kintsubas* de creme de leite na vitrine.

Presenteei Akio, que estava do outro lado do balcão na recepção do Centro Comunitário, com conserva picante de pepino em um pote descartável. Comprei em um armazém na galeria, cuja dona me contou que aquela receita tinha como base uma ideia de minha mãe.

Apesar de ir até o Centro Comunitário apenas uma vez por semana, já estava acostumada com aquele local de trabalho e poderia chegar sem nada nas mãos, mas daquela vez desejava um motivo para visitá-lo, seja lá qual fosse.

— Peço desculpas por agora há pouco. Como achei que comer cinco *kintsubas* de creme de leite não seria fácil, se intercalasse com esta conserva conseguiria comer sem nem perceber.

— Os doces eram para todos daqui.

No escritório ao fundo do balcão há quatro funcionários, incluindo o Diretor do Centro.

Em geral, era o que qualquer um faria. O fato de não ter precisado de recibo não significava necessariamente que ele comeria tudo sozinho. Até porque fora comprá-los no horário de descanso do trabalho e se voltasse carregando uma sacola de papel despertaria a atenção das outras pessoas. Todos comeram os doces no lanche das três da tarde. Meus sentimentos estavam tão negativos que nem havia percebido isso.

— Bem, então, por favor, se quiser dividir a conserva com todos em um *ochazuke*, com arroz e chá — eu disse e Akio recebeu o recipiente de plástico nas mãos, tomando cuidado para que não molhasse os documentos próximos a ele. O Diretor se alegrou ao ver que era conserva apimentada.

— Vim para receber a mensagem.

— Aqui? — Akio se virou. Todos estavam trabalhando, mas certamente de orelhas em pé.

— É algo que não possa ser dito aqui?

— Hum... Hoje termino no meu horário habitual. Vamos jantar.

Queria que aquilo tudo terminasse rapidamente ali.

— Aqui perto tem o Takenoya, com pratos deliciosos.

— Lá eu não quero ir.

Acabamos indo a um bar em frente da estação. Foi uma recomendação do Diretor. Será que ele achava que eu e Akio teríamos um encontro romântico? Outros funcionários também sugeriram um lugar com saquê delicioso, ambiente agradável ou chique demais para uma cidade tão pequena, mas sinceramente para mim qualquer lugar estaria bom.

Qualquer lugar, menos o Takenoya, onde minha mãe trabalhava.

Por ser um dia útil e ainda cedo, eu e Akio éramos os únicos clientes no bar situado no segundo andar do prédio em frente à estação. Havia assentos no balcão e mesas. Sentamo-nos na mesa mais ao fundo. Estava decorada com uma flor de cosmos violeta-claro.

— Hoje parece que tudo tem uma ligação com cosmos — afirmou Akio, parecendo contente.

Lamentei por não ter ouvido a mensagem quando ele foi à Baikoudo, o que teria evitado todo aquele transtorno.

— Não entendi bem o sentido e anotei tudo, pois seria difícil guardar na memória.

Depois de pedir cerveja e os pratos, Akio tirou de dentro do bolso da camisa social, além do maço de cigarros, uma folha rasgada de uma caderneta e me entregou.

Se outra pessoa lhe pedir, você aceitará sem pestanejar, mas como eu estou pedindo, você provavelmente não vai aceitar. Os fatos não mudaram, mas desejaria que você entendesse como, ao tentar salvar a veterana Kurata, Kurata estava salvando Koichi por intermédio de você.

Essa foi a mensagem de Kimiko. Não acreditava que tivesse sido pensado no calor do momento. Assumindo que eu declinaria, ela devia ter se planejado previamente em se expressar dessa forma. Outra pessoa não conseguiria compreender, mas são palavras que eu entendia a ponto de doer.

Mas se Akio tinha anotado a mensagem, bastaria ter me entregue e as coisas não precisariam chegar a este ponto.

— Ela disse algo mais além disso?

— Não, foi tudo o que ela me pediu para transmitir a você. No momento de nos separarmos, ela também disse que não havia tempo e pediu por favor, mas acho que isso foi direcionado a mim.

— Isso com certeza também foi uma mensagem para mim. Desculpe ter lhe causado todo esse incômodo.

Como se esperassem o encerramento do assunto, os pratos que pedimos chegaram. Comecei a comer, mas não havia o que conversar. Só então me dei conta de que Akio apenas passara por acaso naquele local e até então ele era alguém com quem eu não havia praticamente tido uma conversa decente.

— Você gosta de montanhas?
— Eu fazia parte do clube de montanhismo quando era estudante.
— Eu também. Como era um curso de apenas dois anos, não fizemos muitas caminhadas, e nenhuma desde que voltei para cá.

Por algum tempo o assunto foram as montanhas. Conversamos sobre os treinamentos do clube de montanhismo e coisas semelhantes, como os trajetos escolhidos por nós eram parecidos, e ele conhecia todos os mesmos locais onde eu estivera: a travessia do Monte Yatsuga, e dos Montes Yariga, Hodaka, Tsurugi... Pensei que nunca mais excursionaria por montanhas, mas senti saudades das caminhadas enquanto conversávamos. E também daquelas flores.

— É muito difícil encontrar dicentras peregrinas. O período de floração é entre julho e agosto. No final de setembro é impossível vê-las.
— Por que se lembrou dessas flores agora?
— No clube havia uma veterana muito parecida com dicentras peregrinas. Do tipo pequena, mas digna, inteligente e doce...

Se tivesse que comparar a veterana Kurata a uma flor, não poderia pensar em outra senão uma dicentra peregrina, a rainha das flores alpinas.

— Satsuki, quando estiver difícil demais, não se acanhe e diga. Porque, quando estivermos na montanha, se você não falar nada aí sim é que vai causar problemas.

A veterana Kurata me disse isso quando ainda não havia completado um mês desde que me associara ao clube.

Sendo órfã de pai, desde criança havia muitas pessoas ao meu redor que me diziam com voz gentil *Se precisar de qualquer coisa* ou *Pode contar comigo*. Pessoas da galeria, professores da escola. Elas diziam o mesmo para minha mãe.

Mas nunca vi minha mãe precisar ou pedir algo a alguém. Quando estava nos primeiros anos da escola, uma vez mamãe caiu de cama, febril. Apesar de eu fazer menção de sair correndo para chamar alguém, ela me impediu garantindo que estava bem sozinha.

– Fico bem sozinha. Se toda vez que cair de cama alguém vier me ajudar, o corpo se acostuma e nunca mais me levanto.

Ao ouvir isso, senti que eu também não poderia depender de outras pessoas. Se dependesse uma vez, acabaria nunca mais fazendo as coisas por mim mesma. Não havia nada que não pudesse fazer sozinha. Mesmo julgando ser difícil, se me esforçasse e superasse, quando numa próxima vez estivesse em situação semelhante poderia resolver facilmente.

Mesmo contente com as palavras doces de Kurata, como sempre eu as ignorava. Simples assim.

– Então, daqui em diante vamos fazer entre nós "um pedido por dia". Uma vez por dia, por mais idiota que seja o conteúdo, seja como for, vamos formular algum pedido entre nós três.

Era uma proposta estranha. Kimiko, que prestava atenção à nossa conversa, repetiu o bordão de sempre: *Sempre só você. É injusto.*

– Então participe você também, Kimiko. Um pedido apenas, uma vez por dia. Para quem não conseguir cumprir, vamos estabelecer como multa a obrigação de fazer um pedido a outro veterano membro do clube.

Dessa forma, o "um pedido por dia" foi visto apenas como algo deprimente na vida diária, mas, quando estava na montanha, pedir para acompanharem meu ritmo de caminhada ou para trocar as mochilas partilhadas por todos por uma mais leve, facilitou as coisas para mim. Porque a força física que eu imaginava ter era, na realidade, força mental. Se no treinamento das férias de verão atravessando o Monte Yatsuga fui capaz de chegar até o final foi graças ao "um pedido por dia". Senti isso ao voltar ao dormitório na cama em que dormi por dois dias seguidos.

– Parece que desviamos do assunto das dicentras peregrinas. A primeira vez que vi tais flores foi na travessia do Monte Yatsuga.

Há muitas delas florescendo nas proximidades do cume do Monte Io, você sabe, e fiquei bastante impressionada. Quando as contemplava fixamente para fazer anotações, imaginei que Kurata também quisesse ver aquilo e fui informá-la. Ao fazer isso, ela declarou se sentir honrada, e seu lindo semblante sorridente era como o sorriso discreto de uma verdadeira rainha.

Akio ouvia sem demonstrar uma expressão de tédio à minha conversa sobre alguém para ele desconhecido.

– "Um pedido por dia?" Continua até hoje?

– Não mais. Em vez disso, acabei declinando um pedido.

– Que tal consultar essa veterana Kurata em relação a este caso?

– Isso é impossível. Devo lhe dizer ou não? Ela não está mais neste mundo...

– Então para alguém que esteja sofrendo pelo mesmo motivo?

Calada, abaixei a cabeça. Tive receio de me expressar em palavras.

– Naquele momento realmente pensei em declinar. Depois de pensar durante uma noite inteira, entendi que estava fazendo algo terrível, mas apesar disso, não consegui tomar uma decisão. Isso porque se eu ajudasse essa pessoa estaria traindo outra.

– Essa pessoa a quem você se refere seria Koichi?

– Você estava ouvindo mesmo com bastante atenção. Conforme consta na mensagem de Kimiko, talvez fosse melhor pensar que não era Koichi quem eu estava salvando, mas a veterana Kurata. Porém ela já não está mais entre nós. Pensei como seria bom se pudesse ver dicentras peregrinas agora, mas isso seria impossível, a menos que encontrasse um feiticeiro.

– Que tal ir a um jardim botânico?

– Não adianta. Apesar de serem as mesmas flores, seriam outras. Precisaria vê-las na montanha.

Akio cruzou os braços e permaneceu calado. Apesar de não ter lhe dito especificamente para me arranjar dicentras peregrinas, ele disse:

– Então vamos!

– Aonde?

– Ao Monte Yatsuga... em direção a Minamiyatsu, Monte Aka.

— Para fazer o que lá?

— Para ver dicentras peregrinas!

— Impossível. Não devem florescer por lá.

— Florescem, sim. Como está sua agenda para o fim de semana? Eu estou livre.

— Não tenho nada programado. Iríamos juntos?

— É perigoso ir sozinha – Akio ponderou depois de um grande intervalo em silêncio.

— Mas não há motivo para você se dar esse trabalho.

— Estou apenas aproveitando a oportunidade para praticar uma boa ação. Vamos imaginar que você se inscreveu para uma excursão na montanha e houve apenas dois participantes. Ou que o "um pedido por dia" foi "Por favor, me acompanhe neste final de semana".

Enquanto eu custava a emitir uma resposta, a porta de correr abriu. Dois membros de meu "fã-clube", o florista e o açougueiro, entraram.

Ao me verem com Akio, os dois se encostaram no balcão com espalhafato e pediram:

— Uma garrafa de saquê para afogar nossas mágoas.

Era impossível continuar a ter uma conversa séria. Mas, por que motivo acabei contando todas aquelas coisas a Akio?

CAPÍTULO
3

Rika

Atravessei a galeria Acácia para ir à Floricultura Yamamoto buscar algumas flores. Havia recebido um telefonema de Kenta na noite anterior.

– Chegou, chegou, chegou...

Pela excitação, entendi do que se tratava sem precisar perguntar, então respondi:

– Mentira, mentira, mentira...

Minha mão tremia segurando o fone. Com voz estridente, ele me informou que haviam chegado flores com uma mensagem. As flores pareciam ser endereçadas a minha avó e a mensagem era para mim.

Eu enviara a carta havia apenas cinco dias e não me continha de alegria por ter recebido uma resposta mais cedo do que imaginara, ou melhor, por tê-la recebido em uma situação na qual não seria estranho se tivesse sido simplesmente ignorada.

– Obrigada, de verdade, obrigada.

Com o fone em uma das mãos, abaixei diversas vezes a cabeça.

– Que tal agradecer diretamente a K. quando se encontrar com ele? Porque a mensagem tem esse teor. Quer que leve agora até você?

Decidi buscar as flores na loja antes de ir ao hospital e pedi a ele para apenas ler a mensagem que viera eletronicamente pelo computador e Kenta iria imprimi-la em um cartão, por isso não havia problema em ouvi-la por telefone.

Espero você no dia 2 de setembro, domingo, às 10h, na casa de chá Acácia, localizada no andar térreo do Grand Hotel H. De K.

Com base nas informações recebidas do pai, Kenta, um tanto agitado, leu a mensagem como em um filme dublado. Ele sempre teve uma garganta potente, treinada pelas músicas tradicionais. Fazia uma imagem de K. como um cavalheiro elegante, mas como Kenta conseguia emitir uma voz tão poderosa, entendi bem que voz e aparência externa não necessariamente coincidem.
Poderia finalmente me encontrar com K.
Ao entrar na loja, Kenta finalizava o arranjo com um laço em uma cesta de flores. Rosas amarelo-pálidas e gérberas de um laranja vívido, realçadas com folhas verde-escuro, exalavam uma sensação de calor como um local ensolarado.
– Agora só falta embrulhar. Espere mais um pouco – Kenta disse, estendendo uma folha de celofane transparente.
– Esse é o meu?
– Sim, por quê? Não está satisfeita?
– Não, está muito gracioso. Mas seria apropriado para uma senhora de idade?
– Isso é puro preconceito. Não há dúvida de que pessoas de idade se alegram muito mais ao receberem flores lindas do que flores sem graça. Além disso, desta vez o cliente pediu que fosse um arranjo próprio para alguém internado no hospital. Dizem que amarelo e laranja são cores vitamínicas, com o poder de dar ânimo a pessoas deprimidas.
– Cliente? Quer dizer que K. definiu o objetivo do envio das flores? Apesar de sempre deixar a critério de vocês?

– Há várias regras relacionadas a flores enviadas para enfermos em hospitais ou para funerais. Se deixam por nossa conta e entregamos algo inapropriado à situação, isso causará um transtorno.

– De fato. Desta vez o arranjo é menor. Quanto custou?

– Não faça perguntas indiscretas... Cinco mil ienes. Em geral, esse é o preço desses arranjos para visita em hospitais, ou melhor, é até um pouco mais generoso. Bem, o objetivo dele desta vez é o mesmo que o seu. As flores são um extra, pois o objetivo era entregar a mensagem.

– E a mensagem?

– Eu a imprimi, mas não precisa ser em um cartão, não é?

Kenta retirou uma folha de uma pasta plástica colocada ao lado da máquina registradora e me entregou. O texto era o mesmo que eu escutara por telefone. Não era manuscrito, mas senti estar realmente recebendo uma mensagem de K.

– Por que está tão risonha? O encontro é só amanhã. É gratificante que tenha vindo uma resposta, mas estabelecer desde o início a data e horário é bastante impositivo. E se você tivesse algum compromisso urgente, o que aconteceria?

– Tenho tempo livre e ele deve ter previsto que eu estaria esperando ansiosa. K. deve ser muito ocupado e talvez amanhã seja o único dia conveniente para ele.

– Tem razão. E ele virá pessoalmente até aqui.

O Grand Hotel H ficava no lado oposto da estação de trem mais próxima do hospital onde minha avó estava internada. Era o maior hotel da região e foi também o local onde meus pais realizaram sua recepção de casamento. Será que K. sabia disso?

Que tipo de pessoa seria aquela que continuamente oferecia flores com carinho a minha mãe, a *pessoa amada*? Teria ele também alguma expectativa com relação a mim, a filha? Não ousaria dizer que éramos muito parecidas fisicamente, mas havia alguma semelhança entre nós. Seria um transtorno se ele me olhasse de longe, se decepcionasse e acabasse furtivamente indo embora.

– E agora? Com que roupa devo ir? Será que tem algum problema em ir de jeans? E o cabelo? Há três meses não corto. Talvez fosse melhor ir ao cabeleireiro... Mas vai ser duro ter que gastar com isso.

— Não diga bobagens. Em lugar do cabeleireiro, você tem de ir ao hospital. Jeans, blusa, não importa, não tem relação com K. Vamos, leve isso e vá ver sua avó. O resultado do exame de sangue vai sair, não é?

— Vai sim...

Kenta colocou a grande sacola branca no balcão, diante do meu rosto, com o amarelo e laranja mergulhando para dentro de meus olhos. Estava muito apreensiva, mas na verdade bastou ver as flores para me animar.

Ao entrar no quarto, minha avó estava deitada de lado, olhando vagamente em direção à janela. A TV estava desligada. Nem sequer atentou à minha presença, como se estivesse imersa em pensamentos.

— Vó! – chamei baixinho, do pé da cama, sem querer assustá-la.

— Ah, Rika. Você veio mesmo ocupada.

Ela apenas virou o pescoço e me olhou sorridente. Com certeza desconhecia a situação do meu antigo trabalho. Mesmo sabendo que era professora em uma escola de inglês, talvez não se lembrasse que o nome da empresa era JAVA. Em geral, ela se sentava, mas nesse dia continuou deitada apenas apertando o botão próximo à sua mão para erguer a parte superior da cama. Estaria se sentindo tão mal a ponto de não poder se levantar por força própria?

— Como está? Se não estiver bem nessa posição, pode continuar com a cama abaixada.

— Está bem assim.

Minha avó possivelmente me responderia dessa forma mesmo com dores no estômago, indisposta devido aos efeitos colaterais da medicação, ou sem energia para se sentar. Quando falasse com o médico encarregado entenderia sua situação física. Como ela se mostrava animada, reagi a isso ainda mais animada.

— Trouxe flores. As de hoje são maravilhosas.

Puxei a mesinha anexa à cama e coloquei bem no centro dela a cesta de flores retirada da sacola de papel.

— Nossa, são lindas. Parecem o Sol.

De olhos apertados, minha avó admirou as flores com alegria. Uma luz parecia ter adentrado subitamente o quarto soturno, do qual os demais pacientes tiveram alta, um após o outro.

– De quem são as flores?

– Da Floricultura Yamamoto.

– Flores tão caras assim?

– Porque dia desses dei uma ajuda ao pessoal de lá...

Ainda deitada, minha avó estendeu o braço e tentou abrir uma gaveta.

– Vó, não se preocupe. Eu anoto direitinho na caderneta.

Ela tentava tirar da gaveta a caderneta com a lista de visitas. Toda vez, ela registrava meticulosamente quem a visitara, quando e o que recebera do visitante.

– Antes disso, vou trocar a água destas flores aqui.

Peguei o vaso de gencianas e lisiantos e saí do quarto. Havia algumas murchas, mas metade delas ainda florescia.

Devia ter previsto que minha avó perguntaria quem presenteara as flores.

Desde pequena minha mãe me dizia que sempre deveria informar a ela quando recebesse um ato de generosidade de outras pessoas. Certa vez, apesar de ter recebido um *kintsuba* da senhora da Baikoudo, esqueci completamente de avisar minha mãe, mas ela acabou descobrindo. *Canso de falar com você*, minha mãe ralhou. *Não precisa ficar tão irritada*, minha avó interveio. *Mas foi justamente você quem me educou desse jeito. E agora defende a neta.* Até minha avó acabou pressionada pela minha mãe.

Mamãe devia estar no céu se lamentando por uma filha tão despreparada intelectualmente, apesar da idade.

Enganei de imediato minha avó, mas não teria sido melhor ser sincera e dizer logo que as flores eram presente de K.?

Se porventura minha avó ficasse sabendo a real identidade de K., ela poderia agradecer a ele pelas flores recebidas. E como fora no caso de mamãe? Todo ano ela recebia com muita naturalidade o luxuoso arranjo de flores, mas será que ela agradecera devidamente a K.? Do jeito que ela era, não consigo imaginar que apenas recebesse sem uma palavra de agradecimento. O mesmo com relação à minha avó. Após a morte de mamãe, mesmo as flores sendo entregues, eu não me importava com aquilo, mas minha avó deve ter pensado várias vezes em escrever um agradecimento.

Vou contar a ela a verdade: que as flores foram enviadas por K. Talvez ela se questione o porquê de K. ter conhecimento da doença dela. O jeito é colocar a culpa em Kenta. O arranjo de flores anual deveria ser entregue no próximo mês. O pedido chegara cedo e se eu dissesse que naquele ano Kenta perguntou sem querer por e-mail se deveria fazer um arranjo para visita hospitalar, ela certamente se convenceria.

Kenta ficaria com raiva de mim se descobrisse, mas como havia jogado fora os boletos antigos onde constavam informações valiosas sobre K., com certeza aceitaria assumir a culpa por algo tão pequeno.

Voltei para o quarto trazendo o vaso de flores e o coloquei ao lado da janela. Minha avó contemplou as flores com uma expressão tranquila. Tinham um ar de flores para túmulos no cemitério, mas minha avó talvez tivesse gostado delas.

Abri uma cadeira dobrável e me sentei ao lado da cama.

– Kenta disse que laranja e amarelo são cores vitamínicas, que trazem energia para o corpo. Ele fez o arranjo tendo isso em mente, mas na realidade o presente é de K.

Ao transmitir isso com determinação, minha avó franziu de leve as sobrancelhas.

– Aquele K. que todo ano manda flores?

– Ele mesmo. Quando o pedido deste ano entrou, Kenta sem querer perguntou se eram flores para visita hospitalar e acabou recebendo um e-mail de confirmação. Parece que é preciso confirmar com o remetente esse tipo de coisa.

– Foi muita preocupação da parte dele.

– Devemos agradecer a K.? Não apenas um presente de retribuição agradecendo pela gentileza, mas também porque no próximo mês novamente um exuberante arranjo de flores deve ser entregue. Até agora não havia me tocado, mas não deveríamos mandar palavras de agradecimento por receber aquelas flores maravilhosas? Ou a senhora costumava escrever para ele? Se for isso, este ano eu escrevo. Se souber o endereço...

— Esqueça isso — minha avó me interrompeu com voz doce. — Nunca mandei cartão de agradecimento.

— Mas tanto a senhora como mamãe eram ultrazelosas com relação a isso, mais do que o normal.

— As flores de K. não são um presente, mas uma espécie de demonstração de gratidão. Por isso, basta que as recebamos caladas.

— Isso mostra que a senhora sabe quem é K.

— Não sei.

— E mamãe?

— Certamente não sabia.

— Mas me lembro de ter visto uma vez escrito *À pessoa amada* no cartão de mensagem.

Menti. Porém era verdade que K. informara ao pai de Kenta que as flores eram para *a pessoa amada*. K. não escreveria uma mensagem dessas para uma pessoa que não o conhecesse. Não se tratava de um fã fervoroso de um ídolo. Ou mamãe teria atuado em alguma profissão desse tipo? Ela era uma dona de casa que gostava de viagens e pintura, mas antes de se casar... Não, se tivesse sido de outro jeito eu teria ouvido sobre isso em algum momento. Mesmo ela própria não comentando, alguém da galeria teria me contado. De popular, no máximo, seria pelo fato de ter sido coroada Miss Acácia.

— Deve ter sido uma brincadeira do senhor Yamamoto. Ele sempre foi muito divertido.

— Não acho. O senhor Yamamoto sabe distinguir o particular e o profissional — respondi apreensiva, pois não seria justo que fossem levantadas suspeitas sobre o senhor Yamamoto por minha causa.

— É mesmo. Mas na verdade não sei ao certo. Você agora está tão preocupada com K., mas o certo teria sido pedir a sua mãe, enquanto ela estava viva, para lhe explicar claramente o motivo desse homem mandar flores. Se Akio estivesse aqui também talvez nos contasse o que sua mãe lhe teria dito. Mas como ambos morreram juntos, não há o que fazer.

Mamãe desconhecia a real identidade de K., mas sabia o motivo pelo qual as flores eram enviadas. Meu pai também sabia. Apesar de ser para "a pessoa amada".

— Sua mãe deixou que K., um desconhecido, lhe enviasse todos os anos aquela enorme quantidade de flores. Ela as recebeu calada, e a meu ver nós deveríamos fazer o mesmo.

Minha avó suspirou profundamente. Apesar de sua saúde parecer ter piorado, acabou falando bastante. Senti como se ela me dissesse indiretamente para parar de buscar informações sobre K., mas eu me encontraria com ele no dia seguinte. Decidi não perguntar além daquilo à minha avó.

— Vamos esquecer K. Apenas me preocupei porque até a senhora está recebendo flores dele. Em vez disso, vou até a sala do seu médico. Acho que devo demorar porque precisamos conversar sobre o resultado dos exames e a cirurgia. Enquanto isso, tente dormir um pouco.

Para arrumar a mesa, transferi a cesta de flores para o lado do vaso na janela. Apertando o botão do sistema automático, devolvi a cama à posição horizontal e ajeitei a coberta.

— Se quando eu voltar a senhora estiver dormindo, vou embora sem acordá-la. Volto amanhã.

— Não precisa ter tanto trabalho. Descanse você também, Rika. Ah, você não poderia levar as flores de K. para o posto de enfermagem? Como é o tipo de flor que faz brotar energia, é melhor colocá-las em um local onde todos possam vê-las.

Atendendo ao pedido dela, saí do quarto carregando a cesta. Nem todos poderiam gostar das flores, já que a combinação de cores tão vibrantes devia ser um pouco ríspida para os olhos de pessoas de mais idade. Daria delicadamente esse conselho a Kenta.

Dois dias antes, minha avó se submetera a exames que ajudariam a definir se seu corpo suportaria uma cirurgia. A cirurgia era delicada e possivelmente demoraria quase metade de um dia, o que exigia bastante do corpo. Se ela não conseguisse aguentar, o jeito seria desistir do procedimento e recorrer a tratamentos para estender sua vida com quimioterapia. Ou apenas lhe dar o mínimo de medicação necessária para aliviar sua dor e aguardar calmamente o dia final chegar.

Até a realização dos exames, ignorava a necessidade deles e só me preocupava com a questão financeira. De repente, a apreensão com o dinheiro já não era mais tão importante. *Não é possível operar. O que devemos fazer daqui em diante?* Em geral, em situações assim, a família é consultada, mas, no meu caso, teria de decidir sozinha. Aquilo era muito difícil.

O resultado dos exames indicou que minha avó poderia ser operada.

– Obrigada – disse, entregando o cesto de flores de cores vitamínicas à enfermeira encarregada.

No dia seguinte, informaria também a K. que a data da cirurgia fora definida. Seria no final da próxima semana.

Ao voltar para o quarto sentindo-me mais leve com a notícia dos exames, deparei-me com um visitante ao lado do leito de minha avó.

De pé, ele contemplava fixamente o rosto de minha avó adormecida. Desde quando estaria ali? Antes de cumprimentá-lo, o fato de ser um homem desconhecido fez com que eu me escondesse rapidamente atrás de um dos batentes da porta escancarada. Na lista de visitas constavam vários nomes, mas praticamente só de pessoas da cidade e, com exceção de um, todas eram mulheres. O único representante do sexo masculino era o dono da Baikoudo. Quem seria afinal aquele senhor?

Tampouco algum visitante masculino viera ver minha avó antes de sua internação.

Ele parecia ter idade semelhante à dela. Apesar de o equinócio de outono ter passado, o calor perdurava. Mesmo assim, ele vestia um casaco elegante devidamente abotoado. Era impensável que uma pessoa das redondezas viesse fazer uma visita no hospital tão bem vestido. Talvez viesse de longe.

Contudo, poucos tinham conhecimento da internação de minha avó. Como meus avós paternos faleceram quando eu ainda estava no colégio, não tinha outros parentes para avisar sobre o ocorrido.

Não acreditava que aquele senhor pudesse ser K. Se fosse, ele saberia que minha avó estava internada e em qual hospital. O encontro estava marcado para o dia seguinte, às dez da manhã. Seria estranho ele vir até aqui um dia antes.

– Com licença, o senhor é conhecido de minha avó? – perguntei timidamente me aproximando por detrás dele.

– Sim, sou. Somos velhos conhecidos. – Parecendo ter se espantado, o homem virou a cabeça e respondeu aparentemente mais tenso do que eu.

Sua voz era sóbria a ponto de ser agradável aos ouvidos. Esse homem seria mesmo K.?

– Desculpe. O senhor veio gentilmente visitá-la e ela está dormindo. Vou tentar acordá-la.

– Não se dê ao trabalho. Voltarei amanhã.

– Isso seria imperdoável. Se ela souber que o senhor veio visitá-la e que não a acordei, ficará aborrecida.

– Não se incomode. Estou hospedado no Grand Hotel H em frente à estação.

O local do encontro com K. Teria ele dito isso com a intenção de me testar? No dia seguinte, ao chegar ao hotel, despreocupadamente diria apenas *Ah, ontem nos encontramos, não é mesmo?* Como eu deveria agir para não cometer uma indelicadeza?

– Então, por favor, me diga seu nome. Informarei minha avó.

– Se fizer isso, ela saberá que estive aqui enquanto ela estava dormindo e acabará preocupada. Se desejar, por favor, enfeite outro lugar com estas flores. Amanhã, quando vier, trarei outras.

O homem me entregou uma sacola de papel branco que estava apoiada na sua perna. Eu a recebi e olhei o interior. Havia um buquê de cosmos nas cores branca, violeta-claro e violeta-escuro, misturadas.

– Essas flores...

Hesitei em completar: *... foram as que eu lhe enviei?* Enquanto isso, o homem ajeitou a gola da jaqueta e depois de fazer uma reverência à minha avó, saiu do quarto.

Seria melhor ir atrás dele? Porém se ele fosse K. nos encontraríamos no dia seguinte. E mesmo se fosse apenas um conhecido de minha avó, como dissera que voltaria amanhã não adiantava lhe perguntar mais nada.

O olhar dele para minha avó não era o de alguém que a via pela primeira vez.

Se ele fosse K., isso significava que ele conhecia minha avó. Não era possível acreditar que ela havia escolhido justo o momento em que ela estava dormindo para visitá-la. E minha avó também devia conhecê-lo. Se fosse assim, por que ela mentiria para mim afirmando o contrário?

À pessoa amada. Isso significava que aquele homem amava minha mãe? Mesmo assim, havia uma grande diferença de idade entre eles. A ponto de poderem ser pai e filha. *À filha que eu amo?* Não aguentava mais. Talvez por ter tempo livre, estava assistindo novelas demais. Minha avó, que nunca deixou, nem mesmo um único dia, de colocar incenso no ofertório, jamais teria na vida um homem com quem mantivesse uma relação imprópria.

De nada adiantava ter tantos pensamentos confusos, já que tudo se esclareceria no dia seguinte.

Minha avó dormia profundamente. Era um alívio que sua respiração estivesse regular.

Escrevi um bilhete avisando que voltaria no dia seguinte e deixei o quarto levando comigo a sacola de papel com o buquê de cosmos.

— Devem ser outras flores — Kenta disse, contemplando o buquê de cosmos. Na volta dei um pulo na Floricultura Yamamoto e pedi a Kenta para confirmar se o buquê que havia recebido no hospital era o mesmo do pedido que fiz endereçado a K.

— Você me pediu cosmos, mas foi para fazer um arranjo tendo cosmos como a flor principal. Você mesma disse que misturar diversas flores faz parecer mais suntuoso. Mas neste buquê só há cosmos. Sua avó gosta dessa flor?

— Não acredito que ela deteste.

— Bem se vê que você não sabe.

— Ela parece gostar mais de gencianas azuis do que de lisiantos violetas.

Apesar de suspirar exageradamente e ficar amuada, não consegui dizer a ele que achava as cores vitamínicas ríspidas para os olhos de pessoas de idade. Sabia que Kenta era muito orgulhoso do seu trabalho como florista. Ao passar em frente do posto de enfermagem na saída do hospital, a cesta de flores enfeitava a lateral do balcão de recepção, fazendo iluminar de súbito o rosto dos que passavam próximo.

– Mesmo que ele tivesse dito que no momento do encontro levaria o buquê de flores que você lhe enviou como sinal de identificação, certamente não seria tão mesquinho a ponto de usá-las em uma visita hospitalar. Não se trata de outra pessoa?

– Mas ele sabia que minha avó está internada no Hospital da Universidade H e disse que está hospedado no Grand Hotel H.

– Suponhamos que ele fosse K. Que relação teria ele com sua avó? Com que cara ele olhava para ela enquanto dormia?

– Contemplava fixamente. Era como se estivesse tristonho. Quando lhe dirigi a palavra se assustou e também olhou fixo para o meu rosto. Tinha o ar de alguém importante de uma empresa, mas seu jeito de falar era polido e bastante atencioso.

– Já pensou se fosse o marido de sua avó que estivesse vivo...?

– Pare com isso. No ofertório tem a tabuleta com o nome de meu avô e uma foto dele. Mas por um instante também pensei a mesma coisa. Bem, se analisar com calma, meu rosto é muito parecido com o do meu avô na foto. E com o de minha mãe também. A questão não deve ser essa.

– Seja como for, amanhã tudo deve ser solucionado. Você perguntou à sua avó o que ela deseja obter no leilão?

– Ah...

– Olhe, é melhor você anotar hoje à noite o que deseja falar com K. amanhã. Afinal, você não vai lá só para bater papo. Quer que eu a acompanhe?

– Não precisa, está tudo bem. Mas acho que vou pôr no papel, sim.

Aproveitando que não havia trabalho na loja, peguei de imediato minha caderneta. Depois que a escola faliu, praticamente não a usei.

Qual a relação entre o senhor e minha mãe?

— O dinheiro para a cirurgia não deveria vir primeiro?

— Tem razão. Ah, é, minha avó pode ser operada. Disseram que ela tem força física suficiente. Mas talvez seja a primeira e última chance, segundo eles.

Ao relatar a Kenta o que eu havia ouvido sozinha, era como se me contivesse para não chorar, como se um fio de tensão tivesse acabado de afrouxar.

— Vai dar tudo certo.

— Vai sim. É mesmo, vou levar essas flores até o cemitério. Preciso pedir a mamãe, papai e vovô para protegerem a vovó.

Fechei a caderneta com a anotação inacabada e saí apressada da loja.

Não há porque resolver as coisas chorando. Era o que minha mãe dizia quando, com frequência, eu choramingava por qualquer bobagem. Mas dizia que também era uma grande felicidade ter alguém que seja forte por nós.

Então, naquele momento, prometi a mim mesma que até a cirurgia ser bem-sucedida, não choraria.

Atravessei a galeria em direção ao templo localizado no lado oposto de minha casa. Desde o dia de finados eu não visitava o cemitério. Estava ocupada com os problemas do trabalho e da cirurgia e acabei me esquecendo das obrigações budistas na semana do equinócio. Comprei incenso no armazém ao lado do templo, coloquei água em um balde, e me dirigi ao túmulo da família.

Esperavam serenamente por mim varetas de incenso acesas levantando uma fumaça suave e um buquê de cosmos enfeitando um vaso.

Miyuki

Kazuya voltara do escritório e quando jantávamos ele sugeriu darmos um passeio de carro no fim de semana. Não temos carro próprio. Pelo visto ele pegaria emprestado um veículo do escritório. Soava muito divertido e naquele instante fiquei animada com a ideia, mas na realidade nunca tinha feito algo parecido. Logicamente já tinha andado de carro na vida, mas como meio de transporte, e não sabia ao certo se *passear de carro* consistia em se divertir apenas por andar de carro ou se após chegarmos ao destino final da viagem.

– Que acha de eu preparar um bentô para levarmos? – sugeri, por imaginar algo próximo a um piquenique.

– Seria ótimo. Faça para três pessoas, ou melhor, como ele come muito, poderia preparar como se fosse para quatro pessoas?

– Ele?

– Kiyoshi Moriyama, funcionário administrativo. Lembra? O filho da senhora que recentemente ofereceu flores a você.

Estava convencida de que seríamos apenas nós dois, mas aparentemente uma pessoa da empresa nos acompanharia.

– Se for uma viagem a trabalho, não seria melhor eu ficar em casa?

– Não, vamos juntos. Kiyoshi conhece alguns locais relacionados a Michio Kasai e por isso pedi a ele para nos levar até lá.

— Sendo assim, será que ele pode nos levar também até o Vale das Chuvas?

— Você se refere ao Vale Mikasa?

— Como eu imaginava, há um nome oficial. Bem que achei estranho. Mas tanto o dono da Baikoudo quanto a esposa dele disseram que esse lugar é chamado de Vale das Chuvas há muito tempo.

— Por que você perguntou sobre isso?

— Na realidade...

Revelei que pesquisara um pouco por conta própria sobre Michio Kasai. Não pensei em nada presunçoso como uma pista para um novo projeto ou algo assim. Queria compartilhar, mesmo que modestamente, do desafio de Kazuya.

Por ser um pintor famoso esperava ser possível obter informações de qualquer pessoa a quem eu perguntasse. Mas, ao sair para fazer compras na galeria Acácia, mesmo indagando às pessoas das lojas *Esta cidade tem alguma relação com Michio Kasai?*, todos apenas reagiam respondendo *Não sei bem, mas tenho impressão de já ter ouvido falar sobre isso*. Mesmo sabendo que ele era um pintor, ninguém conhecia suas obras.

A exposição de Michio Kasai que visitei com minha tia estava lotada apesar de ser um dia de semana. Não conseguimos sequer parar em frente de uma pintura que recebeu um prêmio, e mesmo para comprar produtos relacionados tivemos de enfrentar uma fila por quase meia hora. Minha tia comprou uma coletânea das pinturas mais representativas reunidas em um livro, e eu comprei um conjunto de cartões-postais ilustrados.

Carreguei esse conjunto de cartões-postais ilustrados enquanto caminhávamos, mas mesmo mostrando ao dono da Baikoudo e sua esposa, eles apenas expressaram uma impressão indiferente dizendo: *Quem diria que ele pintava esse tipo de quadros. Mas, afinal, por que as pessoas acham isso bonito?*, a ponto de eu ter de explicar: *Esta pintura é da fase anterior, índigo, esta é da fase posterior, escarlate, e há pinturas supostamente pintadas nas proximidades daqui, de uma fase intermediária.*

Em meio a tudo isso, a única descoberta que fiz foi que minha pintura predileta tinha sido pintada no Vale das Chuvas. Entre pinturas abstratas apenas, encontrei uma única de fácil compreensão. As pessoas que a viram provavelmente sentiram-se também aliviadas.

— Olha só. Há também uma pintura de paisagem. Ela é incrível.

— Nossa, ela retrata o Vale das Chuvas, não?

— É verdade. É o Vale Mikasa visto da Rocha do Leão no Vale das Chuvas. Isso me lembra que, antigamente, acompanhada de meu pai, fui algumas vezes fazer entregas em uma casa localizada por ali. Quem sabe não era a casa do pintor?

— Isso quer dizer que éramos fornecedores do famoso pintor Michio Kasai? Mas isso é fantástico. Vamos usar isso como propaganda.

Depois disso, toda a conversa girou em torno de quais eram os doces preferidos de Michio Kasai e se ele havia visitado a loja diretamente. A ponto de eu receber *kintsubas* em agradecimento pelas valiosas informações que repassara a eles.

— Falar assim pode soar rude, mas o pessoal do interior não se interessa muito pelas artes. Todos os visitantes da exposição eram pessoas que, assim como minha tia, pareciam ter disponibilidade de tempo e dinheiro.

— É mesmo. Kiyoshi parece conhecer um pouco, mas outros desconheciam completamente o pintor. Visto pelo ângulo dos oficiais do governo, provavelmente querem construir uma instalação para relacionar o nome do artista à sua região de nascimento e tornar a cidade conhecida em todo o país, mas, na minha opinião, só terão sucesso se construírem uma instalação que as pessoas desta cidade compreendam e da qual possam desfrutar.

— Até nisso você também pensou, Kazuya. Pedi a minha tia que me enviasse a coletânea de pinturas comprada naquela época, mas talvez tenha sido algo inútil.

— Claro que não. Descobri em uma pesquisa que fiz na secretaria de documentos históricos regionais da prefeitura que a pintura que você disse gostar foi pintada no Vale Mikasa. Ignorava completamente que lá era chamado Vale das Chuvas e de que posição teria sido feita. Tampouco que Michio Kasai comia lá os doces da

Baikoudo. Isso fez brotar em mim uma familiaridade por me sentir próximo à presença desse genial pintor.

– Então serviu para alguma coisa?

– E não foi pouca coisa. Ficar de pé no local onde ele fez a pintura, tendo no peito o mesmo sentimento de Michio Kasai, é como se o que ele tivesse desenhado parecesse se materializar e tomar conta mim.

Retirei a louça da mesa e preparei chá quente acompanhado de *kintsubas*.

Foi realmente bom ter tido coragem e perguntado às pessoas na galeria.

Kazuya me pediu para que, no dia seguinte, aproveitando que compraria os ingredientes para os bentôs, passasse na Baikoudo e comprasse o doce predileto de Michio Kasai. Estava quase certa que deveria ser *kintsuba*.

Sob o céu limpo de outono saímos os três para um passeio de carro: Kazuya, eu e Kiyoshi Moriyama. Ao volante, Kiyoshi servia de guia, eu ocupava o banco do passageiro, e Kazuya sentou no banco traseiro. Kiyoshi era um rapaz simpático e franco como sua mãe. Durante o tempo em que dirigiu o carro, falou coisas sobre a cidade e sua família, intercalando com algumas anedotas.

Após se formar por uma escola técnica no ensino médio, Kiyoshi trabalhou no chão de fábrica em uma empreiteira local. Parece que, quando Kazuya procurava por funcionários para o escritório, ao perguntar ao gerente da empreiteira se não conheceria alguém capacitado, ele lhe apresentou Kiyoshi. Vendo a compleição delicada do rapaz, Kazuya achou que ele realmente combinava mais com o trabalho do escritório do que com o da fábrica.

– Fiquei realmente feliz por ter sido contratado para o escritório. O trabalho no chão de fábrica era agradável, mas participar desde a fase da concepção no papel é muito bacana. Também quero estudar para me tornar um projetista.

Depois de ter alegremente contado sobre seus sonhos, ele acrescentou às pressas, como se tivesse falado mais do que deveria:

– Quer dizer, o trabalho de escritório também é gratificante. Posso usar o que aprendi no ensino médio. – Kazuya sorria olhando o rosto de Kiyoshi pelo espelho retrovisor interno.

– Você tem habilidade nas mãos e é inteligente. Basta estudar com afinco e ter como meta o que deseja fazer. Afinal, você tem apenas 20 anos.

– Acha mesmo? Meu sonho é construir do zero minha própria casa. Agora estou usando um quarto de seis tatames separado por uma estante que divido com minha irmã mais nova. Todo dia ela me diz para casar e sair logo de casa.

– Não vai assumir os negócios da família?

– Minha irmã está doida para assumir, o que seria um transtorno.

Kiyoshi começou a falar sobre a irmã, três anos mais nova do que ele. Contou coisas banais, como ela cantar à noite em voz alta sem se tocar; como ela era gulosa; e como ela não gostava de estudar. E eu, filha única, ouvia tudo com muita inveja. Como nos últimos tempos não tinha dado muita atenção à minha mãe, pensei em lhe escrever uma carta depois de tanto tempo.

Exatamente duas horas depois, chegamos ao Vale Mikasa, ou Vale das Chuvas. Ao redor de nossa casa ainda não era possível ver as folhas das árvores tingidas pelo outono, mas nas cercanias do cume do Monte Mikasa, a dois mil e duzentos metros de altitude, uns oitenta por cento das folhas já estavam coloridas. Esse local, parecendo uma cavidade profunda e perpendicular entre montanhas, tinha rochas de variados formatos, erguendo-se ao longo das duas margens do rio, cada qual assemelhada a uma magnífica escultura natural.

Para além do conjunto de esculturas, estendia-se um céu azul sem nuvens.

– Por que chamam de Vale das Chuvas a um local tão aprazível?

– É porque com frequência, mesmo quando faz sol na cidade, só aqui está chovendo. Vim em diversos eventos escolares, mas todas as vezes deu errado e choveu.

– Jura? Apesar da chuva é um local encantador, por isso não creio que tenha dado errado.

– Você é muito gentil.

Senti-me bem ao ouvir Kiyoshi me elogiar e sugeri pensarmos em almoçar. Percebi que a barriga de Kiyoshi começava a roncar de fome. Ao perguntar se não haveria um bom lugar para comermos os bentôs, ele disse que ao redor da Rocha do Leão era um local agradável e nos levou até lá.

A Rocha do Leão, como o próprio nome dizia, tinha o formato do perfil de um leão uivando em direção ao céu. Estirei uma toalha de piquenique que trouxera de casa em um local plano diante da rocha e abri os bentôs de dois andares. Conforme Kazuya me pedira, preparei *makizushi*, *inarizushi* e *tamagoyaki* para quatro pessoas. Kiyoshi devorou rapidamente a comida, repetindo que estava deliciosa. Era difícil imaginar como tanta comida teria entrado em um corpo tão delgado.

– O formato de leão é ainda mais nítido do que eu imaginava – Kazuya comentou erguendo os olhos em direção à Rocha do Leão.

– Como você conhecia a Rocha do Leão, Kazuya?

– Pelas pinturas de Michio Kasai, pintor predileto de Miyuki. Há uma que retrata a paisagem do Monte Mikasa vista a partir da rocha.

– Ah, é a *Lua ao alvorecer*, não? – Kiyoshi disse com o rosto resplandecente como se lhe fosse atribuída durante a aula uma questão de sua matéria favorita. Uma reação totalmente diferente das pessoas da galeria Acácia.

– Você a conhece, Kiyoshi?

– Alguns anos atrás, fui com minha avó a uma exposição de Michio Kasai. Creio que ela me escolheu para ir com ela por estar enfraquecida, mas fomos os dois até lá por algum motivo às escondidas.

– Talvez tenha sido a mesma exposição a que fui. Você já tinha interesse por Michio Kasai naquela época?

– Não, de jeito nenhum. Ignorava por completo o porquê de as pinturas serem boas e ao dizer isso minha avó se irritou e me aconselhou a não julgar apenas pelo que se vê, mas tentar imaginar onde residia a ideia do artista. Em particular, a época denominada *fase anterior* foi um tempo em que não lhe era permitido pintar aquilo que tinha vontade. Imaginei que ele somente poderia pintar aquilo que desejava se deformasse os desenhos a ponto de não se identificar o que estava ali. O que aconteceria se retirássemos a deformação daquele quadro? Quase abrindo um buraco de tanto olhar a pintura que eu não entendia, até certo ponto consegui enxergar uma linda paisagem. Senti que as telas exprimiam a indignação por meio da destruição. Mas, se pensar racionalmente, na *fase posterior* não há necessidade das deformações. Imaginei que ele provavelmente pintasse com alegria. Como se desejasse mostrar a todos os seus tesouros.

Foi uma interpretação com um extraordinário poder de persuasão que até então eu não havia escutado, e apenas permaneci atônita. Ademais, não era um crítico de arte, mas um rapaz com idade inferior à minha.

— Kiyoshi, você é incrível — Kazuya disse como se estivesse sinceramente admirado. Kiyoshi deixou entrever um sorriso tímido.

— Falei de um jeito como se eu mesmo tivesse interpretado, mas na realidade fui guiado pela minha avó. Ela me dava pistas como: *Veja, isto é provavelmente um crepúsculo* ou *Parece uma mãe abraçando o filho recém-nascido*, e com isso aos poucos eu ia entendendo as regras das cores e formas. Assim comecei a poder imaginar vagamente o que as pinturas em geral retratavam.

— Sua avó trabalhava em algo relacionado à pintura?

— Não, nada disso. Ela não parecia ter interesse por outros pintores.

— Então é sinal de que ela deve gostar muito dos quadros de Michio Kasai. Provavelmente ficará contente quando souber que por aqui perto vai ser construído um museu de arte.

— Na realidade, ela faleceu no mês seguinte à nossa ida à exposição. Talvez ela tivesse algum pressentimento e se esforçou para ir até a cidade T.

— Oh, me perdoe.

— Não há o que se desculpar. Onde ela estiver, deve estar contente porque nesta cidade haverá um museu de arte de Michio Kasai, e quando souber que pude dar minha contribuição, mesmo que modesta, ela provavelmente se alegrará por ter valido a pena gastar aquele dia para me levar à exposição. Você vai participar no concurso, não vai?

— Foi com essa intenção que pedi para que você nos trouxesse aqui hoje.

—Vença, por favor, a qualquer custo.

Isso fez os olhos de Kazuya brilharem. De frente para Kiyoshi, ele estendeu uma das mãos. Kiyoshi timidamente estendeu a dele. Kazuya apertou forte a mão de Kiyoshi. Eu contemplava esse instante em que o forte vínculo entre dois homens se firmava com um sentimento misto de inveja e confiança.

Checando os cartões-postais ilustrados, nos colocamos de pé no mesmo local e ângulo que se via na *Lua ao alvorecer*, e erguemos os olhos para o Monte Mikasa.

Há outras pinturas que se acredita terem tido este local como cenário. Na entrada do vale, onde dizem que estava situado a cabana de Michio Kasai, há cosmos em plena florescência. Segundo a pesquisa realizada por Kazuya, quando Michio Kasai saiu desta cidade, conta-se que ele próprio incendiou a cabana e plantou sementes de cosmos nas cinzas. Neste local também se vê uma paisagem deslumbrante.

— Por que teria Michio Kasai pintado apenas a *Lua ao alvorecer* na forma de paisagem?

— Segundo a teoria de um crítico de arte, parecia uma obra pintada para refutar a voz do público que dizia que ele enganava as pessoas por não saber pintar nada direito, mas após ouvir a conversa de Kiyoshi não consigo acreditar que tenha sido apenas por isso.

—Tem razão. Como disse a avó de Kiyoshi, talvez o que se vê e o que é expresso por meio do coração do artista não têm necessariamente o mesmo aspecto, mas quando pintou aquele quadro provavelmente ambos coincidiram.

—Também penso assim.

Fiquei envergonhada por ter falado como se entendesse do assunto, mas ao receber a concordância de Kazuya, pude ter confiança que minha forma de pensar estava correta. Qual seria a interpretação de Kiyoshi? Ao olhar para o lado, ele erguia os olhos para o céu límpido parecendo se sentir bem.

– Ah, sim, vamos comer os *kintsubas* aqui. Talvez sintamos o mesmo que Michio Kasai sentiu.

Ao perguntar ao dono da Baikoudo, fui informada que os doces entregues a Michio Kasai eram realmente *kintsubas*.

Após voltar para casa, logo depois do jantar, Kazuya se retirou para a sala de estar. E seria mais correto dizer que me retirei para a cozinha. Por ser uma casa alugada originalmente diminuta, a mesa de trabalho estava colocada a um canto da sala de estar, e para não atrapalhar Kazuya quando fazia seus desenhos, eu optava por sair da sala.

Estava tricotando, mas ao contrário da alegria que senti durante a tarde, fui de súbito tomada por uma tristeza e decidi fazer café e levar para a sala. Kazuya olhava a coletânea de pinturas que minha tia me enviara outro dia.

– É útil para você?

– Muito. Quando olho pensando no que Kiyoshi falou, aos poucos também sinto que compreendo o que Michio Kasai pintou. Veja esta tela da *fase posterior*. Não estaria retratando uma mulher? Essa cor laranja seria uma flor violeta-claro?

– Por que o laranja seria violeta-claro? E é possível uma flor nesse formato mais parecido com uma bala colorida?

– É a impressão que me dá. Mas posso estar enganado.

Olhei casualmente ao redor do cômodo e meu olhar deteve-se no cosmos na jarrinha estreita para uma única flor presa à parede. Kazuya parece também ter percebido.

– Sinto que consegui visualizar o desenho final do projeto.

O semblante de Kazuya concordando com a cabeça, cheio de autoconfiança, se sobrepunha àquele ao apertar a mão de Kiyoshi à tarde.

– O que vai acontecer depois que seu projeto for selecionado?

— Possivelmente nosso escritório ficará encarregado de executá-lo. Por quê?

— Estava pensando de que forma Kiyoshi estaria envolvido.

— Há muito trabalho para pedir a ele. Pretendo proporcionar a ele um bom aprendizado, não apenas no caso deste projeto, mas para que se torne uma grande força futura para o escritório.

Senti inveja de Kiyoshi. Gostaria de também chegar a ponto de poder pelo menos compreender as pinturas de Michio Kasai. Mas, contemplando fixamente o cosmos no vaso, eu conseguia ver somente uma bonita flor violeta-claro.

Satsuki

— Fui eu quem lhe causou transtorno, deixe que eu pago.
Tendo repetido isso cinco vezes, ouvi algo inesperado:
— A ideia que a veterana lhe sugeriu de "um pedido por dia" é muito correta – e não encontrei palavras para retrucar.
Por fim, Akio acabou pagando a conta e saímos do bar em frente da estação.
Ao voltar para casa, minha mãe havia retornado do trabalho. Um cheiro agridoce de shoyu pairava até o hall da entrada, provavelmente por ela ter esquentado algum acompanhamento que sobrou na rotisseria onde trabalhava. Talvez fosse um cozido de linguado. Nos dias em que eu chegava primeiro, aquilo se tornava o prato principal do dia seguinte, e nos dias em que ela voltava antes, o prato principal do jantar.
Sendo assim, era melhor dar as caras na cozinha.
— Cheguei – disse a ela, que arrumava a louça em frente à pia.
— Tarde hoje. Seria bom que fosse por causa de algum encontro romântico. Tem cozido de linguado.
Sempre com um tom de desagrado, falou sem se virar para mim.
— Não precisa. Hoje jantei fora. Desculpe não ter avisado, foi decidido às pressas.

— Coisa rara. Com quem foi?

Certamente acha que fui com alguma amiga. Não parou de trabalhar nem se virou para trás. Eu deveria contar a verdade? As pessoas do Centro Comunitário, e também o florista e o açougueiro que encontramos no restaurante, sabiam que jantei com Akio. Melhor dizer logo do que ser pressionada com perguntas se ela ouvisse de outra pessoa.

— Com Akio, do Centro Comunitário.

— Nossa, Satsuki — ela virou a cabeça ainda com espuma de sabão nas mãos.

— Espere, vou preparar um chá.

Sua face toda sorridente exibia uma alegria maior do que quando eu lhe trazia flores. Senti dó por não ter explicado a ela que não se tratava de um encontro romântico.

Sentamos uma em frente à outra à mesa da sala de jantar com o *bancha* diante de nós. O sorriso não desapareceu do rosto dela. Como hoje não havia doces sobrando na Baikoudo, comeríamos mais tarde *ochazuke* com pepino em conserva apimentado. Sem ter nada para relatar, peguei um palito e o enfiei na boca.

— Akio é aquele rapaz alto e magro? Ele é um cliente assíduo do restaurante. É a primeira vez que você menciona o nome dele. Desde quando estão íntimos? Foi por causa das aulas de pintura?

Um jeito de perguntar parecido com o das universitárias que se reuniam na sala de estar do dormitório estudantil.

— Não tem nada de íntimo, não. Hoje ele veio comprar *kintsubas* e esqueceu algo na loja. De tardinha fui até o Centro Comunitário devolver e acabamos indo jantar. Só isso.

— Mas você jamais iria jantar com alguém por quem não tivesse simpatia. O que conversaram?

Isso eu jamais contaria a ela.

— Sobre montanhas e coisas assim. Quando estudante, ele também fazia parte de um clube de montanhismo.

— É mesmo?... Assim como você.

Houve uma pausa na conversa, talvez porque ela tivesse se lembrado de meu pai.

— Que bom que ele tem esse *hobby*. Tenho uma boa impressão do Akio. Só é uma pena que não tenha muito boa aparência.

— Não diga algo tão rude.

Mas não se podia negar que ele era um pouco corcunda e que, naquela noite, estava com os cabelos desgrenhados. E jamais o vi trabalhando com afinco. Mas ele ouviu com atenção minha conversa.

— Mãe, não consigo entender seus gostos.

— É que um homem precisa ter uma postura ereta e força de vontade.

— Papai era um homem assim?

— Era sim...

— E pelo visto você quer uma pessoa assim para ser o companheiro de sua filha.

— Se possível, mas não se encontra facilmente um homem como seu pai.

Há quantos anos mamãe não falava sobre papai? E não seria esta a primeira vez que fala dele com tanto afeto? Gostaria de ouvir mais. Como eles se conheceram, episódios felizes e outros. Porém, se perguntasse essas coisas, com certeza recusaria o pedido de Kimiko. Ir à montanha e coisas assim acabavam não servindo de incentivo.

Isso porque ouvir o pedido de Kimiko correspondia a trair tanto minha mãe quanto meu pai.

— Falando nisso, os *kintsubas* da Baikoudo agora são chamados por nomes de flores. Foi sugestão minha. Os de feijão-azuqui são flor de ameixa, os com recheio de castanha são camélia e os de creme de leite cosmos. Que acha?

— Cosmos é ótimo. — Mamãe não comentou nada sobre eu ter mudado de assunto.

— No final de semana estou pensando em ir à montanha.

— Não acredito. Monte Mikasa?

O rosto dela se tornou sombrio de preocupação.

— Não, Monte Yatsuga.

— Vai sozinha a um lugar tão longe?

Como responder a isso? Se dissesse que iria sozinha, ela se preocuparia, mas se dissesse que iria com Akio, assim como aconteceu com o fato de ter ido jantar com ele, certamente não veria com bons olhos por não ser uma viagem de ida e volta no mesmo dia.

– Com Kimiko. Lembra que dia desses recebi uma carta dela? É algo como uma reunião dos membros do clube de montanhismo. Não é ótimo? Bem, vou tomar banho primeiro.

Terminei de tomar o chá e me levantei. Mesmo sendo mentira, não desejava falar de Kimiko em frente de minha mãe. Ela apenas me aconselhou a tomar cuidado e não procurou saber mais do que isso.

Estaria ela mergulhada nas lembranças de papai? Também tenho lembranças de um homem de postura ereta e força de vontade.

Aquela pessoa a quem chamei de *papai* tinha essas mesmas características.

Tendo sido apelidada de *filha* de Koichi, eu o acompanhava em todas as atividades. Na confraternização após os treinos, no grupo do campo de treinamento, na festa de encerramento após a descida da montanha: meu assento cativo era ao lado do dele. Mesmo sem a menor pretensão de que fosse assim, o assento vizinho ao dele estava sempre reservado em meu nome e, quando era ocupado, os veteranos brincalhões avisavam ser o assento cativo de Satsuki e pediam para a pessoa trocar de lugar.

No lado oposto estava Kimiko, a veterana Kurata e a maioria dos colegas. Uma amiga do dormitório contava que, por fazer parte de uma família numerosa, ela não se acalmava enquanto seu assento não estivesse definido. Na casa dela, até mesmo na hora das refeições ou ao entrar no carro, durante décadas a posição de cada membro da família tinha que ser determinada.

Vivendo apenas com minha mãe, esse sentimento era incompreensível para mim. Pois mesmo não tendo um lugar definido ou algo assim, o espaço não era totalmente preenchido. Somente descobri a indescritível calma interior de ter um lugar próprio no espaço devidamente preenchido quando entrei para o clube. Minha família.

Desde que, inadvertidamente, mesmo não sendo por galhofa, coloquei em palavras e chamei Koichi de *papai*, senti que ele começou a me tratar realmente como um pai. Quando tópicos de matérias de exatas apareciam nas aulas de conhecimentos gerais, ele me ensinava ordenada e atenciosamente, ouvia minhas consultas com relação a prováveis locais de trabalho temporário, e ao ir ao cinema com outras amigas se preocupava, me aconselhando a não voltar muito tarde ou a jamais aceitar convites de homens desconhecidos. Foi ele também quem afirmou que eu tinha talento para pintura.

À medida que cada um desses episódios ia sendo acrescentado às cenas de meu passado, percebi a presença das lembranças com meu pai em minha vida.

Uma família: com mãe, pai e filha. Apesar de relacionar Koichi à figura de meu pai, e me imaginar na condição de filha, quando me dei conta, comecei a me ver na mesma posição de minha mãe.

Desde que me formei pela universidade, foi a primeira vez que abria a caixa de papelão guardada no fundo do armário.

Mesmo achando que não haveria mais oportunidades de excursionar na montanha, não consegui jogar fora o equipamento comprado com esforço enquanto fazia bicos. Mochila, tênis próprios para *hiking*...

Quando comprei um tênis da mesma cor do da veterana Kurata, que dava preferência a tonalidades de vermelho, Kimiko, que escolhera um azul-marinho cujo tamanho não lhe servira, pediu que eu lhe cedesse minha mochila vermelha. Por ela ter escolhido o azul como cor, todos os nossos pertences, apesar de novos, ficaram parecendo emprestados tamanha a falta de combinação nas cores.

Kimiko sempre foi assim.

Ao final do treinamento de verão, antes de voltar para o interior, Kimiko expressou o desejo de passar uma noite em minha casa. Mesmo não saindo muito do trajeto, respondi que seria tedioso para ela por não haver nenhum local turístico interessante, ao que ela exageradamente retrucou com a voz emburrada:

— Você convidou a veterana Kurata para visitá-la, não foi?

— Isso foi porque Kurata disse gostar do pintor Michio Kasai. Você o conhece?

— Sim, até eu conheço Michio Kasai. E quero comer *kintsubas* fresquinhos, saídos do forno.

Decidi levá-la comigo já que ela parecia não se importar em ser recebida com algo simples como *kintsubas*.

Eu a apresentei ao dono da Baikoudo e quando disse que ela era uma grande fã dos *kintsubas* da loja, ele na mesma hora os assou e lhe deu de presente para levar para a família. Contei a Kimiko que os croquetes eram populares e comemos alguns recém-assados enquanto íamos para casa. Mamãe nos esperava com uma refeição suntuosa que preparara, como se a semana de finados e o Ano-Novo tivessem chegado a um só tempo.

Eu me arrependi de ter comido *kintsuba* e croquete, mas Kimiko, ao meu lado, comia com prazer e despreocupadamente a comida de minha mãe. Kimiko perguntava sobre pontos complicados dos pratos como *Que tempero a senhora usou para este frango frito ficar tão gostoso?* ou *Como faço para a carne ficar assim tão macia?* Minha mãe, que não é falante, pôde ter uma conversa agradável equivalente à parcela da semana de finados somada à do Ano-Novo. Nesse dia soube pela primeira vez que o tempero secreto do frango frito era maionese.

Kimiko elogiou até as gencianas que decoravam a mesa de jantar.

No dia seguinte, como ela partiria no trem à tardinha, visitamos o Vale das Chuvas, único ponto turístico da cidade interiorana, levando um bentô preparado por minha mãe. Dentro do ônibus, ao perguntar sobre Michio Kasai, como era de se esperar, descobri que ela só o conhecia de nome. Compreendi que ela não se interessava por pintura e museus de arte e optei por passearmos pelo vale.

À sombra da Rocha do Leão estendemos a toalha de piquenique e sentamos.

— Apesar do nome ser Vale das Chuvas, está fazendo um tempo lindo – disse Kimiko ao abrir o bentô, olhando para o céu límpido.

— Parece chover bastante por aqui, mas eu mesma nunca vi. Apesar de só ter vindo duas vezes: em uma excursão da escola e em uma visita do departamento de sociologia da universidade.

— Satsuki é do tipo trazedora de sol.

– Não sei não. Quando saio com você está sempre fazendo tempo bom, logo, você é quem traz o sol, não acha? Dia desses, na volta do trabalho começou a chover de repente e foi um grande sufoco...

– Pare – Kimiko subitamente me interrompeu. – Estou farta de ouvir suas histórias de infortúnios. Fico me sentindo idiota por ter compaixão por você.

– O que você quer dizer com histórias de infortúnios?

– Como sua família é composta apenas de você e sua mãe, apesar de fazer bicos para não sobrecarregar sua mãe, você participa ativamente do clube e é alvo das atenções da veterana Kurata. Mesmo sabendo que sou apaixonada por Koichi, você o monopoliza todo o tempo e sempre repeti para mim mesma que não podia fazer nada quanto a isso por pena de você ser órfã de pai.

– Então, você sentia pena de mim?

– Isso mesmo. Mas não deveria sentir: tem uma mãe bonita e gentil, flores enfeitando a mesa de jantar e ao andar pela galeria todos conversam gentilmente com você.

– Que me lembre, nunca comentei nada sobre alguma adversidade que possa ter passado pelo fato de sermos só eu e minha mãe.

Eu havia dito a ela que éramos apenas eu e minha mãe. Logo que entrei no dormitório, ao perguntar se ela não se importava em dividir o quarto com outra pessoa, ela me explicou que em sua casa eram quatro irmãos dividindo o mesmo quarto, e que um quarto para as duas era um conforto mais do que suficiente. Continuando a conversa, ela me perguntou sobre a composição de minha família.

Sou eu e minha mãe. Meu pai faleceu em um acidente antes de eu nascer. Isso foi tudo o que informei a ela. Não me lembro de ter falado algo de forma que lhe despertasse pena ou compaixão. Apenas deixei escapar casualmente como na continuação de uma apresentação pessoal. A própria Kimiko limitou-se a dizer na ocasião *Ah, é mesmo?*, não demostrando nenhum sentimento parecido.

–Você não expressa em palavras, mas pode-se perceber em seu rosto. Certamente deve pensar *Eu sofro, mas Kimiko está bem, não parece ter preocupações.* Não é assim que você pensa?

— Claro que não.

—Tanto faz. Mas daqui pra frente não vou ter mais pena ou fazer cerimônias. Não vou permitir que você monopolize tanto Kurata quanto Koichi. Ceda um deles para mim.

Não entendia bem o fato de ela colocar lado a lado, em posição de igualdade, a veterana Kurata e Koichi. Admiração e paixão são sentimentos totalmente distintos. Que quisesse ambos para si, eu entendia, mas me pedir para ceder um deles? Ademais, fazia parecer que eu tinha o direito de escolha, mas nenhum dos dois me pertencia.

— Pedir um deles é estranho. Não tenho direito de escolher.

— Então decida por qual deles gostaria de ser escolhida. Não precisa ser agora. Volto para o dormitório dia dez de setembro. Até lá, trate de decidir.

Dizendo isso, Kimiko encheu a boca com o frango frito do bentô. Era como se quisesse indicar que não tinha intenção de falar ou ouvir mais sobre o assunto.

Arrependi-me de não ter feito uma palestra sobre Michio Kasai se soubesse que ela me exigiria algo tão absurdo. Contudo, enquanto via o rosto prestes a chorar de Kimiko olhando para o céu, entendi que ela veio a esta cidade interiorana onde nada havia de interessante expressamente para me dizer isso.

Para distinguir se eu era realmente digna ou não de piedade. Como resultado, ela julgou que eu não merecia compaixão. Naquele momento foi um julgamento correto.

Não me importaria com uma combinação incoerente de cores se fossemos somente eu e Kimiko, mas olhando em retrospecto passava uma imagem ruim. Haveria harmonia vestindo blusas xadrez vermelho e azul? No entanto, Akio saía comigo. Não me importaria que pensasse que tinha mau gosto, já que ele próprio não parecia ligar muito para isso.

Mais do que isso, havia um cheiro de mofo. Era preciso deixar a roupa do lado de fora para tomar ar. Ao abrir o zíper da mochila e virá-la do avesso, um papelzinho prateado caiu do bolso interno. Era o papel de embrulho do chocolate que Kimiko adorava levar para a montanha. Depois de dividi-lo comigo, sem saber o que fazer, esticava o papel tirando-lhe engenhosamente os sulcos e o colocava no bolso. Certamente herdou da mãe essa característica.

A última caminhada ao Monte Yatsuga foi no verão em que estávamos no segundo ano. Fomos apenas nós duas, Kimiko e eu, após o que seria para nós, universitárias em um curso de dois anos, o último treinamento de campo de verão. Naquela época podíamos ter ido por um trajeto mais difícil, mas precisava ser aquele.

Pois era o local onde se construiria o túmulo da veterana Kurata.

A questão não era qual escolher, mas por qual deles ser escolhida.

Durante todo o tempo que estava no interior, não transmiti a Kimiko o resultado de minha preocupação.

Em função de meu trabalho temporário, voltei ao dormitório uma semana antes de Kimiko. A veterana Kurata já havia retornado.

– Daqui a um semestre, mesmo contra a vontade, será preciso voltar para o interior. Por isso, é natural querer fazer tudo até se fartar no último verão. Que ótimo você ter voltado, Satsuki.

Dizendo isso, a veterana Kurata, com trabalho na empresa local de um parente já definido, me convidou para ir ao cinema e visitar museus de arte. Fiquei indecisa, pois se Kimiko descobrisse pensaria que eu escolhera a veterana Kurata, mas decidi interpretar que estava livre até transmitir a Kimiko minha conclusão e assim aceitei o convite.

Em primeiro lugar, fomos ao Museu Nacional de Arte cuja construção fora concluída apenas três anos antes. Vi certa vez fotos nos jornais e há tempos desejava visitá-lo. O prédio é refinado mas arrojado, seu design original é bem avaliado, e ao visitá-lo respira-se uma atmosfera de familiaridade.

– Satsuki, você sabia? Esse prédio foi projetado pelo pai de seu pai.
– Como?

Pai do meu pai? Ou seja, meu avô? Como é que ela sabe a profissão de meu pai se quando ele era vivo nem eu sabia? Vendo-me boquiaberta, Kurata não conseguiu conter o riso.

– Estou falando do pai de Koichi.

— Ah, é isso? Não sabia. Que fantástico. Koichi é filho de um arquiteto muito famoso, então. Chamá-lo de *papai* chega a ser realmente grosseiro. Preciso me desculpar com ele.

— Não foi com essa intenção que contei isso a você. Koichi parece gostar de ser chamado assim. No ano passado ele era mais calado, mas depois de você ter se tornado *filha* dele, ele passou a rir mais. Está curtindo isso.

Comecei a andar pelo museu na gentil companhia de Kurata. Parecia que a existência de Koichi se distanciava cada vez à medida que ia percebendo a luz que infiltrava do teto e formava um padrão parecido a uma cruz em meus pés e que as paredes que aproveitavam a textura do concreto sem decoração desnecessária acentuavam o valor das obras.

Naquele momento eu deveria ter desistido dele.

Eu só pensava em Koichi e não pude perceber de imediato algo de anormal na veterana Kurata. Na montanha, ela não parava um só instante, mas naquele dia, depois de percorrer metade do museu, finalmente notei que ela parava após andar alguns passos. Por se tratar de um museu de arte, é natural deter-se em frente das pinturas e esculturas, mas não era normal que a cada parada ela respirasse fundo, movimentando os ombros. Apesar de estarmos no verão, o rosto dela estava pálido, seus lábios arroxeados, e na testa viam-se grandes gotas de suor.

— Você está bem? Vamos descansar um pouco?

— Está tudo certo. Ultimamente tenho me sentido esgotada com o calor. Será que estou anêmica? É excesso de diversão.

— Não se esforce. O museu é maior do que eu imaginava e também estou cansada. Podemos voltar outro dia. Que acha de hoje irmos embora?

— Desculpe, Satsuki. Como a exposição de Michio Kasai termina no final da semana que vem, vamos ver apenas as obras dele e deixar o restante para uma próxima?

Ela não usou o "um pedido por dia" e nem uma vez seguiu a sugestão de descansarmos. Já que não estava tão bem fisicamente, não deveria dar tanta importância a Michio Kasai.

– No local onde moro no interior é sempre possível ver obras de Michio Kasai, por isso realmente não se esforce, por favor. Recentemente, Kimiko deu uma passada por lá na volta para casa. Ela comentou que achou mais perto do que imaginava.

– É mesmo? Mas quero muito ver as obras dele antes de voltarmos. Há pinturas dele que não podem ser vistas onde você mora, Satsuki. Dizem que o governo de alguma província vai comprá-las, e por isso precisamos ver as pinturas enquanto pudermos.

Sendo assim, não havia jeito. Nós nos dirigimos à sala especial. Embora no estande da exposição fixa durante todo o ano tivesse pouca gente, havia uma longa fila em frente à sala de exibição especial.

Achei que Michio Kasai fosse famoso apenas onde eu vivia, no interior, e que a veterana Kurata gostasse muito de pinturas. Não imaginava que houvesse tantas pessoas desejosas de apreciar aquelas pinturas incompreensíveis. Tratava-se então de um pintor famoso nacionalmente. Havia também alguns estrangeiros na fila. Percebi que possivelmente era um pintor de nível mundial. Kimiko talvez tenha achado que a fiz de tola. Mesmo assim, quantas pessoas entendiam aquelas pinturas?

Quando finalmente entramos, depois de permanecermos na fila por quase uma hora, a sala estava lotada a ponto de o atendente elevar a voz pedindo para as pessoas não pararem. Na parte inferior de cada pintura havia um texto, mas não tivemos tempo para lê-lo. Mais do que isso, era impossível se aproximar o suficiente para poder ler as explicações redigidas em letras pequenas.

– A característica da fase anterior é o azul profundo e a da fase posterior é o vermelho vivo, por isso são chamadas respectivamente de fase índigo e fase escarlate. Digo isso, mas você deve entender mais do que eu, Satsuki.

A veterana Kurata explicou admirando de longe as pinturas.

– O azul expressa as chamas. A aparência desoladora, porque coisas importantes foram incendiadas pelas labaredas da guerra. Um quadro pintado de forma a não ser entendido apenas olhando de relance, sem parecer uma pintura, mas um código. A fase índigo expressa a raiva pela guerra, e a fase escarlate, o sentimento de compaixão pelo ser humano e pela natureza. Apesar disso, eu me espantei com uma resenha recente de um crítico no jornal, na qual afirma que a fase índigo é estática e a fase escarlate é de movimento.

Imaginando ser uma explicação ridícula, ao me virar para a veterana Kurata, ela me olhava, boquiaberta.

– Incrível, Satsuki. Eu também interpretava como esse crítico, e apesar de estar certamente escrito dessa forma nas explicações, você entende bastante do assunto.

– Será que estou errada? Apenas repito o que ouvi de minha mãe. Provavelmente alguém da comunidade tenha dito a ela de forma conveniente e ela apenas assimilou a explicação, já que era do tipo que jamais iria a um museu mesmo que a convidassem.

– Mas ao ver as telas reais diante dos olhos, sinto que o que você diz é o correto. Parece que o próprio Michio Kasai praticamente não comentava sobre suas obras, e não seria estranho haver fatos que o pessoal da cidade soubesse mais do que outros. Foi um grande acerto vir com você, Satsuki. Me ensine mais.

Fiquei orgulhosa por ter sido elogiada pela veterana Kurata, mas aquilo era tudo o que eu sabia. Porque fora tudo o que minha mãe me ensinara enquanto admirava a pintura que decorava o saguão de um hotel em frente à estação da cidade vizinha quando, ainda no colégio, fui com ela visitar uma amiga hospedada lá à trabalho. Não foi por iniciativa própria dela, mas porque eu disse em voz alta, ao admirar o quadro pintado de azul, o disparate de que a pintura talvez retratasse o fundo do mar, e foi o mínimo que ela explicou para que dali em diante eu não passasse vergonha.

Se Michio Kasai na realidade desejava pintar a chama de vermelho, mas contra sua vontade a pintou de azul, para mim ele era uma pessoa lastimável.

Conforme andávamos, entre o azul e o vermelho, estava exposta uma pintura misturada às demais que dava a impressão de ser a de um pintor totalmente diferente de Michio Kasai.

– Era esta pintura que eu queria ver.

A veterana Kurata parou. O título da pintura era *Lua ao alvorecer*. O azul característico de Michio Kasai também estava sendo usado naquele quadro, mas não representava uma chama. Era a cor do Sol ao alvorecer. A Lua flutuando vagamente...

— É o Vale das Chuvas.

— Você conhece o lugar?

— Fica no interior, perto de onde moro. Eu e Kimiko acabamos de ir até lá.

O local onde Kimiko me pediu para escolher entre a veterana Kurata ou Koichi. Apesar disso, estava visitando com a veterana Kurata o museu projetado pelo pai de Koichi. Embora tivesse chegado a uma conclusão, pensei em visitar o Vale das Chuvas com Kurata.

No momento em que contemplava a pintura, Kurata desfaleceu pesadamente no chão.

Fui retirando outros materiais da caixa de papelão. Tenda, esteira, capa de chuva, lanterna de cabeça, panela... Separei os objetos necessários dos desnecessários, pois era preciso confirmar com certeza se poderiam ser utilizados. A pilha da lanterna de cabeça estava descarregada. Akio disse que pernoitaríamos na cabana na montanha, então provavelmente não seria necessária. Não precisaríamos da tenda e da esteira. Somente sem esses, a bagagem se torna muito mais leve. São necessárias roupas de frio adequadas à estação.

Achava que o Monte Yatsuga tinha trilhas de caminhada relativamente fáceis, mas isso era porque eu treinava diariamente. Após cinco anos sem me exercitar, não podia me sentir muito confiante de que poderia caminhar como naquela época. Na cabana, no topo do monte, também era possível pedir uma refeição. Talvez a panela fosse desnecessária. Reduzi a bagagem ao mínimo para, na medida do possível, não sobrecarregar o corpo, mas o que devia fazer com relação ao material de desenho? Da vez anterior, levara o estojo de aquarela.

Ouvi um barulho na caixa de correio.

Parei de verificar os objetos a serem levados e fui checar. Provavelmente Kimiko não se contentaria em enviar uma única carta. Mesmo sabendo que o remetente da carta onde se lia *De K.* tratava-se de Kimiko, uma nova carta dela na sequência levantaria suspeitas em minha mãe. Não podia deixar que ela soubesse.

Dentro da caixa de correio havia propagandas e uma carta lacrada para minha mãe. A remetente era Kumiko Kasai. Um nome para mim desconhecido. Apesar de o sobrenome ser Kasai, certamente não seria parente de Michio Kasai. Nesta região o sobrenome Kasai não era incomum. O selo mostrava que foi postada na cidade T.

Coloquei apenas a carta sobre a mesa da sala de jantar de um jeito que minha mãe a percebesse de imediato ao retornar, rasguei as propagandas em pequenos pedaços e as atirei na lixeira. Gostaria que parassem de mandar sem permissão anúncios de salão de festas para casamentos, pois isso só deixava minha mãe ainda mais impaciente.

Naquele dia também, durante o café da manhã, minha mãe disse toda sorridente, ou melhor, sorrindo cinicamente, *Akio parece gostar de uma refeição com frango frito. Quer que eu ensine você a fazer?*

Ela não sabia de nada...

Bem, aquilo era o suficiente. Compraria pilhas. Se me lembrava bem, os toaletes e o local para preparar comida ficavam do lado de fora da cabana. Era melhor ter a lanterna de cabeça. Aproveitaria para comprar também um caderno de esboços pequeno.

Não acreditava que encontraria dicentras peregrinas floridas. Porém, se a possibilidade fosse zero, Akio certamente não me convidaria para ir ao Monte Yatsuga. Se fosse possível vê-las, queria desenhá-las sem falta.

Como testemunho de que a veterana Kurata estava lá.

CAPÍTULO
4

Rika

Na Baikoudo, pedi para colocarem vinte *kintsubas* em uma caixa e me dirigi ao Grand Hotel H.

Como quase todas as pessoas da galeria Acácia e das redondezas sabiam sobre a doença de minha avó, ao cruzarem comigo, perguntavam preocupadas sobre o estado de saúde dela e me ofereciam palavras de encorajamento. Eu tinha vontade de perguntar a todos se não saberiam quem foi a pessoa que visitara o mausoléu de nossa família no dia anterior, mas fiquei em dúvida de misturar a conversa sobre minha avó com outra sobre túmulos. Acabei desistindo.

Ao verificar com o monge residente no templo, ele afirmou que ninguém o procurou para perguntar a localização do mausoléu de minha família, sinal de que o visitante conhecia previamente o local. Não ia com tanta frequência ao cemitério, mas nunca vira sinais de que alguém tivesse visitado o mausoléu de nossa família. Por isso, era difícil imaginar que fosse alguém dos arredores.

Como meu pai não ingressou na família oficialmente como genro, o sobrenome de meus avós e o de meus pais estão diferentes no mausoléu, com dois túmulos criados separadamente.

Por ocasião da morte de meus pais, imaginei que eles não reclamariam de estar no mesmo túmulo de meu avô, mas segui a sugestão de minha avó de colocá-los em um túmulo separado, apenas para o casal, vizinho ao do vovô.

Desejo que você, Rika, visite o cemitério, mas se casar não precisará entrar no túmulo junto com seus pais, ela também disse.

Minha avó era gentil, mas no que se referia a casamento algumas vezes me atirava palavras duras e provocativas. Por mais que houvesse muitas mulheres em idade de casar, sem dúvida deviam ser raras as que ouviam de algum membro da família *Se casar não precisará entrar no mesmo túmulo dos pais*.

— A vida não é apenas casamento, já disse. Nossa época é diferente da sua, vó.

— Não. Uma vida plena só é possível quando se encontra uma pessoa formidável e com ela se constrói um lar feliz.

Não foram poucas as vezes que tivemos um diálogo semelhante. Quando minha avó estava bem de saúde era uma conversa incômoda, mas desejava que ainda continuássemos a tê-la. Queria que minha avó a repetisse inúmeras vezes. Para isso, iria me encontrar com K. Teria sido ele quem fez a visita ao mausoléu?

Havia cosmos no vaso de flores do túmulo. O homem que visitou ontem minha avó no hospital também levou um buquê de cosmos. Recebi aquele buquê, mas após deixar o hospital aquele homem não teria comprado outros cosmos e ido visitar o cemitério?

Quando fui visitar o mausoléu, havia um resto de incenso, o que não deixava dúvidas de que não havia muita diferença de horários entre as visitas. Se eu tivesse ido diretamente ao templo sem passar na Floricultura Yamamoto, certamente teríamos nos encontrado.

Agora, faltavam dez minutos para o horário combinado.

Respirei fundo em frente à entrada do hotel e me dirigi à casa de chá Acácia no *lounge* do térreo. Duas recepções de casamento pareciam estar sendo realizadas e o saguão estava repleto de pessoas aparentando ser convidados. De onde eu estava, todos os assentos do *lounge* pareciam tomados. K. já teria chegado? Da entrada, avistei a parte ao fundo. Não conhecia o rosto de K. Mas acabei procurando para ver se o homem de ontem não estaria por ali... Meus olhos pararam em um rosto conhecido.

— Uma pessoa? — a atendente me perguntou.

— Alguém está me esperando — disse, me dirigindo a uma mesa para quatro pessoas posicionada ao lado da janela, bem ao fundo, ao final da parede.

— Boa tarde. Desculpe tê-lo feito esperar — me desculpei abaixando a cabeça, a ponto de meu rosto quase tocar os joelhos, para atenuar minha expressão de decepção.

O padrão de flores do meu vestido penetrou em meus olhos e me arrependi de ter vestido minha roupa predileta. Por que não imaginei essa possibilidade? A possibilidade de que seria o secretário que viria como representante de K.

Quando vislumbrei a silhueta do secretário, não pensei em dizer algo assim como o personagem principal de *Papai Pernilongo*, *Então você era K.!* Porque isso não combinava com as informações recolhidas em curto espaço de tempo. Aquele homem, com uma diferença de apenas dois ou três anos em relação a mim, jamais poderia há vinte anos ter dito por telefone, com voz sóbria, "à pessoa amada".

Seria mais adequado pensar simplesmente que K. não pôde vir por algum motivo e em seu lugar enviou o secretário. Se porventura o secretário fosse o próprio K., certamente não estaria esperando a filha da *pessoa amada* com aquela cara. Por mais que eu olhasse, era um semblante mal-humorado. Apesar de eu tê-lo cumprimentado, não me respondeu. Ao erguer meu rosto, seu olhar não se direcionava a mim, mas para fora da janela.

— Agradeço por ter vindo de tão longe. Por favor, aceite esta lembrança como um pequeno gesto de meu reconhecimento — ofereci a sacola da Baikoudo olhando-o bem nos olhos. Mas fui ignorada.

Atrás de mim um garçom carregando um copo de água estava de pé como prestes a me dizer *Senta logo*. Sem esperar uma resposta do secretário sentei de frente para ele. Coloquei a sacola de papel com naturalidade perto da pasta dele numa cadeira ao lado da mesa, e pedi um café quente. Ele nem tocara no próprio café.

– Por favor, não espere pelo meu café. O seu vai esfriar – eu disse, mas o secretário apenas me olhou de relance e sem uma palavra retornou o olhar para fora da janela.

O que haveria de tão interessante do lado de fora?

Um jardim bem cuidado onde possíveis amigos dos noivos se revezavam nas fotos tendo como fundo um arco formado por rosas.

Pensando bem, no álbum de casamento de meus pais havia algumas fotos tiradas naquele jardim. Foto dos dois de braços dados vestindo trajes ocidentais. Foto de minha avó entre eles. Foto de mamãe e vovó lado a lado. Em cada uma delas todos estavam sorridentes, felizes.

Se eu tivesse uma máquina do tempo, gostaria de ter participado da cerimônia de casamento de meus pais. Mesmo que eu dissesse *Sou sua filha vinda do futuro*, os dois me recepcionariam com um *Seja bem-vinda de um lugar tão distante*. E eu perguntaria a mamãe *Quem é K.? Qual o vínculo entre vocês?*

– Ah sim, com relação a K... De quanto você precisa?
– Como?

Embora estivesse ouvindo uma voz dentro de minha cabeça, ela agora estava fora dela. Além disso, era uma voz sóbria, agradável aos ouvidos.

– Estou perguntando quanto você necessita para pagar a cirurgia de sua avó.

Era o secretário. Sem me dar conta, ele virara a cabeça em minha direção. Meu café também já havia chegado. Apesar de ter falado comigo, seu rosto continuava mal-humorado. Era uma lástima. Embora vestisse um terno de boa qualidade e estivesse ainda mais elegante do que três anos antes, sua antipatia dobrara. Porém, eu estava ali para pedir algo. Precisava manter uma atitude polida.

Como estava solicitando um empréstimo, seria natural mencionar o valor, mas acabei desviando o olhar pelos arredores. No assento ao lado, reuniam-se homens de meia-idade, chefes do noivo na empresa em reunião talvez por terem sido convocados de súbito a fazer um discurso. *Há quantos anos o cara está na empresa?*, se perguntavam.

Não precisava me preocupar que ouvissem nossa conversa.

— Se possível, um milhão de ienes. Prometo devolver sem falta.

— Não conseguir arranjar um valor tão pequeno e depender de um completo estranho? É impressionante — o secretário disse levando aos lábios a xícara de café.

Não estava pedindo para que arcasse com todo o valor necessário. Custos da cirurgia, da internação, dos tratamentos, da medicação... Minha avó não tinha seguro com cobertura para câncer. Mesmo complementando com minha poupança, ainda faltava um milhão de ienes. Mas isso não alterava o fato de ser um atrevimento.

— Peço-lhe desculpas. É realmente como você disse... Mas K. não tem vínculo nenhum com minha mãe?

— Você chamaria um antigo namorado de alguém relacionado a você?

— Antigo namorado... Mesmo assim, todo ano manda um arranjo tão maravilhoso e até se oferece a ajudar uma família enlutada?

— Em geral, não faria isso. Eu não faria. Talvez se fosse solteiro, mas não com mulher e filhos. E se não bastasse, nem ao menos esconde isso da esposa.

— Isso significa que minha mãe se apaixonou por K., de classe diferente da dela, e acabaram sendo forçados a se separar contra sua vontade?

— Classe? Você parece estar enganada se pensa que nossa família é de posses, que somos milionários. Infelizmente, minha mãe criou uma família comum e eu também não tenho a vida de um ricaço. Se refletisse um pouco mais e se se desse conta de que o valor que deseja de empréstimo é fruto de trabalho, não teria escrito aquela carta.

O secretário suspirou exageradamente. Teria eu cometido um ato tão destituído de bom-senso? Não havia dúvidas de que eu imaginava K. como um milionário. Mas foi o próprio K. quem me levou a pensar assim.

— Como ele disse que ajudaria sem saber a razão, fazia uma imagem dele como a do Papai Pernilongo. Além disso, quer dizer que você é filho de K.? Deve ser insuportável para um filho ver o pai enviar a uma mulher que não é sua mãe, todo ano, e por várias décadas seguidas, flores que custam dezenas de milhares de ienes. Se fosse eu, provavelmente já teria dito a ele para parar com isso.

Finalmente eu entendia o porquê do mau humor dele.

– É isso. Hoje eu vim até aqui para dizer que darei um jeito de arranjar o valor que pediu, mas antes de mais nada quero que qualquer laço entre nós seja rompido. Não enviaremos mais flores. E daqui em diante, mesmo que você esteja em uma situação difícil, sob nenhuma hipótese a ajudaremos. Se me passar seus dados bancários, depositarei o dinheiro no início da próxima semana. Não é necessário devolver. Entenda como uma indenização por acertarmos as contas sobre a relação entre meu pai e sua mãe.

– Vamos com calma. Por favor, não use essa expressão *indenização*. Soa como se minha mãe tivesse algum apego por seu pai.

– Se não tivesse, teria recusado receber as flores.

– Desconheço a relação existente entre minha mãe e seu pai. Porém, assim como sua mãe sabia das flores, isso também era do conhecimento de meu pai. Não se tratava de flores em comemoração à abertura de uma nova loja. Eu, minha mãe e minha avó repartíamos em vários vasos o arranjo de tamanho exagerado para enfeitar uma casa modesta. Retirar os vasos do armário era a atribuição de meu pai. Minha mãe me dizia que recebíamos as flores por ela ter acertado na loteria. Acha que esse é o tipo de coisa que alguém diria sobre um presente recebido de um antigo namorado a quem se tem apego? Talvez eles tivessem sido namorados. Mas, por favor, não diga que esse sentimento continuou após o casamento.

– Não tenho intenção de dizer nenhum tipo de disparate como esse. Não me importa de que forma sua família reagiu a tudo aquilo. Não me interessa saber. Apenas me lembro do rosto sofrido de minha mãe.

– Apesar disso, você visitou o mausoléu de minha família. Ontem eu também fui. Como descobriu onde fica o local do túmulo?

– Não sei do que você está falando. Cheguei hoje pela manhã de trem-bala.

Ele não parecia estar se fazendo de inocente. Eu me iludi achando que K., seu pai, lhe tivesse pedido e ele tivesse visitado o mausoléu a contragosto.

— Então, foi engano meu. Fico tranquila ao saber que não devo agradecer por nada mais além de sua vinda até aqui.

Tomei um gole do café. Tinha esfriado por completo. Um desperdício pelo preço de mil ienes a xícara. Acabando de tomar, olhei para o secretário.

— Não preciso do seu dinheiro. Como minha avó insiste em comprar algo, errei ao pedir a um total estranho escondido dela. Peço-lhe desculpas por ter feito você gastar seu precioso tempo e dinheiro. Como você mesmo disse, vamos cortar esses laços, sejam eles quais forem. Por favor, nunca mais mande flores. É um transtorno para quem as recebe. Provavelmente minha mãe só as recebia para atender à autossatisfação de seu pai. Mandar flores a uma antiga namorada depois de ela ter se casado parece coisa de um obsessivo, não acha?

— Pede dinheiro emprestado e ainda por cima chama meu pai de obsessivo?

O secretário socou com ambas as mãos a mesa. Talvez obsessivo tenha sido exagero meu, mas se um antigo namorado meu fizesse isso eu não me sentiria à vontade.

— Basta — ordenou uma voz por trás de mim.

O secretário fez uma cara de espanto. Ao voltar a cabeça para trás, o homem que ontem havia visitado minha avó no hospital estava de pé.

— Diretor, o que o senhor faz aqui? — o secretário perguntou ao homem.

— Diretor? Os dois trabalham na mesma empresa?

— Pare de me chamar de diretor, garoto. Já me desliguei da empresa. Minha irmã me contou que uma velha conhecida estava internada e ontem me apressei em vir visitá-la. Nunca poderia imaginar encontrá-lo por aqui. Talvez vocês não tenham notado, mas eu estava sentado a duas mesas daqui. Desculpe-me, mas acabei ouvindo toda a conversa.

O secretário estava surpreso, mas eu tampouco havia percebido.

– Posso me sentar com vocês? – o Diretor perguntou olhando alternadamente para mim e para o secretário. Assenti com a cabeça, calada.

O secretário disse *Por favor* e por algum motivo indicou o assento ao meu lado. Apesar de haver uma diferença de idade como entre um avô e seu neto, o Diretor usava um linguajar polido, e mesmo chamando o secretário de *garoto*, este não contestava, o que levava a crer que o Diretor era uma pessoa importante.

O Diretor chamou o garçom e pediu três cafés.

– Garoto, não sei nada sobre seu pai e a mãe desta moça. Porém, adotar uma atitude coerciva para com ela é um erro. Você desconhece a relação que a avó dela tem com a sua família?

Minha avó mantinha um relacionamento com K.?

– Desconheço. Estou ouvindo pela primeira vez – o secretário respondeu ao Diretor com um semblante estupefato.

– E você? – o Diretor me olhou.

– Também ignorava por completo sobre minha avó. O pai dele mandava um enorme arranjo de flores todo ano para minha mãe, e quando meus pais faleceram conversaram até sobre uma ajuda financeira, mas isso estava relacionado também à minha avó?

– Nada sei sobre sua mãe...

– Então, qual a relação entre o senhor e minha avó?

– Eu...

Demonstrando certo incômodo, o Diretor desviou o olhar para a parede e o fixou diante do quadro nela dependurado.

– Garoto, você sabe quem pintou aquele quadro?

– Não me tome por um tolo. Qualquer um sabe que é uma obra de Michio Kasai.

– Desculpe. Então me diga, como você interpreta o que a obra expressa?

– Não consigo ver o título. Porém, é uma obra da fase escarlate. Ela descreve o pós-guerra e por isso expressa o entusiasmo pela construção de uma nova era a partir de então.

– Entendi. E você, como a interpreta?

Olhei a pintura. Cores quentes centradas em vermelho vibrante se sobrepunham repetidamente como escamas pontiagudas.

— Prefiro não responder. Passei uma grande vergonha ao responder a essa mesma pergunta durante uma excursão no colégio. Nunca mais quero sentir tamanha humilhação.

— Foi você mesma quem fez a interpretação? Ou foi transmitida a você por outra pessoa?

Por que ele se agarrava a isso afinal?

— Preciso dizer até a origem da vergonha? Em geral, a interpretação dele é a correta, não é? Aprendi o mesmo na escola. Por que pergunta nossa interpretação da obra? Cada pessoa sente de forma diferente ao ver uma pintura. Com base no padrão de quem é que se define o que é certo ou errado? Se houvesse uma resposta-modelo de como Michio Kasai desejava que a obra fosse interpretada, bastaria pregá-la ao lado da pintura. Se ele quisesse ser interpretado, provavelmente teria produzido uma pintura de mais fácil compreensão. Se o jeito de pintar dele é parecido com códigos, provavelmente ele não pretendia que outras pessoas o interpretassem, não acha? Não há nenhum registro documental e é estranho uma pessoa se sentir tão confiante de que sua interpretação é a correta.

Você tem uma interpretação interessante, Rika. Porém, ela é incorreta. Desde que o professor me disse isso e meus colegas de turma riram de mim, comecei a evitar a todo custo fazer comentários diante de outras pessoas. Entendi que a raiva que sentira naquele momento estava se dissipando agora, quando me faziam a mesma pergunta.

— Porém as obras de Michio Kasai talvez transmitam o sentido verdadeiro da pintura apenas a pessoas íntimas a ele – o Diretor continuou se apegando ao assunto.

— E o que isso tem a ver?

— Apesar disso, quem apenas ouve um terceiro, como se realmente tivesse percebido por si próprio a interpretação dele, tomará para si todo o crédito.

— Não se trata de um conhecimento tão importante a ponto de se dar crédito a ele. – Eu me virei para o secretário. – Sua interpretação em relação àquela pintura está errada. Na realidade, aquela pintura não expressa o entusiasmo por uma nova era, mas descreve a cena de uma mulher sorridente segurando ao colo um recém--nascido bem no meio de um campo de cosmos.

O secretário franziu as sobrancelhas, e concentrou o olhar na pintura da parede. Porém, logo se voltou para mim com um rosto admirado.

– Fala sério. Onde essa cena está naquele quadro?

Eu me virei para o Diretor.

– Vê? É assim que as pessoas reagem. No caso de um adulto, a conversa acaba por aí, mas no caso de uma estudante, há um grande coro: *Idiota, idiota, idiooooota*. Não há nada bom nisso. Não creio que alguém fique se exibindo pela interpretação, mas mesmo que o faça, não se pode ao menos valorizar a inteligência da pessoa? É pura inveja por não conseguir fazer esta interpretação da pintura.

Teria eu direito a fazer um discurso tão eloquente? Eu, uma desempregada? Eu, que estava pedindo um empréstimo? Fanfarronando ao máximo por não ter nada. Não havia nada mais lastimável.

– Desculpem meu jeito meio arrogante de falar – acrescentei.

– Essa é a sua opinião? Ou apenas ouviu isso de sua avó ou de seus pais?

Porém, o semblante do Diretor não se alterara. Por que estaria assim tão arrebatado?

– É minha opinião. Minha família, com exceção de mim, basicamente não costuma falar mal dos outros. Por que afinal esta conversa começou? Apesar de ter vindo aqui porque pedi dinheiro a K., da mesma forma eu desejava saber quem ele era. Quem de fato apareceu foi o secretário declarando que K. e minha mãe eram antigos namorados. Chegando a este ponto, eu pergunto: foi seu pai que lhe contou isso? – questionei o secretário.

– Não diretamente, mas ao pressioná-lo perguntando que vínculo mantinha com a mulher a quem enviava flores e se não achava isso um desrespeito com minha mãe, ele saía pela tangente afirmando que todos nós temos alguém a quem desejaríamos continuar enviando flores durante toda a vida. Mesmo se eu perguntasse mais do que isso ele não prestava atenção. Dizia que um dia eu entenderia.

– Então essa história de namorados antigos é uma hipótese sua? Apesar disso, fala daquele jeito? Basta dizer *Não sei* se realmente não sabe. O mesmo se pode dizer do senhor – me voltei para o Diretor que olhava para o secretário com uma expressão desconsolada.

– Apesar de ter perguntado qual a sua relação com minha avó, se pôs a falar de pintura. Ontem, no hospital, também se esquivou, não foi? Por que não me conta logo tudo?

– Me perdoe. Deixe eu lhe dar o dinheiro que precisa para sua avó.

– A questão não é essa... Quero saber com quem meus pais e minha avó estavam se relacionando sem meu conhecimento. Se eu não souber, tenho a sensação de que tudo desaba sob meus pés. Essa é minha apreensão.

Tanto o secretário quanto o Diretor permaneceram calados.

– Garoto, sua esposa sabe que você veio aqui hoje?

– Não disse a ela. Obviamente não poderia falar – o secretário olhou para mim. – Infelizmente é impossível saber a verdade sobre o relacionamento entre meu pai e sua mãe.

– Por quê?

– K. faleceu dois anos atrás.

Arranjos enviados mesmo não existindo mais as duas pessoas envolvidas. Se eu não tivesse enviado a carta, continuaria a receber as flores no próximo ano e no ano seguinte a ele. Afinal, sobre qual base a verdade se formava?

Saindo do hotel visitei o hospital. Minha avó dormia.

Parece que desde a noite passada está ligeiramente febril.

O Diretor retornou sem se encontrar com ela.

– Vou ao hospital agora. O senhor vem comigo, Diretor? – perguntei.

– Voltarei diretamente para Tóquio acompanhando o garoto. Não se preocupe com relação ao dinheiro. Em breve eu a contatarei.

Eu conversava com o Diretor fora do *lounge* enquanto o secretário pagava a conta. Pela primeira vez soube que ambos tinham vindo de Tóquio.

Continuei ignorando qual seria a relação entre o Diretor e minha avó.

Se o secretário e o Diretor falassem abertamente o que sabiam, naturalmente a verdade se revelaria. Por que não contavam?

Além disso, havia o fato de K. ter falecido. Antes de morrer, K. passou ao secretário – seu filho – a incumbência de continuar a enviar as flores. O filho aceitou a contragosto, pois caso recusasse o pai pediria à mãe que o fizesse. Se fosse essa a explicação, eu poderia me convencer desta vez do motivo do rosto mal-humorado.

Se K. pediu ao filho, deveria ter explicado direitinho a ele as circunstâncias. Por mais que o motivo fosse imoral ou que pudesse causar sofrimento à mãe, não teria sido melhor para poder reconciliar seus sentimentos do que ser enganado com interpretações vagas?

Provavelmente nunca mais os encontraria. Até porque eles sequer disseram seus nomes.

Não poder revelar minha identidade foi uma promessa que fiz a meu pai.

Será que ele não desejava saber a verdade? Se me revelasse seu nome, talvez me lembrasse de algo. Talvez pudesse pesquisar desde quando era uma pessoa conhecida, talvez por um cartão de Ano-Novo, um antigo álbum ou caderneta de endereços de minha mãe.

Se fosse essa a promessa, até o Diretor também a aceitou e não se identificou.

Como se não bastasse, ao pensar em insistir um pouco mais, algo inusitado aconteceu para me impedir. Quando o secretário saiu do *lounge*, uma moça em um vestido parecido ao de uma boneca atravessou correndo diante dos meus olhos. Ao mesmo tempo em que eu me espantava, ouvi uma voz vinda do meu lado.

– Ah, se não é a professora!

Era uma das mães da escola de inglês JAVA. Eu a cumprimentei esboçando um sorriso cordial e logo corri em direção à entrada. Fugi. Sem me despedir do secretário e do Diretor. Eu não havia feito nada de errado. Porém, se permanecesse ali teria de explicar sobre a JAVA. Apesar de desconhecer os pormenores. No entanto, para aquela mãe eu era alguém da empresa. Essa lógica não era válida. Por isso, fugi.

Fugi por não poder explicar.

O mesmo acontecia talvez com o secretário e o Diretor.

Troquei a água das flores e terminei de juntar a roupa suja para lavar, mas minha avó não dava sinais de que acordaria. Pensei em voltar, mas antes retirei da gaveta a caderneta de notas. Debaixo dela havia um envelope endereçado a mim.

Ao abri-lo, havia uma folha de papel de carta. Nela constava o nome do objeto que minha avó desejava comprar, o local onde estava guardada a caderneta bancária e uma mensagem: *Conto com você. Por favor.*

Por que ela precisa de algo assim...?

Não seria nada tão simples como um leilão, mas uma licitação envolvendo a prefeitura.

Desejava acordá-la de imediato para questioná-la. Queria que pelo menos ela tivesse escrito o motivo de desejar aquele objeto. Porém, ao ver a escrita trêmula e sem força, me ocorreu também que apenas escrever aquilo já teria representado para ela um esforço sobre-humano.

Vó, desculpe. Vou sacar da caderneta bancária o dinheiro para sua cirurgia. Isso que você deseja, por mais que estejamos em tempos de recessão, não é certamente algo que se possa comprar com o dinheiro da sua poupança.

Não escrevi isso na caderneta de notas, mas apenas *Volto outra hora* e saí do quarto.

Dois dias depois um telegrama chegou.

Espero por você em Kiyosato. De K.

Dentro do envelope havia um mapa onde estava assinalado o local que provavelmente seria a casa de campo de K. e passagens de ida e volta de trem. A data dos assentos reservados era para dois dias depois. Seria algo como S*e puder vir, venha*?

O remetente seria o secretário ou o Diretor? Quando nos reunimos não pudemos conversar nada de importante, mas nem três dias se passaram e me chamaram para um local distante. O que pretendiam? Além disso, usaram o nome do falecido K. Impossível entender a intenção. Devo desconsiderar? Mas...

Faltam quatro dias para a cirurgia.

É certo que se eu não agir, continuarei sem saber nada. Também no sentido de confirmar o verdadeiro motivo, irei a Kiyosato. Se não der em nada, talvez seja uma boa ideia chicotear meu corpo preguiçoso e, antes de voltar, ir caminhar no Monte Aka.

Para confirmar que eu estou entrelaçada a alguém.

Miyuki

Kazuya voltou para casa no carro do escritório, o que era algo raro. Como naquele dia ainda estávamos no meio da semana não seria para irmos passear de carro como fizemos recentemente, portanto, talvez ele tivesse que fazer alguma viagem repentina a trabalho.

– Amanhã você vai viajar para longe? – perguntei a ele enquanto jantávamos.

– Ah, sim. Como precisamos levantar cedo, é melhor você também ir descansar logo esta noite, Miyuki.

– A que horas você quer que eu o acorde?

– Não se preocupe. Eu acordo você.

– Mas assim você não vai conseguir dormir tranquilamente. Nos últimos dias, você tem ficado acordado toda noite até tarde, não? Por mais que haja algo que você queira fazer e esteja se esforçando, não é bom para o corpo.

– Mais um pouco e eu termino – disse Kazuya com vigor e repetiu a porção de arroz. Porém, naquela semana, o tempo médio de sono dele fora de três horas por noite. Como se aproximava o prazo final do concurso, não podia insistir para que dormisse. De início esperava ansiosa o término dos desenhos, mas recentemente comecei a me preocupar com a saúde dele.

Outro dia, pensando em fazê-lo comer algo que o fortalecesse, comprei fígado bovino no açougue da galeria Acácia e fritei com cebolinha, cenoura e vegetais. Mas, declarando não ser muito fã de fígado, ele o empurrou para a borda do prato e comeu apenas os vegetais. Para mim, que vivia venerando Kazuya, foi encantador ver aquele lado infantil dele, mas acabou trazendo um motivo de preocupação, pois precisava descobrir quais outros alimentos poderiam lhe oferecer energia física.

Ele comeu com gosto o frango frito naquela noite. Fritei mais do que o normal, mas não sabia ao certo se era tão nutritivo assim.

Terminado o jantar, depois de tomar banho, Kazuya voltou para a mesa de trabalho sem descansar um só minuto. Depois de fazer a arrumação, comecei a tricotar na cozinha. No ritmo até então, levei meio ano para concluir a parte da frente, mas talvez por ver Kazuya se esforçando tanto, sua determinação me incentivou e em dez dias consegui terminar a parte de trás. Só faltava tricotar as duas mangas e estaria acabado.

Pensei em continuar mais um pouco, mas se eu também ficasse acordada até tarde, correria o risco de não acordar na hora no dia seguinte, e acabei decidindo ir descansar antes dele. Estirei os *futons* no dormitório ao lado da sala de estar e ao apagar a lâmpada um fio de luminosidade atravessou pela fresta da porta de correr. Provavelmente ainda demoraria um pouco até se apagar.

Fechei os olhos pensando no que preparar para o jantar do dia seguinte.

– Miyuki, Miyuki – ouvi a voz de Kazuya do outro lado da escuridão. Kazuya, onde você está? Não consigo ver de jeito algum a silhueta dele...

De repente, acordei.

– Desculpe, acabou que você me acordou. Que horas serão agora?

Levantei o corpo e me fiando na luz que penetrava a partir do cômodo ao lado olhei o relógio. Ainda eram 3h. Não poderia sequer imaginar que acordar cedo significasse em plena madrugada. Se não bastasse, ele havia trocado de roupa e estava pronto para partir.

– Você vai sair tão cedo?

— Isso mesmo. E você vai junto. Vamos, mude logo de roupa.

Conforme me foi dito, apressei-me nos preparativos. Ele me disse para evitar usar saia e optar por uma roupa mais fácil de se movimentar, mas afinal para onde estaríamos indo? Kazuya esquentou água na cozinha, preparou café instantâneo e o transferiu para a garrafa térmica. Seria para o café da manhã? Pensei em fazer os preparativos, mas não daria para ser um bentô, pois não tinha cozinhado arroz, tampouco poderia fazer *onigiri*. Abri as portas do armário para verificar se não haveria algo que pudéssemos comer. Como restavam dois *kintsubas*, eu os enrolei em papel e os coloquei dentro da bolsa a tiracolo. Apesar de estarmos no final de setembro, antes do alvorecer, um ar frio com jeito de outono soprava, portanto, decidi levar também uma manta de lã para as pernas.

— Aonde vai me levar? — só pude perguntar tranquilamente depois de sentar no banco de passageiro do carro.

— Será a última confirmação — Kazuya disse todo contente e deu partida no carro. Não havia casas com luzes acesas. Era como se o profundo som do motor do veículo também fosse tragado pelo ar noturno pairando ao redor. Ao atravessar só nós dois de carro de madrugada, as ruas nos pareciam ser as de uma cidade desconhecida que visitávamos pela primeira vez, embora devêssemos estar acostumados a elas.

Apenas eu e Kazuya em todo o mundo. Olhei o céu pela janela me sentindo assim, e contemplei pairando sobre a montanha ao longe uma lua amarela e redonda.

Chegamos ao Vale das Chuvas. Foi o local que visitamos outro dia a três, guiados por Kiyoshi, e onde, no passado, se situava a cabana de Michio Kasai. Da última vez, o tempo estava ótimo e havia cosmos florescendo lindamente, mas naquele dia, embora não estivesse chovendo, ao redor não havia luzes externas e só era possível perceber sombras indistintas cintilando sob a luz do luar.

Ele foi até lá em função dos desenhos do projeto, mas que confirmação ele poderia fazer a essa hora?

—Vamos a pé até a Rocha do Leão. Tenha cuidado por onde pisa.

Avançamos lentamente, cada qual carregando uma lanterna em uma das mãos, e eu sendo puxada por Kazuya por minha outra mão. Podia-se ouvir apenas o murmúrio das águas do rio e não havia sinais de presença humana. Um local desolado. Manter uma cabana naquele local talvez comprovasse o quanto Michio Kasai detestava realmente o ser humano.

Por mais que eu acumulasse uma grande fortuna, não poderia morar sozinha em um local como aquele. Se, de repente, Kazuya largasse minha mão e fosse embora correndo, eu gritaria e choraria de pavor.

Tinha a bolsa a tiracolo dependurada no braço que mantinha a lanterna segura, e Kazuya carregava a mochila nas costas. O material para executar os desenhos estaria dentro dela? Kazuya ficava solitário e calado quando trabalhava em casa, mas o fato de ter me trazido junto até aqui talvez fosse por medo de vir sozinho.

Quando ele varava a madrugada trabalhando, apesar de ter sobre a mesa um grande abajur, ligava infalivelmente a luz do cômodo. Além de fígado bovino, será que ele também detestava locais escuros? Senti vontade de perguntar, mas seria ruim se ele entendesse como se estivesse caçoando dele.

– Seria totalmente impossível para mim vir a um local como este sozinha.

– Para mim também. Se estivesse só, desmaiaria ao mero som de um galhinho sendo pisoteado – ele disse apertando com força minha mão.

Fiquei feliz em estar sendo útil a ele e a sensação de pavor se esvaneceu rapidamente.

O ar frio roçando-me a face era agradável e me fazia sentir vontade de cantar.

– Kazuya, vamos cantar uma música juntos?

– Para afugentar os fantasmas?

– Não, não é isso. É que é muito divertido.

– Que bom. Fiz você acordar em um horário inusitado e a trouxe para um local como este, e me preocupava se não teria deixado você de mau humor. Uma música? Eu não canto muito bem.

– Não tem problema. Ninguém está ouvindo.
– Tem razão. Mesmo alguém desafinado pode cantar sem constrangimento. Que música quer cantar?
– Bem. Como a Lua está linda, vamos escolher uma canção relacionada a ela.
– Lua? Então, você escolhe, Miyuki.
– Vejamos...

Pensei um pouco e me lembrei de uma música perfeita.
– Que tal o "Concerto de Guaxinins no Templo Shojo"?

Kazuya não aguentou e caiu na gargalhada.
– Por essa eu não esperava.
– Foi a única que me lembrei com a palavra Lua na letra. Então, você se recorda de alguma outra?
– Agora que você mencionou, realmente... Tem "Deserto lunar"... Ah, que tal a "Canção dos mineiros"?
– Sua escolha musical é mais ou menos igual à minha. Hum, acho que minha opção é melhor, mas só porque conheço toda a letra.
– Então, vamos de Guaxinins.

Num ritmo apenas ligeiramente fora do tom, Kazuya começou a cantar o "Concerto de Guaxinins no Templo Shojo" e eu o acompanhei. Ao terminar, fomos rememorando várias outras cantigas infantis relacionadas à Lua e cantamos juntos, entre outras, "Lua de quinze noites", "Lua por detrás das nuvens de chuva" e "Lua enevoada". Divertido, divertido, extremamente divertido. Com as costas da mão que segurava a lanterna enxuguei discretamente uma lágrima que embaciava de leve meu olho.

Quando chegamos em frente à Rocha do Leão, Kazuya retirou uma esteira de dentro da mochila. Ao comer os *kintsubas* acompanhados de café quente, senti como se tivéssemos vindo fazer um piquenique. Inesperadamente, assomaram-me risadas como se sofresse comichões dentro do estômago, e a cada momento segurava com firmeza o copo para evitar derramar o café.

– Nunca imaginei que você fosse tão risonha. Foi café que eu coloquei para você ou me confundi e servi saquê? – Kazuya perguntou com um tom bem-humorado.

Como não podia tomar bebidas alcóolicas, desconhecia a sensação de estar bêbada. Apesar de não achar tão gostoso e sempre me questionar sobre o porquê de as pessoas beberem, se a condição em que eu me encontrava naquele momento fosse a de uma bêbeda, poderia entender bem o sentimento de quem tomava bebidas alcóolicas com prazer. Nunca me senti tão bem bebendo café.

Afinal o que teria me inebriado?

– Mas não é um luxo? – Kazuya indagou olhando para o céu. Acima do vale, com sua escavação profunda perpendicularmente ao desfiladeiro, a Lua flutuava amarela e bem redonda.

– Sim, realmente.

Depois de tomar todo o café e guardar a garrafa térmica, estendi uma manta retirada da bolsa a tiracolo, sentei-me encostada ao ombro de Kazuya e cobri nossas pernas.

Por quanto tempo teríamos contemplado a Lua? Subitamente, percebi que a paisagem ao redor se alinhavava esbranquiçada. Ao voltar-me para trás, um feixe de luz laranja claro surgia de leve, como se delineasse a linha do cume da montanha do seu lado oeste.

– É o nascer do Sol.

– Finalmente – disse Kazuya incisivo, virando ele também a cabeça.

Ele teria vindo até aqui para ver o nascer do Sol? Porém, a montanha alta atrapalhava a visão dali, e creio que seria preciso esperar muito tempo até poder ver o Sol. Além disso, o céu estava apenas ligeiramente esbranquiçado e para o aspecto da cor laranja se estender ainda deveria demorar entre meia e uma hora.

– Miyuki, feche os olhos e experimente virar-se para a posição inicial.

Kazuya disse para mim que olhava o feixe de luz. O que ele pretendia? Fechei os olhos como ele pediu e girei a parte superior do corpo que estava voltada para trás. Voltei a me sentar com a coluna aprumada.

– Pronto, abra os olhos.

Ao abrir os olhos lentamente... acabei soltando uma exclamação.

A sombra da rocha erguendo-se altaneira no céu azul-escuro se projetava distintamente no vale. Bem acima, pairava levemente a Lua branca semitransparente. A mesma cena da *Lua ao alvorecer* de Michio Kasai se descortinava diante de nossos olhos.

– Ele pintou esta cena, não? A casca de uma lua branca.

– Casca?

– Você não a vê dessa forma? Se à noite a Lua fosse a gema de um ovo, ao alvorecer ela seria a casca desse ovo. Não, nada tão duro assim. Se fosse uma ervilha, seria o conteúdo verde e redondo e a película fina semitransparente que o envolve. Por que não consigo dar um exemplo mais romântico?

– Mas entendi bem o sentido de casca. Sendo assim, onde foi parar o conteúdo verde, quer dizer, redondo e amarelo uma vez que se trata da Lua?

– Talvez o leão o tenha engolido. Ou se tornou uma bola de felicidade e saiu rolando para algum lugar. Não, transformou-se no Sol. O Sol nasce da Lua e desaparece ao mergulhar no oceano. Diariamente isso se repete.

Estaria ainda meio zonza? Recordei, uma após a outra, palavras que em geral não me viriam à mente, e elas saíam aos montes sem nenhum constrangimento.

– É uma nova teoria. Os estudiosos do mundo inteiro estão estupefatos.

– É um desperdício revelar a alguém. Será um segredo só nosso.

– Uma vez que você compartilhou comigo esse maravilhoso segredo, desejo lhe mostrar algo.

– O que é?

Kazuya pegou a mochila posta aos seus pés e retirou dela um objeto cilíndrico. Abriu a tampa ruidosamente, tirou de dentro um papel enrolado, e com ambas as mãos o estendeu. Ali estava desenhado um lindo prédio curvilíneo.

– Então você o concluiu!

– Algumas horas atrás. Por isso, vim até aqui porque desejava fazer uma última confirmação. Este prédio que projetei seria adequado para adornar a paisagem diante de nossos olhos?

Kazuya se levantou e ergueu o desenho com ambas as mãos em direção ao céu azul-escuro. Eu também me levantei. Olhava o desenho, dirigia o olhar para o céu e voltava a ver o desenho... Era possível ver o prédio desenhado num papel fino se assimilar à paisagem com a casca da Lua a flutuar.

— Maravilhoso. Consigo visualizar a *Lua ao alvorecer* de Michio Kasai sendo exposta neste local desenhado por você. Posso até imaginar as pessoas que virão visita-lo. Parabéns.

— Ainda é cedo para me parabenizar. Só agora vou me inscrever no concurso. O resultado sai em um mês.

— Não. Tenho certeza de que seu projeto será selecionado. Mas meus parabéns não têm relação com o resultado. Foram pelo fato de você ter executado um maravilhoso desenho. Desculpe ter dito de um jeito atrevido.

— Que nada. Graças a você ganhei confiança. Obrigado — Kazuya disse e acariciou gentilmente minha cabeça.

Senti uma tepidez dentro do corpo como se a felicidade transbordasse calidamente.

O conteúdo da Lua naquela noite não se transformou no Sol; virou uma bola de felicidade e creio que ela penetrou meu corpo.

Olhei mais uma vez a Lua ao alvorecer e murmurei para mim mesma *Obrigada*.

No mês que se seguiu a partir daí, praticamente nada mudou em comparação à vida diária que levávamos até antes de Kazuya decidir participar do concurso.

Pela manhã, depois de me despedir dele na porta de casa, executava trabalhos domésticos e participava de eventos da Associação de Vizinhos, e assim o dia acabava rapidamente. De noite, como não havia mais necessidade de Kazuya ficar debruçado na mesa de trabalho, nós dois sentíamos o tempo escorrer lentamente tomando chá e ouvindo música.

Mantinha em segredo de Kazuya, mas enfeitava a casa com flores para trazer boa sorte. No dia em que tomou a decisão, ele comprou um ramalhete de gencianas. Depois disso, recebi cosmos da senhora Moriyama, seu filho Kiyoshi nos guiou pelo Vale das Chuvas, e Kazuya concluiu seu maravilhoso desenho, o que me levava a acreditar que coisas felizes continuavam a ocorrer devido às flores.

O rapaz da floricultura na galeria Acácia podia não aparentar ser o mais forte, mas tinha ótimo senso. Quando disse a ele que desejava enfeitar a casa com flores, ele criou uma combinação na medida exata e chique acompanhando a estação do ano. Quando o desenho de Kazuya fosse selecionado, pediria a ele um ramalhete suntuoso e estava muito ansiosa por isso.

Nos últimos dias, porém, Kazuya parecia estar sem apetite, e muitas vezes olhava vagamente ao longe. Quando perguntava se estava se sentindo bem, respondia afirmativamente, mas me preocupava se na verdade não estaria exausto. O cansaço por ter perseverado tanto no trabalho finalmente aflorara.

Por isso, torcia para que um resultado positivo saísse o quanto antes. Parece que a notificação só chegaria durante a semana e várias vezes por dia eu olhava a caixa de correio na expectativa, mas não havia aparecido nada ainda.

Fui então até a galeria fazer as compras para o jantar, mas em dúvida sobre comprar um acompanhamento que desse energia ou um que fosse bom para a digestão.

– Senhora Takano – uma voz chamou por detrás de mim enquanto eu flanava. Uma voz conhecida.

Desta vez pude perceber de imediato que era eu quem estava sendo chamada.

– Também fazendo compras, senhora Moriyama? – perguntei trocando cumprimentos e nos agradecendo mutuamente pelo piquenique.

Ela respondeu que estava indo naquele momento ao açougue, com um jeito de que algo alegre teria acontecido.

– Hoje, em comemoração, estou pensando em preparar *sukiyaki*. E parabéns pela ocasião. Soube que seu marido ficou entre os finalistas do grande projeto. Apesar de a notificação ter chegado ao escritório três dias atrás, acredita que meu filho nem me informou?

Ouvi de uma conhecida que trabalha na prefeitura e saí às pressas. Sei que ainda não é a decisão final e que vou levar bronca por estar colocando a carroça na frente dos bois, mas afinal até certo ponto ele contribuiu para isso e como mãe tenho de celebrar, afinal quem mais faria? Obviamente em sua casa também estão comemorando, não é mesmo?

Ela se referia ao concurso no qual Kazuya se inscreveu. Ignorava que a notificação tivesse ido para o escritório e que ele estivesse entre os finalistas.

— Desculpe, não tinha conhecimento. Foi isso mesmo?

— Não diga? Seria algo a ser mantido em segredo? Afinal, é algo tão burocrático. Seja como for, se nem a senhora sabe, talvez haja alguma regra de não se informar à família.

Como seria impensável que Kazuya estivesse proibido de falar do assunto e, além disso, não ter me informado apesar de ser um bom resultado, acreditei como certo naquilo que a senhora Moriyama me dizia.

— É mesmo. Se obtiver o pedido do governo da província, um volume grande de dinheiro estará certamente se movimentando, e apesar de na licitação se definir com que firma de construção se deverá associar, seria um enorme problema se as informações vazassem antes do anúncio.

Pensei em não contar a Kazuya que ouvira da senhora Moriyama o resultado.

— E seria terrível se por causa disso a licitação fosse cancelada. Portanto, precisamos celebrar em segredo. Se Kiyoshi vir o *sukiyak*i, talvez diga *Ah, a senhora sabia?*, revelando talvez tudo facilmente. Se ele estranhar bastará eu dizer que foi porque a carne estava barata. Mesmo por acaso, se coincidir com algo alegre, certamente poderemos comer como se fôssemos celebrar algo.

— Tem razão. Acho que vou preparar *sukiyaki* também.

— Então, na volta passe lá em casa. Tenho umas cebolinhas ótimas.

Conversando dessa forma nos dirigimos as duas ao açougue. Foi exatamente como a senhora Moriyama falou. Como Kazuya tinha boa intuição, talvez percebesse que fiquei sabendo do resultado.

Mas conversaríamos casualmente, sem revelar nada um ao outro. Enquanto isso, dentro de nossos corações estaríamos dizendo *Parabéns* e *Obrigado*. E se fosse *sukiyaki*, achei que ele ficaria contente comendo, mesmo não se sentindo fisicamente bem.

Precisava passar também na floricultura. Mesmo que não fosse um buquê de flores suntuoso, enfeitaria a mesa, como quem não quer nada, com flores um pouco diferentes do usual.

Kazuya voltou para casa com aspecto cansado e ao ver a mesa posta, num átimo, seu rosto endureceu deixando entrever uma expressão severa. Pelo visto, é melhor manter que *A carne estava barata*.

– Quem lhe contou?

Antes que eu pudesse dizer algo, ele acabou percebendo. Olhando diretamente dentro dos meus olhos ao me perguntar, não havia como disfarçar.

– Encontrei por acaso a senhora Moriyama na galeria. Mas ela não ouviu de Kiyoshi. Disse que uma conhecida que trabalha na prefeitura contou a ela hoje. Por isso, fique tranquilo. Nem ela nem eu jamais contaremos a outras pessoas.

– Não tem problema. Não há necessidade de manter segredo.

– Ah, é? Está liberado? Que bom. Queria falar e já não conseguia me segurar. Parabéns por estar entre os finalistas.

Quando o recebi no hall de entrada, pensei em fazer uma reverência, mas apenas abaixei a cabeça. Achei que o semblante sério de Kazuya fosse para me assustar. Ao levantar o rosto, achei que ele fosse dar uma risada.

– Obrigado.

Ao ouvir e levantar o rosto, Kazuya sorria desolado. Teria ocorrido algum problema?

Por que não percebi quando ouvi que a notificação chegou *ao escritório*?

– Kazuya, Yosuke disse algo a você?

Kazuya desejava realizar trabalhos de projetos, mas Yosuke o convidou para o escritório o ludibriando e o pressionando a trabalhar na área comercial. Não havia razão para ele se alegrar ao tomar conhecimento de que Kazuya se inscrevera secretamente no concurso de projetos e fora selecionado como finalista.

Yosuke certamente se sentira traído mesmo tratando-se de um grande trabalho que entraria para o escritório e serviria para aumentar os lucros e torná-lo mais conhecido. Como o caso não tinha nenhum vínculo com o escritório, mesmo que Kazuya fosse selecionado como finalista, Yosuke certamente se negaria a cooperar e era possível até que, na pior hipótese, cego de raiva, ameaçasse demitir Kazuya.

Todavia, Kazuya não me respondeu. Ele negaria se eu estivesse errada. Como não o fez, deve ter havido algo entre ele e Yosuke.

– Kazuya...

Não posso pedir que você me fale. Eu e Yosuke somos primos. Porém, eu estou do seu lado. Acredite, por favor. Pensando assim, eu olhava fixamente para ele.

– Ele disse que poderia deixar tudo por conta dele daqui para a frente.

– O que isso significa? O desenho que você inscreveu é que foi selecionado. Ele não tem direito de dizer isso.

– Ele tem esse direito. Sem que eu soubesse, ele trocou o nome. O projeto selecionado como finalista foi inscrito em nome do escritório. E Yosuke é o principal representante do escritório.

Afinal, o que estava acontecendo?

Pensei que seria bom que tanto a panela do *sukiyaki* e o vaso com as flores de cores vibrantes simplesmente desaparecessem, mas continuavam postos no centro da mesa de jantar parecendo nos convidar a comemorarmos logo.

Satsuki

Não existe uma montanha chamada Yatsuga. O que se chama de Monte Yatsuga é na verdade uma cadeia de montanhas que se estende por cerca de trezentos quilômetros na direção norte-sul, abarcando a fronteira entre as províncias de Nagano e Yamanashi. O pico mais elevado é o Monte Aka com 2899 metros de altura.

Eu e Akio queríamos chegar ao cume desse monte. Não havia um trajeto único. Se quiséssemos alcançar somente o cume do Monte Aka, entrando a partir de Kiyosato, era possível ir e voltar no mesmo dia. Mas pedi para irmos pelo caminho que atravessava o Monte Minamiyatsuga.

Entrando por Mino, demos a volta pelos Montes Io, Yoko, Aka e Amida, retornando ao ponto de partida.

No verão de meu primeiro ano na universidade, esse foi o trajeto que trilhamos no treinamento de verão do clube de montanhismo. Foi, para mim, a primeira experiência real de trilha. Fomos de trem noturno e depois de ônibus. Conforme a altitude aumentava, sentia a temperatura cair e crescia em mim uma sensação semelhante à de ansiedade. Apesar de ter passado por treinamentos, era um mundo completamente desconhecido. Já tinha visto notícias de acidentes ocorridos em montanhas. Mas não sentia medo.

Porque estava ao lado de Koichi, da veterana Kurata, de Kimiko e dos colegas do clube.

Naquela época tínhamos tempo e disposição para jogar cartas dentro do trem noturno, mas como saí depois de ter trabalhado pela manhã na Baikoudo e de ter encerrado à tarde a aula de pintura, tentei dormir o máximo para conseguir enfrentar o dia seguinte. Por sorte, o trem não estava lotado como acontecia durante a temporada de caminhadas à montanha no verão e pude monopolizar dois assentos. Apesar de ter fechado os olhos com receio de que talvez em sonhos eu relembrasse daquele tempo, não sonhei nem despertei até ser acordada por Akio uma estação antes de nosso destino final.

– Estou certo de que no Concurso Miss Acácia "cara sonolenta" não era um quesito a ser julgado.

Como Akio me disse isso misturado a um sorriso amarelo, naquele momento tive certeza de que eu dormia de boca bem aberta. Quando Koichi comentou a mesma coisa sobre mim, fiquei envergonhada como se fogo fosse sair do meu rosto, mas, no caso de Akio, não me importei. Apenas revidei questionando que tipo de hábito fazia com que eu tivesse esse jeito de dormir.

No ônibus em direção à entrada de Mino, havia um grupo de estudantes e alguns casais de idosos. Pelas conversas, a aura de alegria própria de uma excursão no outono transbordava dentro do veículo. Pressionada a tomar uma importante decisão, sentia-me estranha, como mortificada. Todos pareciam felizes por irem admirar as folhas das árvores coloridas pelo outono.

Comecei a me preocupar se seria possível realmente ver dicentras peregrinas nessa estação do ano. Akio, ao meu lado, contemplava uma caderneta que tinha em mãos. Ao lhe perguntar se estava confirmando algum trabalho, respondeu se tratar de uma caderneta com registros das caminhadas em montanhas. Aparentemente ele anotava nela todas as informações das caminhadas realizadas desde os tempos de estudante.

Ele não se baseara em lembranças vagas quando disse que era possível ver dicentras peregrinas, mas em dados detalhados do passado. Admirada, espreitei de esguelha a caderneta. No alto da página com o título Monte Minamiyatsuga constavam datas de janeiro de três anos antes.

Só que não estávamos no inverno. Logo, por não servir de referência, voltei os olhos para o cenário fora da janela.

Depois de chegarmos à entrada de Mino e concluirmos na cabana da montanha os procedimentos para a caminhada, eu e Akio estendemos o bentô na mesa do lado de fora. Sete da manhã era o horário perfeito para o desjejum, embora um bentô com frango frito não fosse o mais adequado. Mas fora aquilo que minha mãe havia preparado para eu trazer.

Na noite anterior, mamãe voltou do Takenoya a toda de bicicleta. Quando eu calçava os sapatos no hall de entrada ouvi o som estridente dos freios. Ela entrou correndo, ofegante. Disse que foi para chegar a tempo de se despedir de mim, mas até então ela nunca se dera a esse trabalho nas vezes em que eu saía em viagem. Estaria ela preocupada por ser uma caminhada na montanha?

– Que bom que cheguei a tempo – disse, estendendo-me uma sacola de papel dentro da qual havia um pacote embrulhado em vinil. – O bentô. Se for caminhar na montanha, é preciso revigorar a força física.

– Um pacote tão grande não cabe na mochila e não posso carregá-lo enquanto ando.

– Tem *onigiris* embrulhados à parte, por isso é melhor comer o bentô antes de começar a caminhada. De manhã cedo ainda não deve ter restaurante aberto e aquela pessoa gosta de frango frito, não?

– Quem?

Eu me espantei. Não havia dito a ela que estava indo com Akio.

– Estou falando de Kimiko. Faz tempo, quando veio nos visitar, ela comeu dizendo que estava uma delícia, lembra?

– Que boa memória a sua. Então, vou levar. Obrigada.

Levantei-me, coloquei a mochila nas costas e, recebendo dela a sacola de papel, saí pela porta. Como combinei com Akio de nos encontrarmos na estação, imaginei de que forma recusaria caso minha mãe sugerisse me acompanhar até lá, mas essa preocupação se dissipou ao sair à rua. Ela acenou pedindo para que eu tomasse cuidado, e depois de virar as costas e dar um tchau, mesmo andando por algum tempo, ainda sentia o olhar dela pregado às minhas costas. Antes de dobrar uma esquina pensei em voltar-me e acenar, mas se eu a visse era bem provável que retornasse para lhe pedir desculpas. Por isso, apressei o passo mordendo os lábios e sem olhar para trás mesmo que o desejasse.

– Desculpe por ter trazido tanta bagagem. Parece que estamos sendo forçados a comer. Frango frito já de manhã não vai deixar nosso estômago pesado? – perguntei a Akio enquanto vertia chá no copo da garrafa de alumínio.

– Nem um pouco. Se for o frango do Takenoya, será sempre bem-vindo – ele falou com a boca cheia de frango frito.

– Como você sabe que é do Takenoya?

– Ah, achei que fosse porque tem o mesmo sabor e também porque os outros vegetais são todos do tipo que aparecem nos pratos de lá. Você se deu ao trabalho de pedir a eles?

Na caixa descartável do bentô, além do frango frito, arroz e ameixas em conserva, também havia salada de batata, bardana e abóbora cozida.

– Não, minha mãe trabalha no Takenoya.

– Agora entendi, é aquela senhora. Bem que notei o mesmo sobrenome. Que mãe linda você tem.

– Obrigada. Infelizmente puxei a meu pai.

Mamãe era muito severa com ela própria e muito sarcástica comigo, mas era uma mulher linda. Por vezes demonstrava um comportamento de menina rica, mimada, radicalmente oposto ao meu, que passava a impressão de pobretona desde que nasci. Se não tivesse tido uma experiência tão terrível, não teria uma expressão fisionômica tão severa, e seria sem dúvida mais doce, gentil e bonita.

Eu teria um temperamento mais leve.

Se papai estivesse aqui...

O que estou fazendo?

Para evitar pensar besteiras, enfiei um pedaço grande de frango frito na boca. Mastiguei de boca fechada. Meu rosto devia ficar distorcido como nas máscaras *hyottoko* que representavam espíritos míticos, mas não me importava já que era Akio quem estava na minha frente. Pensaríamos agora apenas em subir a montanha. Precisávamos ter força física. O frango frito era temperado com gengibre e shoyu, portanto mesmo frio era gostoso. Era o sabor do Takenoya. Entretanto, preferia o que minha mãe fazia em casa, com tempero de maionese.

– A propósito, qual será o seu pedido de hoje do "um pedido por dia"? – Akio perguntou segurando os palitinhos após comer oitenta por cento do bentô.

– Nenhum, vamos esquecer isso. O fato de ter vindo aqui junto comigo já não seria um pedido? Em vez disso, por favor, você é que deve me pedir alguma coisa.

– Estou pensando justamente em fazer um pedido.

– Não diga. Se é assim, fale, por favor. Mas vou passar apuros se tiver que carregar bagagem mais pesada do que esta.

– É algo simples. Quero que você fale.

– O quê?

– Com certeza daqui em diante, durante as quase seis horas até chegarmos ao cume do Monte Aka, você vai caminhar calada, refletindo só para você sobre a veterana Kurata e o pedido de Kimiko. Quero que você me conte sobre isso. Claro, caminhar conversando é cansativo, por isso vamos fazer pausas mais longas para descanso. Gosto de montanhas e você pode estar certa de que estou adorando a oportunidade de estar junto de você. Por isso, não deixe de usar seu pedido, seja ele descansar, seja me fazer carregar sua bagagem.

– Não é uma conversa nem um pouco agradável.

– Estou plenamente ciente disso. Porque a confusão na estação foi realmente intensa.

Ouvindo isso, acabei não podendo recusar.

– Entendido. Então, o meu pedido é que caminhe na minha frente, por favor. Se eu estiver adiante e você precisar se ajustar ao meu passo, provavelmente poderemos caminhar ambos com mais facilidade, porém, seria uma idiotice ficar falando o tempo todo sem ver alguém na minha frente. Se me cansar, pedirei também para pararmos. E se me cansar de falar, por favor, diga alguma coisa. Se ambos permanecermos calados, talvez eu pense em coisas ruins. Serve falar sobre qualquer coisa: a montanha, o Centro Comunitário...

– Ok. Provavelmente só falarei besteiras, mas vamos nessa.

Jogamos fora as caixas vazias dos bentôs e, após confirmamos o trajeto no mapa, começamos a andar em direção ao Monte Io, nosso primeiro destino.

Era a terceira vez que percorria a pé aquele trajeto.

A primeira foi no treinamento de verão do clube de montanhismo quando estava no primeiro ano da universidade. Havia experimentado várias vezes caminhadas em montanhas próximas, indo e voltando no mesmo dia, mas era a primeira vez que pernoitávamos. É uma rota perfeita para iniciantes.

A segunda vez foi no verão do ano seguinte, no segundo ano da universidade. Viemos eu e Kimiko. O treinamento de verão foi no Monte Yariga, mas nós duas desejávamos a qualquer custo vir até aqui. Para construir o túmulo da veterana Kurata.

Kurata desmaiou um mês após o primeiro treinamento de verão, quando visitamos juntas o Museu de Arte Nacional em Tóquio. Em frente ao quadro de Michio Kasai.

– Você conhece a obra *Lua ao alvorecer?*

Como na minha cidade não era possível vê-la, a veterana Kurata, mesmo com problemas de saúde, se esforçou para me acompanhar. Ao desfalecer diante da pintura, o rosto dela estava pálido e escorria sangue pelas narinas.

Pedi aos funcionários do museu que chamassem uma ambulância para levá-la para o hospital. Sem saber direito o que fazer dali em diante liguei para o pensionato de Koichi, o veterano do clube. Quando nos vimos pela primeira vez inadvertidamente o chamei de *papai* e isso acabou fazendo com que pudesse contar com ele em diversas ocasiões.

Kurata me informara que Koichi era filho de um famoso arquiteto, que também projetou o museu que visitávamos.

Por sorte Koichi estava no pensionato, veio de imediato ao hospital e contatou a família de Kurata. Naquele dia, eu e ele conversamos sobre a veterana do lado de fora do quarto.

No dia seguinte, após os pais de Kurata terem vindo a Tóquio, tomamos conhecimento do nome da doença.

Leucemia mieloide aguda.

Você já deve ter ouvido falar, não? Era a mesma doença de um personagem de uma série de grande sucesso na TV e por isso conhecia bem de nome, mas desconhecia por completo as causas e os sintomas concretos. Adorava assistir a um episódio toda semana, mas acho que pensava que não passava de ficção. Para mim, até o nome da doença era algo inventado e jamais passaria pela minha cabeça que alguém próximo pudesse ser acometido por tal enfermidade. Mesmo ouvindo o nome da doença, não queria acreditar que fosse a mesma da série de TV.

Afinal, a heroína da série acabava morrendo.

A leucemia mieloide aguda, de causa desconhecida, é uma doença que impede que o sangue seja produzido normalmente. A veterana Kurata desde criança parecia nunca ter tido uma doença séria. Entre as moças do clube era a mais animada e nunca a ouvi reclamar de cansaço.

O tratamento era um transplante de medula óssea. Não poderia ser a de qualquer pessoa. Era preciso coletar amostras de sangue e examinar o tipo de células sanguíneas, pois somente pessoas compatíveis poderiam doar.

Disseram que a taxa de compatibilidade no caso de pais e irmãos era de cerca de 25 por cento e, no caso das demais pessoas, a probabilidade era muito baixa, de uma em milhares a uma em dezenas de milhares. Nem os glóbulos brancos do irmão mais novo de Kurata combinaram com o dela.

A outra opção seria procurar um doador com probabilidade de uma em mil ou uma em dez mil. Eu e Koichi nos revezamos explicando a situação ao pessoal do dormitório e aos membros do clube de montanhismo e pedimos a eles para se submeterem aos exames de compatibilidade. Graças à simpatia de Kurata, todos aceitaram com prazer e mesmo pessoas que ainda estavam no interior de férias se apressaram a ir ao hospital.

Obviamente, foi assim também com Kimiko. Ela era natural do mesmo condado de Kurata, idolatrava a veterana e se enfureceu por não ter sido avisada do que acontecera no mesmo dia do desmaio da amiga.

Mas nenhum deles foi compatível.

Ampliamos o escopo das chamadas, mas apesar de falarmos com todos da faculdade, não foi possível encontrar alguém compatível.

A procura não se restringia a um doador. Como o corpo dela não produzia sangue normalmente, era necessária uma transfusão.

O tipo sanguíneo de Kurata era AB.

O meu tipo era O. Como dizem ser um tipo sanguíneo que em geral permite transfusão para pessoas com qualquer outro tipo sanguíneo, mesmo não sendo possível ser doadora da medula, pensei que seria útil para a transfusão. No entanto, por se tratar de uma doença complexa, disseram que a transfusão teria de ser de pessoa com o mesmo tipo sanguíneo.

Koichi também era do tipo O e estava desconsolado por não poder doar sangue.

Todos os membros da família tinham tipos sanguíneos diferentes.

Para cada transfusão eram necessárias quatro pessoas e dentre os conhecidos havia poucas pessoas aptas. Uma delas era Kimiko, que tinha o tipo sanguíneo AB.

Uma vez por semana, alegando que doaria sangue puro para a veterana Kurata, Kimiko deixava de comer os doces de que tanto gostava e se concentrava na ingestão de carnes e verduras. Quando não era possível reunir quatro pessoas e a transfusão era realizada com três, ela ficava fraca, sem conseguir andar direito, mas como a veterana Kurata estava sofrendo mais do que todos, Kimiko não reclamava.

Podia soar inescrupuloso, mas eu invejava Kimiko. Ao mesmo tempo em que expressava a Koichi minha dor por nada poder fazer para ajudar, a distância entre nós ia diminuindo. Aconteceu algo que me levou a acreditar que estávamos predestinados a ficar juntos.

— Desculpe conversar enquanto caminho. Realmente é muito duro. Vamos subir direto até o Monte Io e lá continuamos a conversa. Pode ser?

O trajeto da entrada em Mino até o Monte Io era todo em um plano inclinado com árvores em abundância. O local que mais exigia força física foi justamente onde eu não parava de falar. Akio também parece ter percebido a grande diferença na forma em que a força física se esgotava entre ruminar as coisas na cabeça e colocá-las em palavras quando disse: *Justo na hora em que eu pensava em dar uma parada.*

Como forma de se desculpar por um pedido inaceitável, ele se ofereceu a falar sobre ele próprio, mas desistiu concordando que não restava energia para isso. Bebemos água e respiramos fundo, mandando oxigênio para o cérebro. Decidi caminhar calada até o cume do Monte Io seguindo Akio vagarosamente.

Faltava pouco.

Vi pela primeira vez dicentras peregrinas no Monte Io. Elas floresciam por toda a parte pela extensão do caminho, um pouco fora do cume. Embora miúdas, eram solenes flores cor-de-rosa escuras. A rainha das flores alpinas. Uma flor parecida com a veterana Kurata.

À medida que nos aproximávamos do cume, a altura das árvores diminuiu e rochas de superfície áspera começaram a aparecer. Quando vim na vez anterior, pude ver no entorno muitas flores alpinas lindas, brancas e amarelas. Fiz o esboço de cada uma delas em minha caderneta e anotei detalhes pensando em colori-las quando retornasse ao sopé do monte, decidindo da próxima vez trazer um caderno de esboços ao subir a montanha.

Mas não via nenhuma dessas flores. Não havia sequer flores que floresçam após as dicentras peregrinas.

— Akio, não há nenhuma flor por aqui — disse a ele, que estava alguns metros na minha frente e pôde conservar a força física por ter caminhado calado.

— É impossível.

Ele parou e apontou para a superfície da rocha dizendo:

—Veja.

Ao olhar entre duas rochas, notei que floresciam gencianas e gencianas alpinas amarelas.

— Sem dúvidas são flores, mas elas prenunciam a chegada do outono. Será que há dicentras peregrinas florescendo realmente? Seja como for, vou aproveitar para desenhar estas.

Havia lido sobre aquelas flores em livros, mas era a primeira vez que as via de verdade.

—Você é mesmo uma professora de pintura! Como temos muito tempo, pode ir com calma.

Akio sentou-se em uma rocha um pouco afastada e retirou um maço de cigarros do bolso da camisa.

Abaixei a mochila, retirei dela o caderno de esboços e comecei um desenho a lápis das gencianas algidas. A cor e o formato eram diferentes, mas no dia em que a carta de Kimiko chegou, a flor-tema era genciana. No dia anterior tinha sido cosmos. Por estar apressada, enfiei os cosmos que levei para casa dentro de um copo na pia. Mas não havia razão para me preocupar. Minha mãe com certeza as transferira para um vaso.

Concluído. As cores eu deixaria para quando chegássemos à cabana da montanha ou depois de voltarmos. Ao fechar o caderno de esboços, Akio também havia apagado o cigarro no cinzeiro portátil.

— Que universidade de artes você frequentou? – ele perguntou.

— Nenhuma. Estudei no departamento de língua inglesa da universidade de curta duração S. Imaginei que seria mais vantajoso para arranjar emprego, mas, no final das contas, estou fazendo desenhos, o que prova que não dei ouvidos aos meus pais – respondi, colocando a mochila às costas. Uma vez tendo ajeitado a mochila, quando voltei a caminhar senti como se ela tivesse aumentado em metade do peso. Mas o cume estava próximo. O declive também tinha ficado mais suave.

—Até vermos os cosmos, gostaria que você ouvisse algo que tenho a dizer. A partir daqui volto a conversar enquanto caminhamos.

Akio começou a andar pedindo para não me esforçar.

Quando estava no colégio, ganhei vários prêmios em concursos de desenho, mas não considerava minhas pinturas tão boas assim. Foi Koichi quem me incentivou a desenhar.

Ele me disse que a veterana Kurata certamente se alegraria se, como um presente a ela, eu desenhasse as flores alpinas que apenas esboçara durante o treinamento em um papel especial. Tinha dúvidas se ela realmente se alegraria ou não, mas desejava fazer qualquer coisa que estivesse ao meu alcance.

Na época, a veterana Kurata chegara a ponto de dizer que não tinha mais esperanças de encontrar uma pessoa compatível e que perdera a vontade de viver. Por isso pensei em desenhar algo para incentivá-la a melhorar e fazermos *hiking* novamente. Não uma pintura, mas o desenho de uma flor que parecesse real. Mesmo de aspecto efêmero, desejava poder expressar no papel uma força que permitisse viver eternamente. Desenhei com o sentimento de colocar vida em cada pétala.

Ao lhe entregar, ela se alegrou muito e disse:

– Gostaria de ir caminhar novamente com todos no verão do próximo ano.

A veterana Kurata morreu um mês depois.

Até a véspera de sua morte, Kimiko continuou a lhe doar sangue; naquele dia, ela abraçou Kurata, chorando copiosamente. Chorou gritando mais do que os familiares. Era direito dela chorar, pensei, por tudo o que ela fizera por Kurata.

Eu, no entanto, não tinha esse direito. Provavelmente ter feito o desenho não passava de autossatisfação. Talvez tivesse aprofundado a tristeza de Kurata, que perdera a vontade de viver. Apesar disso, até o fim ela usou palavras gentis por se preocupar comigo, talvez.

Pensando assim, deveria suportar sozinha, mas astutamente fui procurar alguém com quem pudesse chorar à vontade. Koichi me consolou dizendo que fizera tudo o que estava ao meu alcance e que não havia porque me sentir arrependida. A partir desse dia comecei a passar metade da semana no pensionato de Koichi.

Apesar de Kimiko também estar apaixonada por Koichi. Apesar de necessitar do grande apoio dela, que até o fim se portou com coragem.

Fui bastante insultada por Kimiko. Ela me chamou de inescrupulosa por me aproveitar da doença de Kurata. E ela tinha razão. Só pensei em mim.

Mesmo que ela me insultasse, não consegui me separar de Koichi. Pedi perdão a Kimiko de joelhos. Disse-lhe que atenderia a todos os seus pedidos quantas vezes precisasse, mas apenas aquilo ela teria de me perdoar.

Kimiko me disse pouco antes da veterana Kurata ter desmaiado no museu: *Não perdoarei se você monopolizar Kurata e Koichi. Escolha um deles. Se não puder, decida por qual deles deseja ser escolhida.*

– Satsuki, você escolheu Koichi. Eu fiz de tudo pela veterana Kurata até o fim. Foi assim, não foi? – Kimiko me perdoou colocando as coisas dessa forma.

– Chegamos. – Mais adiante havia muitas flores. – Podemos dar uma olhada?

Não havia nem mesmo dicentras peregrinas secas. No local em que elas deveriam estar florescendo lindamente só havia pedras ásperas espalhadas.

A veterana Kurata não está aqui.

O que afinal eu tinha vindo fazer nesse lugar? Perdi as forças e me ajoelhei.

Ao voltar a cabeça na intenção de questioná-lo, percebi que Akio não me acompanhara até ali. Ele se sentara diante da placa onde se lia Cume do Monte Io e fumava tranquilamente um cigarro. Desde o início ele sabia que haveria dicentras peregrinas por aqui.

Fui tomada de um acesso de raiva. Levantei-me e o pressionei a me dizer a verdade.

– Você quis me enganar, foi isso? Não há dicentras peregrinas em lugar nenhum. Se aqui não tem, vai me dizer que mais para a frente terá?

– Eu disse que o objetivo era o Monte Aka. Foi você que falou que queria vir por este trajeto. É um erro me culpar por não haver as flores no Monte Io.

Ele tinha razão. Mas será que veríamos as flores no Monte Aka? Era possível imaginar que em alguma cabana próxima ao Monte Aka poderia haver dicentras peregrinas plantadas em uma estufa. Mas dicentras peregrinas criadas em estufas não eram a veterana Kurata.

Eu desejava ver as dicentras peregrinas? Desejava me encontrar com a veterana Kurata?

— Se você vir as flores do Monte Aka e mesmo assim se sentir ludibriada, então pedirei perdão a você.

— Desculpe... Vamos almoçar?

Abaixei a mochila e retirei delas os *onigiris* que minha mãe me forçara a trazer. Havia seis deles embrulhados em papel alumínio e o conteúdo estava discriminado a caneta.

— Já experimentou os *onigiris* do Takenoya?

— Várias vezes. Em algumas ocasiões, quando ia jantar lá, pedia para viagem.

— Quais sabores você prefere?

— Salmão, conserva de atum picado e sardinhas apimentadas.

— Gosto de ameixa, alga *kombu* e *butterbur* em pasta de soja. Que bom que tem exatamente esses seis sabores.

Entreguei a Akio os *onigiris* com seus três sabores prediletos. Minha mãe preparava pratos deliciosos, mesmo sendo simples *onigiris*. Não queria entristecê-la. Seria melhor ficar calada. Só guardaria mais um segredo.

Ele terminou de comer rapidamente os *onigiris* e retirou da mochila uma panela e um pequeno fogareiro a gás. Parecia que iria preparar um café. Ele me perguntou se queria com leite e açúcar. Colocou ambos no meu café e tomou o dele puro, o que significava que ele certamente trouxera leite e açúcar por minha causa.

Retirei da mochila a sacola de papel com os *kintsubas* e entreguei um a Akio, mas não foi como sinal de desculpas. Como sempre, o cosmos de creme de leite não era popular.

— Peço desculpas. Estou ansiosa para ver as dicentras peregrinas no Monte Aka. E, aproveitando, estou ansiosa também pelas folhas de bordo coloridas pelo outono. Por isso, posso continuar com o pedido?

– Claro.

O café tomado na montanha parecia dez vezes mais saboroso do que o comum. E combinado ao *kintsuba* da Baikoudo era o êxtase supremo.

Era o momento de revelar tudo a ele.

Lembra que na estação Kimiko disse que Koichi sofria o mesmo que a veterana Kurata? Era leucemia mieloide aguda.

Eu e Koichi tínhamos o mesmo tipo de glóbulos brancos.

CAPÍTULO
5

Rika

Era desnecessário levar uma lembrança para meu encontro com K., uma vez que ele já não estava mais neste mundo, mas havia alguém me chamando em nome de K. e, por arcar até com as despesas de transporte, pensei que não seria aconselhável levar algo apenas para não chegar de mãos abanando.

Como no outro dia ofereci *kintsubas* da Baikoudo ao secretário, filho de K., desta vez pensei em algum doce ocidental, mas ao visitar a galeria Acácia acabei decidindo pela Baikoudo.

Os doces fritos da Marco, loja de doces ocidentais da galeria, eram gostosos, mas para o nível da cidade apenas. Agora, os doces japoneses da Baikoudo, em particular os *kintsubas*, eram gostosos a nível nacional. Pelo menos era assim que eu secretamente pensava.

Percebi isso de fato quando fui estudar em Tóquio e comi o *kintsuba* de uma loja de doces japoneses depois de enfrentar uma fila enorme com minhas amigas. Para começar, fiquei sem acreditar que era preciso fazer fila por *kintsubas*. Após meia hora de espera, minhas amigas exclamavam que os *kintsubas* estavam deliciosos e os comiam com satisfação, enquanto me sentia bastante decepcionada. Os da Baikoudo eram centenas de vezes mais gostosos e, como se não bastasse, apesar da fila para comprá-los, os daquela confeitaria não eram servidos quentinhos. Por que eles os vendiam depois de esfriar? Senti uma saudade estranha do calor do *kintsuba* que antigamente era colocado no meu bolso.

Para oferecer algo em grande estilo às pessoas que se tratam mutuamente por "garoto" e "Diretor", não havia outro igual. Entrei na loja e procurei na vitrine. Apesar de ser hora do lanche, só havia eu de cliente.

— Ah, Rika. Vai visitar sua avó? — a senhora de avental me perguntou com voz delicada.

Apesar de já ter por volta de cinquenta anos de idade, a voz era a mesma de sempre. Uma vez eu a ouvi contar alegremente, para uma senhora das redondezas que viera fazer uma compra, que o filho único ingressou em uma grande empresa, viajava muito para o exterior e trabalhava demais, o que me fez presumir que não deveria haver ninguém para suceder os negócios.

— Não, vou dar uma saída e quero levar uma lembrança. Mas como outro dia presenteei *kintsubas* a uma das pessoas que talvez esteja presente, provavelmente seria melhor misturar com *yokans* e *dorayakis*. Estou indecisa. Não, pensando bem, vou levar mesmo só *kintsubas*.

— Você vai sair hoje mesmo?

A senhora me perscrutou de cima abaixo através da vitrine. Sem maquiagem, cabelos amarrados de forma simples, um top e jeans, e nos pés, sandálias. Era uma aparência totalmente improvável para quem iria sair.

— Amanhã. Mas como saio muito cedo pela manhã, achei melhor deixar comprado hoje.

— Vai a algum lugar muito longe? Na casa de amigos?

Começava o batismo da galeria. Provavelmente a senhora não fazia por mal, mas já previa que perguntaria inquisitivamente. *Vai sozinha? Com quem vai? É um amigo homem?* Talvez seja melhor dizer logo a verdade.

— Vou até Kiyosato me encontrar com amigos de minha mãe.

— De sua mãe! Nossa... Então vou pedir para fazerem um combinado com três tipos da versão especial de *kintsuba*.

— Existe isso?

— Antigamente havia. No tempo em que sua mãe trabalhava conosco.

— Mamãe... Que tipo de pessoa era ela?

— Era séria, determinada, mas enérgica e simpática. Era o ídolo da galeria e foi escolhida Miss Acácia.

— Miss Acácia?

— Isso mesmo. Ela ficou envergonhada e não queria aceitar o título, mas seu fã-clube não permitiu a recusa – a senhora disse, gargalhando.

Miss Acácia e seu fã-clube. Mesmo não tendo relação comigo, a frase me provocou comichões.

— Não sabia. E é para mim um pouco fora do comum ouvir sobre ela ser uma pessoa séria. Com certeza ela tinha um lado rígido, mas achava o temperamento dela relativamente relaxado.

— Depois de se casar. Sob diversos aspectos, deve ter começado a ter mais tempo para si. Todos os membros do fã-clube ficaram desolados com o casamento, mas eu estava feliz por ela ter encontrado uma boa pessoa.

— O temperamento de meu pai a contagiou.

— É o que se costuma dizer: um casal acaba por se assemelhar.

Sempre me sentia mal quando a encontrava devido ao seu ataque de perguntas e, ao terminar o que tinha para fazer, saía da loja como se estivesse fugindo, mas ouvindo-a falar daquele jeito, acabei obtendo dela naturalmente informações que eu desejava. Quem sabe as respostas que buscava revirando as gavetas dentro de casa não pudessem estar por aqui?

Devia ter percebido isso quando o dono da Floricultura Yamamoto me contou sobre K.

— Gostaria de perguntar só mais uma coisa sobre minha mãe. A senhora não sabe quem é K., um velho conhecido dela?

— Ká?

— Desculpe. É uma pessoa cuja inicial começa com a letra. Creio que é um conhecido de antes do casamento.

— Infelizmente não sei. Vim para esta cidade depois de casar e desconheço sobre coisas muito antigas. Quando pedir os *kintsubas* ao meu pessoal, vou perguntar a eles.

– Obrigada.

Embora no dia seguinte a verdade fosse se revelar, meu coração palpitou com as palavras daquela senhora. Melhor do que ouvir sobre minha mãe de pessoas que até agora não tiveram relação com minha vida, seja o secretário de K. seja o Diretor, era muito mais confiável ouvir de uma pessoa que conviveu com ela em um local em que com certeza esteve.

– Desculpe, apenas a última pergunta. Quando estive recentemente visitando nosso mausoléu no cemitério, havia no túmulo sinais de que alguém estivera lá. Não teria ideia de quem foi?

– Deve ter sido a vovó Moriyama.

Foi a resposta mais inusitada que recebi.

A casa da família Moriyama fica bem no meio no caminho entre a galeria e a minha casa. No jardim havia flores e árvores da estação e recentemente cosmos floresciam lindamente. Seriam os cosmos que enfeitavam o túmulo?

Mas não tenho muito contato com a família Moriyama. Apenas cumprimento quando passo em frente da casa.

– A senhora Moriyama...?

– Não sei nos dias comuns, mas nos finados ou na semana do equinócio eu vi várias vezes a vovó visitar o túmulo de sua família, Rika. Sabe, ele fica próximo do túmulo da nossa família. Uma vez perguntei se eram parentes, mas como a vovó é um pouco surda apenas respondeu *Boa tarde para você também*.

– Essa vovó seria a mãe da senhora Moriyama?

Imaginei que ela se referisse à mãe, já que a senhora Moriyama devia beirar a casa dos 70 anos, mas não parecia tão velha a ponto de ser chamada de vovó pela dona da loja.

– Isso. Ela tem muita energia apesar de já ter mais de 90 anos.

Como a senhora Moriyama devia ter a idade de minha avó, imaginei que ela e minha avó tivessem alguma relação e por isso ela aproveitava a ida ao cemitério para visitar o túmulo de minha família, mas por que afinal a mãe da senhora Moriyama o faria? Nossa família não tinha parentes na cidade, somente o túmulo de meu avô e de meus pais.

Pensei em perguntar diretamente a ela.

Prometi à senhora voltar antes do fechamento da loja para pegar os *kintsubas*. Pedi para colocar em uma caixa separada outros cinco *kintsubas* e deixei a Baikoudo para trás.

Passei centenas ou milhares de vezes em frente da casa da senhora Moriyama, mas nunca apertei o botão da campainha. Parte dos cosmos no vaso de flores a um canto do hall de entrada foi cortada. Os que floresciam aqui teriam sido levados ao túmulo de nossa família?

A porta de correr com vidro fosco se abriu lentamente e pude ver o rosto da mãe da senhora Moriyama. Via com frequência a senhora Moriyama, mas fazia tempos que não via a mãe dela. De certa forma, eu a achava parecida com alguém. Não conseguia me lembrar quem era. Mantendo as costas curvadas, ela moveu apenas o pescoço e ergueu os olhos em minha direção... Soltou um som ligeiro e agudo, e recuou.

— Desculpe, desculpe...

Colocou as mãos sobre os joelhos e abaixou a cabeça a ponto de eu temer que fosse tombar para a frente, repetindo as palavras de desculpas. Teria ela me confundido com alguma cobradora que viera receber o dinheiro de um empréstimo? As pernas e a cintura eram firmes a ponto de poder visitar o cemitério, mas alguns sintomas de demência talvez estivessem começando a surgir.

— Mãe, o que houve? — uma voz se fez ouvir do fundo da casa.

A senhora Moriyama apareceu enxugando as mãos no avental. Se ela estava em casa, gostaria que ela tivesse atendido a porta. Por que deixa uma senhora na situação da mãe atender no lugar dela? A senhora Moriyama acalmou a mãe, levando-a para o fundo da casa, e ao retornar me olhou.

— Ah, bom dia... Hum...

Ela virou a cabeça sorrindo. Ela se lembra de mim, mas não consegue recordar meu nome.

— Desculpe-me por aparecer tão repentinamente. Visitei o cemitério dia desses, e havia sinais de alguém ter visitado o mausoléu de minha família. Ao perguntar há pouco à dona da Baikoudo, ela me disse que foi sua mãe e que ela também teria ido em outros dias. Peço desculpas por não ter percebido durante tanto tempo. Por favor, aceite estes doces.

Entreguei a caixa de *kintsubas* que acabara de ser preparada.

– Ah, não precisava se preocupar com isso... Rika, não é? Sim, Rika é o seu nome... Como está a situação de sua avó?

O fato de ter se lembrado de minha avó significava que podia identificar completamente quem e de onde eu era. *Sim, sim, é isso*, ela dizia para si própria assentindo com a cabeça.

– Obrigada. Em breve ela será operada.

– É mesmo? Mamãe tem me pedido para ir visitá-la. Desculpe por ainda não ter podido ir.

– Não, de jeito nenhum. Não se preocupe. Mais do que isso, peço desculpas por ter assustado sua mãe. Ela está bem?

– O que será que houve? Não é comum o que aconteceu. Como ela é surda não deve ter vindo até a porta por ter ouvido a campainha chamar. Talvez quisesse sair e ao se deparar com uma pessoa alta, de pé, se assustou. Mas como você cresceu! Eu fazia ideia de sua mãe com estatura baixa.

– Talvez tenha puxado ao meu pai na altura.

– Sim, é isso mesmo. Ah... você também tem visitado o cemitério então. Por favor, não se preocupe com minha mãe. No passado, ela e seu avô se conheciam. Além disso, não é que ela esteja indo todos os dias. Ela costuma ir no dia de finados, no Ano-Novo e na semana do equinócio, mas recentemente meu irmão mais velho, que eu não via há mais de dez anos, veio nos visitar e parece terem ido juntos.

– Ah, foi isso então. O seu irmão também era conhecido do meu avô?

– No passado, seu avô e ele trabalharam na mesma empresa.

– É mesmo? Por isso, os dois foram ao cemitério. Por favor, mande minhas lembranças também para o seu irmão.

A visita ao cemitério não foi de um conhecido de mamãe, mas do meu avô. Senti-me um pouco desapontada, agradeci e voltei para casa.

– Ah, sim, sim...

Ao sair do hall, a senhora voltou para dentro de casa e retornou trazendo uma tesoura e papel. Cortou com agilidade os cosmos do jardim, embrulhou no jornal um ramalhete grande a ponto de não conseguir segurá-lo com uma das mãos e me entregou.

– Se não se importar, enfeite sua casa com eles.

Pela aptidão que demonstrou, devia estar fazendo o mesmo com todas as pessoas que a visitavam. Recebi as flores com gratidão e saí pelo portão.

Cosmos de três cores: branca, violeta-claro e violeta-escuro. Nos últimos tempos os cosmos estavam me seguido. Tanto no dia da visita dos pais às aulas no jardim de infância quanto os que recebi do Diretor no quarto de hospital de minha avó possuíam uma combinação das mesmas cores.

– Espere um pouco.

Bem que percebi que o rosto da mãe da senhora Moriyama se parecia com o de alguém. Era com o Diretor.

– Ah, sim...

Ao me virar, a senhora Moriyama ainda não havia entrado e arrancava as ervas daninhas do vaso de flores.

– Seu irmão não teria ido visitar minha avó no hospital?

– Sim, foi. Ao visitá-la, ela estava dormindo, mas disse que encontrou a neta dela. Então você conheceu meu irmão no hospital, Rika.

O Diretor era um membro daquela família. Quando ela disse que ele conhecia meu avô, isso significava que os dois haviam trabalhado juntos.

– Foi gentil da parte dele ter vindo, mas desculpe por minha avó estar dormindo.

– Imagina. No dia seguinte talvez ele tenha voltado ao hospital ou não? Ele bem poderia ter pernoitado conosco, mas reservou um quarto no hotel. Não entendi o porquê da cerimônia.

A senhora Moriyama desconhece o que aconteceu no dia seguinte.

– Seu irmão veio de Tóquio somente para visitar minha avó?

Apesar de a vizinhança acreditar que a internação de minha avó tinha sido necessária por conta de um tumor benigno.

— Ah, ele falou isso? Que coisa. Não ligue, por favor. Ouvi na galeria que sua avó estava internada e, ao comentar com minha mãe, ela me mandou telefonar de imediato para meu irmão. Ele já é aposentado e tem tempo de sobra.

Apesar de o Diretor ter sido informado da internação de minha avó, deve ter retornado para ver a mãe dele. Por isso, mesmo minha avó estando adormecida, não era esse o principal motivo. Em princípio, bastava deixar uma prova de que visitara o hospital. Por isso, no dia seguinte, retornou acompanhado do filho de K.

— A propósito, a senhora conhece alguém chamado K. que seja conhecido de seu irmão?

— Ká?

— Uma pessoa cuja inicial do nome é K.

— Não, não conheço. Mas o nome de meu irmão também começa com K.

— É mesmo?

Infelizmente, por mais que o nome do Diretor começasse com K, não era aquele K. Voltei a agradecer e dessa vez me dirigi para casa sem olhar para trás.

— Será que floristas têm tempo de sobra? – Kenta perguntou com jeito admirado quando visitei a Floricultura Yamamoto à tardinha.

Se ele estivesse ocupado eu pretendia voltar outra hora, e se precisasse de algo eu poderia ajudá-lo, mas não havia clientes na loja e Kenta estava apenas com a cara colada no computador teclando tranquilamente. Abri a cadeira dobrável em frente ao balcão e me sentei. Relatei a ele sobre a Baikoudo e a visita à senhora Moriyama.

De repente Kenta parou de teclar.

— A galeria Acácia é incrível. Quer dizer, nós também somos. Mais do que digitar uma palavra-chave no computador, basta perguntar a um comerciante daqui. Mas eu também sabia sobre sua mãe ter sido Miss Acácia. Porque parece que meu pai também era membro do tal fã-clube – Kenta disse de um jeito engraçado.

– Como ela não se alegrou por ter sido selecionada nesse concurso inventado, posso entender porque mamãe não me contou.

– Não fale besteira. No passado, era um concurso muito popular. Dizem que havia candidatas até de fora da cidade. Era um negócio honrado. Se você tivesse participado, não venceria de jeito nenhum o Miss Acácia, não acha?

– Que rude. Se fosse cinco anos mais jovem, até poderia. Afinal, tenho um rosto bem parecido com o de minha mãe.

– Mas você não se parece com sua avó.

– Sou parecida com vovô.

– É mesmo? Isso significa que a estatura também é alta, e não é muito atraente. Será que a mãe da senhora Moriyama não confundiu você com seu avô? Por isso se espantou gritando *Deus me socorra, Deus me socorra*?

– Não foi bem assim. Nada de *Deus me socorra*. Ela disse *Desculpe*.

– Mas só porque o filho era colega de trabalho, isso é motivo para visitar o túmulo? Eu nunca vi seu avô.

– Quando nasci ele já havia falecido. Pelas fotografias que vi dele, deve ter morrido muito jovem.

– Ou seja, foram décadas atrás. Mais do que um colega com quem trabalhou, não estaria no nível de um benfeitor que lhe salvou a vida? Se não for assim, deve ter acontecido algo que lhe provocou remorso. Acho isso mais provável. E é possível entender o porquê de ela pedir desculpas a você.

– Isso tudo na hipótese de que ela tenha me confundido com meu avô. Apesar de sermos parentes, não gostaria de me ver sendo confundida com um homem. Ela é uma senhora de mais de 90 anos e provavelmente falou sem querer algo que não entende bem.

– Será? Ela vem por vezes comprar flores para o altar budista e está muito lúcida.

– Então foi só um susto, como disse a senhora Moriyama.

– Bem, deixemos de lado por enquanto a mãe da senhora Moriyama. O irmão, que foi Diretor na mesma empresa que o secretário de K., no passado trabalhou junto com o seu avô, Rika. Isso significa que o seu avô estava na mesma empresa que ele. Seria possível pensar isso em separado do fato de K. enviar flores à sua mãe?

– Talvez haja algum vínculo. Sinto que o motivo de K. enviar as flores não é algo simples como terem sido namorados no passado ou algo semelhante. Houve alguma coisa. Tomara que consiga descobrir amanhã.

Olhei para o relógio. Eram cinco para as sete. Eu me levantei da cadeira e me alonguei.

– Vou dar um pulo na Baikoudo. Quando passei por lá antes de vir até aqui, me disseram para retirar uma encomenda às sete. O próprio dono vai preparar, e não o filho dele, por isso leva tempo.

– Sabia. Você só veio para matar o tempo.

Kenta exagerou na franqueza ao dizer isso. Mas não precisava me justificar. Sorri para disfarçar. Saí da loja.

– Espere, vou com você – Kenta disse e, dirigindo-se ao fundo da loja, avisou – Vou dar uma saída.

– Por quê?

– Tenho a impressão que o nome de K. pode escapar inadvertidamente da boca do dono da Baikoudo. Mas você com certeza não vai notar. Por isso, vou junto para ouvir.

Ser tratada como uma idiota me deixava possessa, mas comecei a achar que ele conhecia a verdadeira identidade de K. e, não conseguindo me conter, me pus a correr pela galeria onde poucas pessoas passavam. Kenta me ultrapassava, depois ficava para trás.

Havia anos que eu não corria com tanta vontade.

Ao entrar correndo na Baikoudo no momento em que as portas fechavam, vi que a senhora tinha acabado de colocar a caixa embrulhada para presente em papel japonês rosa claro na sacola.

– Para que tanta pressa? Fomos nós que fizemos você esperar e mesmo que chegasse um pouco tarde não haveria problema. Ah, até você, Kenta.

A razão de vir correndo era outra, mas não havia tempo para explicar tudo. A senhora preparou chá vertendo para a xícara a partir do pote colocado ao lado da vitrine. Estava um pouco quente para tomar aos goles e, de pé, sorvia aos pouquinhos. O chá estava amargo e irritava não o estômago, mas o centro da cabeça.

Pensei que com tamanha força física poderia muito bem subir montanhas com frequência.

Desde que consigo me lembrar, meus pais me levavam à montanha uma vez por ano. Eles caminhavam despreocupadamente, ajustando-se ao meu ritmo, pois eu logo me amuava reclamando estar cansada. Na verdade, eles deviam empregar uma força física extraordinária, imagino. Houve momentos em que meu pai me carregava nos ombros.

Quando entrei para o ensino médio, sair com meus pais tornou-se maçante e ficava sozinha cuidando da casa, dizendo a eles, com palavras aparentemente delicadas, para que fossem apenas os dois, e se minha cabeça estava tão atordoada agora talvez seja porque a conta daquela época havia chegado.

Quando me tornei adulta, se tivéssemos subido a montanha juntos, talvez tivesse podido conversar muitas coisas sobre as quais normalmente não falaria em casa. Como eles se conheceram, acontecimentos anteriores a isso, fatos sobre meus avós ou sobre K.

— Falando nisso, a pessoa cujo nome começa com K...

— Sim, sim, preciso falar com você sobre isso – a senhora disse batendo palmas.

Eu e Kenta nos olhamos. De fato, a resposta estava dentro da galeria Acácia. Olhei para a senhora repleta de expectativa.

— Primeiro, perguntei ao pessoal daqui de casa, mas como disseram que não sabiam tentei perguntar ao vovô, o dono da Baikoudo. Porque apesar de ter esquecido o que acabou de comer na refeição, até que ele consegue se lembrar bem das coisas do passado. Em particular, lembra com exatidão os nomes das pessoas. Infelizmente, mistura os amigos do filho com os próprios colegas de classe, todos existindo na mesma época. Quando perguntei sobre K., o conhecido de sua mãe, Rika, ele me falou dois nomes: Kimiko e Kayo. Ambas vieram visitar sua mãe de bem longe e ele disse alegremente que elas ficaram contentes em comer nossos *kintsubas*.

Kimiko e Kayo. Talvez seja uma mera coincidência, mas ambos são nomes de mulheres.

Para a senhora não perceber minha decepção, agradeci e devolvi a xícara vazia. Tirei a carteira para pagar.

— Colocamos três tipos de *kintsubas*, dez de cada. O preço parece ser o mesmo para todos.

— Três tipos? — Kenta perguntou.

— O tipo que sempre costumamos vender e mais dois outros. Houve um tempo em que o dono da Baikoudo idealizava doces japoneses elegantes. No final das contas, ele se acalmou alegando ser melhor continuar com aqueles que mantínhamos há tempos, mas como sua mãe adorava, eu pedi para prepararem uma versão especial deles.

— Especial? Desculpe por isso.

— Imagina. Sua mãe gostava de todos eles.

A senhora tirou de uma caixa de madeira coberta com um pano de cozinha dois *kintsubas* e depois mais dois e os envolveu separadamente em papel japonês.

— Pronto. Experimente esses. Você também, Kenta — disse, entregando um pacotinho para mim e outro para ele.

A tepidez dos doces recém-produzidos se transmitia através do papel japonês. Pedi à senhora que transmitisse nossas lembranças ao dono da loja, e saímos.

Não havia motivo para retornar à Floricultura Yamamoto, e como iríamos em direções opostas, decidimos abrir os pacotes em frente à Baikoudo. Embora a senhora tivesse embrulhado dois tipos da versão reeditada, aparentemente eram iguais à versão original.

— Você descobriu a identidade de K. que eu não tenha percebido?

— Kimiko ou Kayo, uma delas — Kenta disse confuso e abocanhou um *kintsuba*. — Tem recheio de castanha — falou de boca cheia, mostrando na vitrine de doces a marca onde cravara os dentes.

Continha uma castanha amarela cristalizada inteira. A castanha combinava com a massa de doce de feijão. Também peguei um e o abocanhei. Não havia a sensação de uma castanha dura. Ao contrário, senti a massa de doce de feijão mais leve do que na versão original. Que sabor era aquele? Ah, entendi.

– Tem creme de leite misturado à massa de doce de feijão.

– Quem diria. Bem que ela falou que o dono da Baikoudo idealizava com elegância. Mas massa de doce de feijão com creme de leite não é muito forte?

– Para mim está bom. Devo gostar.

Uma doçura parecendo a de gelo raspado de leite morno se espalhou dentro da boca.

– Ah, vou ficar com vontade de comer a conserva apimentada de minha avó.

Qual deles era o preferido de minha mãe? Como a porta de aço da Baikoudo ainda não estava arriada, poderia agora confirmar de imediato, mas, mesmo não o fazendo, achei que poderia ser aquele com recheio de creme de leite.

Gostaria de imaginar que esse era o sentido de se ter laços com alguém.

Miyuki

O nome, na inscrição do concurso, foi trocado pelo do escritório. Por mais que pergunte o porquê de isso ter ocorrido, Kazuya apenas balançava a cabeça calado.

– Já chega! – ele gritou, como se tivesse desistido, mas eu custava a me convencer.

Enfiei as sandálias e saí às pressas de casa. Será que Yosuke ainda estaria no escritório? Ou já teria voltado para casa? Kazuya já retornara, logo Yosuke já devia estar em casa. Ele não era do tipo que ficava sozinho trabalhando.

Sabia que Kazuya viria atrás de mim. Se isso acontecesse, me impediria de me encontrar com Yosuke. Kazuya era muito perseverante. Mesmo sabendo o resultado, foi diariamente ao escritório sem protestar, e certamente aguentou firme dizendo para si mesmo que, se fosse em prol do escritório, estava tudo bem.

Porém ele havia se esforçado demais e colocara no projeto toda a sua capacidade. Não era justo permanecer calado e se deixar levar por Yosuke.

Dentro da escuridão, a luz débil de uma lâmpada veio se aproximando diante de meus olhos. Uma bicicleta. Antes que pudesse me esquivar, o som estridente dos freios ressoou e a bicicleta parou primeiro.

– Que perigo... ah, é a senhora.

O ciclista era Kiyoshi Moriyama.

– Kiyoshi, me empreste sua bicicleta.

Segurei o volante da bicicleta, Kiyoshi desceu dela soltando uma exclamação e, num átimo, eu me apossei dela, montei e comecei a pedalar. A casa de Yosuke estava localizada no lado oposto da estação. Atravessando a galeria Acácia e cruzando a passarela, ao entrar um pouco pelo caminho entre os arrozais, podia-se ver a casa térrea de Yosuke.

Uma luz estava acesa em um dos cômodos. Pude ouvir o leve som de jazz proveniente de uma janela escancarada e isso fez assomar minha fúria. No instante em que pisei forte com o pé direito no pedal, a sandália descalçou, perdi o equilíbrio e acabei tombando junto com a bicicleta. Senti meu cotovelo e a face doloridos, mas não era o caso de parar.

Levantei-me, calcei a sandália e, deixando a bicicleta caída, corri em direção à casa de Yosuke e toquei a campainha. Ele próprio abriu a porta, olhou para mim e instantaneamente se espantou, mas não perguntou o que acontecera.

– E Kazuya? – perguntou apenas enquanto me acompanhava à sala de estar.

– Vim fazer uma reclamação. Kazuya não tem relação com isso.

– Hum... reclamação... – Yosuke murmurou, soltando um profundo suspiro, foi até a cozinha, voltou trazendo um pano molhado e me entregou. Olhei para meu cotovelo direito que ardia: estava enlameado e sangrava. Mesmo não desejando receber de Yosuke o que quer que fosse, percebi que saíra de casa sem carregar um lenço sequer.

– Agradeço sua preocupação. Não precisava – disse e peguei o pano.

– É melhor começar limpando o rosto – ele falou.

Passei o pano dobrado sobre a face direita. O tecido branco se tingiu levemente de sangue.

– Você certamente veio me culpar com relação ao concurso, mas está batendo na porta errada – Yosuke disse, abaixando o volume da música enquanto eu pressionava o ferimento no braço.

Apesar de ter oferecido uma almofada para me sentar sobre o tatame, ele próprio refestelou-se em uma confortável cadeira em frente à escrivaninha e cruzou as pernas. Em vez de se constranger, mostrava uma atitude tranquila e até mesmo cínica.

– Se estou batendo na porta errada, explique então por que trocou para o nome do escritório o desenho de projeto que Kazuya inscreveu?

– Eu é que vou lhe perguntar algo. O que você acharia se coisas que deveriam originalmente ser da titularidade do escritório estivessem todas em meu nome?

Respondendo perguntas com outras perguntas. Ele costumava usar desse artifício.

– Ignoro a que você esteja se referindo. As coisas do escritório são suas, o representante, ou não são? No momento em que trocou a inscrição para o nome do escritório, ela foi transferida para você.

– Porém os lucros entram para o escritório.

– O mesmo no caso de estar em nome de Kazuya.

– Será mesmo?

– Kazuya não procurava se apossar dos lucros.

– Quem pode garantir? Além disso, se ele desejasse mesmo que os lucros entrassem para o escritório, não me culparia pelo que fiz. Apenas alterei para o nome da empresa para evitar problemas caso o projeto enviado em nome de um funcionário de minha empresa fosse selecionado.

– Isso não serve de argumento. Se você estivesse convicto de que fez a coisa certa, por que não consultou Kazuya antes de trocar o nome? Ele apenas se inscreveu no concurso porque sempre quis trabalhar com projetos e jamais pensou em se apossar dos lucros ou levar a melhor sobre você. Por isso, se tivessem conversado, certamente ele teria concordado em enviar os desenhos em nome do escritório. Além disso, não seria o caso de colocar Kazuya como responsável deste projeto?

– Fui eu quem criou a empresa – Yosuke disparou friamente.

– Essa era sua real intenção. Apenas não pôde admitir que Kazuya executasse desenhos maravilhosos. Se é assim, deveria ganhar honestamente desenhando algo que não ficasse atrás. Mudar a titularidade na surdina é uma injustiça, não encontro outra palavra melhor para isso. Além do mais, não tem vergonha de falar de lucros e tratar Kazuya como o vilão da história?

— Nenhuma. Você parece estar enganada, pois não mudei apenas o nome. Do jeito que Kazuya concebeu o desenho, ele não teria prosseguido para a seleção final.

— O que você quer dizer com isso?

— Os desenhos de Kazuya são espetaculares no design, mas pecam por problemas estruturais. O local previsto para a construção apresenta um volume de pluviosidade alto, o terreno é movediço, e é preciso considerar também prováveis deslizamentos de terra. Eu efetuei todas as correções. E não enviei em meu nome, mas no do escritório. O que há de ruim nisso? E tampouco pretendo receber sozinho os méritos caso o projeto seja finalmente selecionado. Afinal, Kiyoshi também colaborou, não é verdade? Pretendo definir esse primeiro passo do Escritório de Arquitetura Kitagami para se expandir por todo o país como mérito de todos, incluindo Kazuya.

— Então, vai deixar Kazuya criar também a maquete para a seleção final...

Não importa de quem era o lucro ou o mérito. Eu desejava que ele permitisse que Kazuya continuasse até o final no desafio em que se lançara com tamanha paixão.

— Já chega — fui interrompida por uma voz atrás de mim.

Era Kazuya. Desde quando ele estava ali? Entrando na sala de estar, ele se agachou diante de mim. Nossos olhos estavam na mesma altura.

— Yosuke não está errado. Foi um erro me inscrever sem consultá-lo. Se eu desejava fazer projetos, deveria ter transmitido esse meu desejo a ele. Yosuke aprimorou a resistência geral da construção sem alterar significativamente o design. Se o projeto for escolhido e se materializar, ficarei feliz. Deixo o resto nas mãos dele — Kazuya disse, me persuadindo gentilmente, e pediu desculpas a Yosuke por ter entrado de forma tão brusca em sua casa.

Yosuke nada respondeu e tampouco Kazuya foi além do que isso. Levantando-se, ele me puxou pela mão dizendo *Vamos embora*.

Ao me levantar e voltar a cabeça, Yosuke desviou os olhos como se quisesse dizer *Caiam logo fora daqui* e aumentou o volume da música.

Crescia em mim a insegurança por ter agido levianamente. O que me servia de consolo era o fato de Kazuya não ter pedido desculpas a Yosuke por eu ter entrado à força na casa dele para reclamar.

Kazuya deve ter levantado a bicicleta que eu deixara tombada à beira do caminho. Ela estava parada cuidadosamente em frente à casa de Yosuke.

– Amanhã vamos comprar uma bicicleta. Você precisa treinar mais um pouco – ele disse sem jeito enquanto pousava a mão em minha face.

Ele me fez subir na garupa e montou na bicicleta. Não discernia qual seria a expressão do rosto dele. Suas costas sempre bem aprumadas pareciam miúdas e curvadas, e não consegui conter o choro. As lágrimas salgadas tocavam a ferida em minha face fazendo-a arder de dor, mas o peito de Kazuya deveria estar ainda mais pungente.

Kazuya podia dizer o que quisesse, eu não poderia perdoar Yosuke.

Ao ir à casa de Kiyoshi para devolver a bicicleta, a senhora Moriyama veio atender. Ela se espantou ao ver meu rosto machucado, mas, dizendo despreocupadamente *Vocês se esqueceram de comprar ovos?*, deu os parabéns a Kazuya.

Enquanto observava Kazuya devolver alegremente o cumprimento, apertei meu maxilar prometendo parar com o choro.

Seis meses se passaram desde então. Kazuya ia trabalhar todos os dias como se nada tivesse ocorrido. Provavelmente, por não ficar mais acordado até tarde, recuperou a força física e o apetite estava retornando aos poucos.

Não conversamos mais sobre o concurso. Ele sugeria irmos ao cinema, algo que havia tempos não fazíamos, ou perguntava aonde eu tinha ido durante o dia na bicicleta que ele acabara de comprar para mim, além de outros assuntos similares. Porém, mesmo superficialmente falando coisas alegres, eu não podia me sentir feliz de verdade, pois vivia preocupada sobre o que havia no fundo do coração de Kazuya.

Informei por carta à minha tia e minha mãe o que acontecera.

Não obtive nenhum retorno de minha tia. Certamente devia pensar que eu acusava falsamente o filho querido. Ou, reconhecendo que o filho não prestava, estaria apenas evitando criar caso. Fui tola em pensar que ela contaria ao meu tio e ele repreenderia Yosuke. Todavia, pais deviam ser assim mesmo.

Dessa forma, desejava que minha mãe ficasse do meu lado.

Na carta recebida ontem de mamãe, ela mencionava tranquilamente que eu não deveria fazer nada que suscitasse a antipatia do irmão mais velho dela. Apesar de meu pai estar trabalhando, como ele vivia adoentado, certamente ela, como mãe, devia achar que se as coisas se complicassem e tivessem de depender economicamente de alguém, não seria da filha e do genro, mas do irmão mais velho.

Eu só tinha Kazuya.

Como sempre, fiz o jantar, terminei o preparativo do banho e esperei Kazuya chegar.

Ele tomou banho primeiro e, quando se sentou à mesa de jantar, disse com ar displicente enquanto pegava os hashis:

— Saiu o resultado do concurso. O projeto do Escritório de Arquitetura Kitagami foi selecionado.

Não disse *meu projeto*. Deveria me alegrar ou não? Preferiria que não tivesse sido escolhido, pois hoje, ao sair o resultado, tudo estaria terminado. Porém, quando penso que foi definido que no Vale das Chuvas um museu de arte projetado por Kazuya seria construído...

Mesmo eu, que não conseguia ler com perfeição desenhos de arquitetura, conseguia me lembrar com precisão do desenho de Kazuya. Mais do que isso, conseguia imaginar o acabamento do interior e as pinturas em exposição. Exposto no centro estaria o "Luar ao Alvorecer".

— Parabéns — foram as palavras que me saíram naturalmente. — Independentemente de ter sido selecionado em nome do escritório, quem seja o responsável, ou se você estará encarregado do processo daqui por diante, o seu desenho ganhará forma e no museu serão expostas pinturas de Michio Kasai. Com isso, muitas pessoas vindas de todo o Japão virão visitar, correto? Não pode haver nada de mais maravilhoso do que isso.

Ao contrário do espaço de exposições de uma loja de departamentos, os visitantes não veriam apenas as pinturas, mas o próprio prédio do museu de arte, e ficariam admirados pela sua alta qualidade artística.

– Sim, realmente. É como você diz, Miyuki. Não há razão para me importar com o nome.

– Será construído um museu de arte desenhado por você.

Kazuya pôs os hashis sobre a mesa e com uma das mãos enxugou uma lágrima no canto do olho.

– Não chore, por favor. Não, pensando melhor, chore sim, sem se reprimir. Seja como for, estarei com um sorriso no rosto.

– Obrigado – ele disse sinceramente depois de esfregar muito o olho que a mão pressionava.

Há tempos não via um sorriso no rosto dele. Pude enfim perceber que o importante era que nós dois pudéssemos nos alegrar com o resultado do esforço de Kazuya. Apesar disso, não havia flores sobre a mesa e nenhum acompanhamento especial no jantar. Mesmo que fosse comprar naquele instante, certamente todas as lojas da galeria estariam fechadas.

– Amanhã você pode voltar cedo?

– Vou com Yosuke e Kiyoshi fazer observações no local previsto para a construção, mas não devemos ficar até muito tarde. Volto no horário de sempre.

– Então amanhã vou preparar algo gostoso para nós. O que pode ser?

Discutimos os dois sobre *sushi*, *sukiyaki*, *tonkatsu* e outros. Terminado o jantar, quando arrumávamos a cozinha, ele retirou da gaveta da escrivaninha o maço de desenhos e colocou-o sobre a mesa, contemplando um por um. Eram os desenhos da época de estudante que ele me havia mostrado antes.

Preparei café, coloquei as xícaras na beirada da mesa para não sujar os desenhos e sentei-me ao lado dele.

– É porque guardo esses desenhos desde sempre que não consigo deixar de pensar em projetos. Pensei em jogá-los fora, mas fico feliz de não tê-lo feito antes. Pensando bem, todos eles ficaram apenas nos esboços. Se neste caso meu trabalho não tivesse sido escolhido desde o início, não pensaria em desistir de projetos, ao contrário, seria certamente meu futuro ganha-pão. Não há motivos para desistir. Transmiti a Yosuke que desejava fazer projetos e a partir de agora vou honestamente aceitar novos desafios.

Refletindo sobre as palavras dele, também olhei junto os desenhos. Eu os achei maravilhosos quando os vi da primeira vez, mas depois de ver o desenho do museu de arte tive a impressão de que faltava algo neles. Provavelmente, daqui a alguns anos vou achar que o desenho do museu de arte também não passou de um entre inúmeros projetos. Desejo que Kazuya daqui em diante crie muitos projetos maravilhosos e...

– Estranho – ele balbuciou segurando o último desenho. – Esta mancha, será que fui eu?

Prendi a respiração vendo a mancha marrom. Era a marca do café derramado por Natsumi.

– Bem, não importa.

Kazuya pôs o desenho de lado e, reunindo todos, os colocou na beirada da mesa, pegou a xícara e começou a beber com gosto o café um pouco frio.

– Não vai tomar o seu?

Ele colocou a xícara diante de mim.

– Sim...

Presa na garganta, minha voz enrouqueceu e disfarcei com um sorriso. Não sabia sequer se podia sorrir adequadamente. Ele poderia perceber a ponta de meus dedos tremendo ao segurar a xícara, por isso cruzei as mãos firmemente sobre os joelhos.

Senti raiva por Yosuke ter trocado a titularidade e não tive cabeça para pensar nos detalhes, por exemplo, como ele soube que Kazuya se inscrevera no concurso?

Teria ele ouvido de alguém que Kazuya desenhava, deduzido que ele se inscreveu no concurso e obtido a confirmação ao consultar a prefeitura? Não teria então dado uma justificativa adequada para conseguir reaver os desenhos e trocar o nome?

Esse alguém foi Natsumi... Considerando a baixa popularidade de Yosuke é difícil imaginar que, excetuando-se Natsumi, alguém do escritório tenha contado qualquer coisa a ele em segredo. Mostrei a ela os desenhos de Kazuya. Disse a ela que Kazuya viera para cá porque desejava fazer projetos. Natsumi contou isso a Yosuke, e se considerarmos que ele observava Kazuya com profunda atenção...

O nome nos desenhos foi alterado por minha causa. Se eu não tivesse dito algo desnecessário, Yosuke não teria sabido, antes de sair o resultado, que Kazuya se inscrevera no concurso.

Assomou-me uma sensação de náusea. Asfixiada pelo cheiro do café, senti um refluxo no estômago, uma pressão interna na garganta e, não podendo me conter, corri para o banheiro.

Minha culpa. Foi minha culpa.

Perdi a força nas pernas e ao agachar-me no chão senti uma mão tépida tocar minhas costas.

— Você está bem? — foi a voz gentil que ouvi. Não pude erguer o rosto, falar algo, parar as lágrimas que caíam indiferentes.

Kazuya me aconselhou a não me esforçar para levantar, mas como a sensação de náusea sanara por completo, como de costume preparei o café da manhã e me despedi de Kazuya no hall de entrada quando ele saiu para o trabalho.

— Hoje vou preparar um jantar gostoso e esperar por você.

— Ah, vou ficar ansioso — Kazuya disse e depois acrescentou antes de ir: — Nada de se esforçar se não estiver se sentindo bem.

— Tratada com tanto carinho, chego a ficar um pouco febril e com uma sensação de languidez por todo o corpo, mas não posso ficar preguiçosa e apenas dormir.

Eu me preocupo com a saúde de Kazuya. Ao acordar de madrugada ontem à noite, uma luz penetrava do cômodo contíguo. Ouvi o som do movimento de um lápis, mas não tive coragem de abrir a porta de correr, entrar e perguntar o que ele estaria desenhando.

Pela manhã, limpei a casa, e na parte da tarde fui de bicicleta até a galeria Acácia fazer compras. Enfeitar a casa com flores, preparar um jantar gostoso... seria o suficiente?

Se não revelar que mostrei os desenhos a Natsumi, viverei sempre escondendo isso de Kazuya. Revelar a verdade e enfrentar sua ira seria melhor do que ser tratada gentilmente enquanto oculto um segredo. Não, Kazuya certamente não se zangaria comigo. Porém, sem dúvida sentiria no fundo do coração a decepção e o ressentimento por eu ter feito algo que não deveria. Talvez se arrependesse de ter se casado comigo. Ficava com medo só de imaginar, mas não importava como Kazuya reagisse, decidi revelar tudo e fazer por ele o que estivesse ao meu alcance.

Comprei carne e verduras e decidi me dar ao luxo de adquirir rosas na floricultura. Quando olhava, tentando definir se levaria vermelhas, brancas ou cor-de-rosa, o dono da loja me aconselhou rosas amarelas com tons de laranja, uma cor um pouco rara que chegara e decidi por essa cor.

Uma cor parecida à do sol. Quando colocasse bem no meio da mesa, deveria iluminar todo o cômodo. Pedi duas rosas e do fundo da loja um menino de seus três anos apareceu e com voz vigorosa disse *Obrigado* e decidi levar mais uma.

Para Kazuya, para mim e para...

– Veio de bicicleta? Tome cuidado – o dono da loja disse ao se despedir de mim na porta.

Eu achava que andava bem, mas devia causar apreensão a quem me visse pedalando, já que quase todas as pessoas das lojas que visitava me diziam aquilo com voz preocupada.

Por último, comprei *kintsubas* na Baikoudo. Apesar de o tempo ter estado firme ao sair de casa, ao deixar a galeria, o céu estava coberto de nuvens cinzentas. Para os lados do Vale das Chuvas talvez já estivesse chovendo. Será que tinha dado tempo para eles realizarem a observação?

Pedalei rápido para chegar em casa antes de começar a chover.

Quando caminhava tinha a impressão de ser um terreno plano, mas de bicicleta percebi que minha casa ficava em um nível um pouco mais elevado do que a galeria. A ida era fácil, mas na volta precisava pedalar com um pouco mais de força. Kazuya vivia me lembrando para não andar de bicicleta com sandálias.

Apesar de não ser uma longa distância, cheguei em casa sem fôlego e depois de guardar os produtos comprados decidi deitar um pouco para descansar.

Acordei com o barulho da chuva. Parecia estar caindo um dilúvio.
Cinco da tarde. Era para descansar apenas um pouco, mas acabei dormindo por duas horas. Preciso começar daqui a pouco os preparativos para o jantar. Kazuya saiu pela manhã sem levar guarda-chuva, mas talvez tenha algum de reserva no escritório. Se não houver o suficiente para todos, é bem capaz de ele voltar para casa todo ensopado. Talvez seja melhor fazer antes os preparativos para o banho.

A campainha tocou. Em seguida, ouvi o som de alguém batendo violentamente na porta. Abri a porta do hall pensando em quem poderia estar batendo daquele jeito já que era suficiente tocar a campainha.

– Ah, é você...

Kiyoshi estava de pé, encharcado. O carro estava parado em frente de casa. Apesar disso, respirava ofegante, com os ombros se movimentando para cima e para baixo, como se tivesse corrido com toda a força. De repente, um pressentimento ruim me transpassou a mente.

– Aconteceu algo?

– Kazuya sofreu um acidente...

Não consegui ouvir direito as palavras de Kiyoshi, ou porque o som da chuva estava excessivamente violento ou porque eu obstruíra propositalmente meus ouvidos. Sentei no banco de passageiro do carro enxugando as gotas de chuva salpicadas em minha face e percebi que saíra às pressas de casa novamente sem levar um lenço sequer.

Satsuki

Ao fazer o exame de compatibilidade, descobri que meu tipo de glóbulos brancos não era compatível com o da veterana Kurata. Diziam que a probabilidade de compatibilidade entre pessoas sem vínculo consanguíneo era de uma em mil ou uma em algumas dezenas de milhares. Ser compatível era, então, um milagre, mas mesmo assim me decepcionei ao ser informada no hospital do resultado do exame.

O mesmo se deu com Koichi, que também realizou o exame.

Estávamos desapontados, mas o médico que nos transmitiu os resultados nos informou um fato espantoso. Eu e Koichi tínhamos o mesmo tipo de glóbulos brancos.

Na hora, devo ter dito apenas *Ah, é mesmo?* ou algo semelhante, com total indiferença. Como não havia ninguém compatível com a veterana Kurata, de nada servia ter reunido um par do mesmo naipe entre cartas descartadas. Era como exibir irrelevantes conhecimentos teóricos no local de um incêndio.

Senti inclusive desconfiança no médico e questionei porque ele precisava nos dar essa informação naquela situação. Estaria ele querendo nos dizer que quando um de nós estivesse em situação semelhante, poderia pedir ao outro para doar?

Nunca poderia imaginar que esse dia realmente chegaria.

Em vez de suspirar, tomei todo o café.
— Não achou bom ele ter informado? — Akio já terminara de beber e fumava um cigarro.
— Sim. Há laços surpreendentes entre pessoas e mesmo cortando uma vez essa corrente, em outro local acabam se entrelaçando.
— Corrente?
— Acabei usando isso como exemplo, porque a partir de agora vamos ter locais na montanha com correntes de água. Está um pouco nublado. Não haverá problema?
— Talvez chova.
— Espero que não, pelo menos até passarmos pelos locais das correntezas. Vamos logo.

As nuvens cinza ainda eram vistas apenas vagamente ao longe, mas uma hora mais tarde deveriam estar estendidas acima de nossa cabeça. Pensei em revelar tudo a Akio naquele momento, atravessar o Monte Yoko com suas correntes e seguir para o cume do Monte Aka, onde deveria haver dicentras peregrinas, mas não era hora de fazer algo com pressa.

Não era um local com correntezas de grau tão alto de dificuldade, mas se chovesse seria preciso ter atenção mais do que redobrada se comparado aos dias de tempo firme.

Juntamos o lixo, colocamos na mochila e a pusemos numa posição que permitisse retirar com facilidade o equipamento de chuva.
— Obrigado pelo café — agradeci e me pus de pé.

Um caminho plano beirando a margem continuava até o local das correntes. Era uma excelente trilha para passeios, por onde se podia caminhar enchendo o peito do ar mais próximo ao céu enquanto se contemplava a linha de montanhas se estendendo até onde a vista pudesse alcançar.

Nos *hikings*, mais do que o sentimento de conquista ao chegar ao cume, me aprazia o fascínio proporcionado pela sensação de liberdade ao andar por tais caminhos beirando as margens da montanha. Desta vez, como o nosso destino era o cume do Monte

Aka, pedi para seguirmos aquela rota porque desejava passar pelo mesmo trajeto pelo qual caminhara com a veterana Kurata, mas minha intuição dizia que seria enfadonho uma rota para apenas subir e descer o Monte Aka.

– Talvez você deseje apreciar calado a maravilhosa vista, mas também para se concentrar no local das correntes, ouça por favor o que tenho a dizer enquanto o caminho está plano.

– Se possível, espero que o desenvolvimento da história não seja encoberto por nuvens escuras – Akio disse de um jeito descontraído, mas dentro de meu peito nuvens negras já se avolumavam.

– Talvez seja um pouco difícil...

Não dei importância ao resultado dos exames, mas assim que eu e Koichi ficamos sozinhos ao deixar o hospital, refleti sobre o quão extraordinário aquilo poderia ser. O que era compatível em uma probabilidade de milhares ou dezenas de milhares era o tipo de glóbulos brancos, mas para mim era como se eu tivesse encontrado o homem do meu destino em uma probabilidade de milhares ou dezenas de milhares.

O ano e local de nascimento, bem como o local onde fomos criados eram diferentes, mas nossos destinos estavam traçados.

– Você não está pasmo que eu consiga traduzir em palavras algo tão patético? Se fosse realmente o destino, mesmo trilhando caminhos diversos agora, guardaria dentro do peito como uma lembrança importante, mas na realidade não era algo tão esplêndido assim.

Em primeiro lugar, a compatibilidade do tipo de glóbulos brancos é um fato incontestável. Fora um engano a probabilidade de um em milhares ou dezenas de milhares. Não sei o número correto, mas sem dúvidas o denominador não é um número tão elevado.

Porque eu e Koichi estamos entrelaçados pelo sangue.

– São irmãos ou algo assim? – Akio, que até então ouvia calado, pela primeira vez interveio.

Até aquele momento, o desenrolar da história estava até certo ponto dentro do que ele previa, mas o fato de estarmos entrelaçados pelo sangue certamente o espantara por ser algo inesperado.

Esse lado meio distante de Akio talvez não combinasse muito comigo, eu pensava, mas senti um alívio quando ele reagiu dessa forma.

– Se fosse isso, seria uma artimanha ainda maior do destino. Não é uma relação forte. Somos primos de segundo grau. Algo fora de esquadro, não acha?

– Com certeza. No meu caso, apesar de não conhecer todos os meus parentes, um primo de segundo grau é como um estranho.

– Também acreditava que fosse algo assim e fiquei simplesmente contente quando descobri que ele era meu primo de segundo grau. *Nossa, por isso você me chamou de papai*, ele disse, e nós dois rimos. Se o rastro da felicidade estivesse desenhando os contornos de uma montanha, ali seria o pico. Depois disso, foi só descida. E dizem também que o local das correntezas mais à frente é uma descida abrupta.

O caminho suave ainda seguia por algum tempo, mas como estávamos próximos à uma parede rochosa, decidimos andar em fila indiana. Akio na frente, eu atrás.

Descobri que éramos primos de segundo grau no outono do meu segundo ano na universidade, exatamente um ano após a morte da veterana Kurata. No verão, andei por aqui com Kimiko e na época estava muito feliz porque bem ou mal havia me conformado com a morte de Kurata, e Kimiko permitira meu relacionamento com Koichi.

Mas esse foi o primeiro passo para a nossa separação. Uma vez que primos de primeiro grau podem se casar, não haveria problema quanto a primos da segunda geração.

O motivo da separação foi o funeral.

Por morar só com minha mãe e por ela ter cortado relações com os familiares, até então não sabia que minha avó era viva e vi seu rosto pela primeira vez no seu funeral.

No primeiro ano do ensino fundamental me convenci de que não podia me encontrar com ela por morar longe, mas tempos depois comecei a refletir que talvez tivesse havido alguma desavença entre minha mãe e ela.

– Que tipo de relação havia entre você e vovó? – por rebeldia perguntei à minha mãe uma única vez, já que ela me chamava de desobediente e dizia que eu ouvia o que meus pais falavam às escondidas.

Ela emudeceu. O mesmo aconteceu quando lhe perguntei sobre meu pai.

Quando não queria conversar sobre algo, adotava a tática do silêncio para lidar com a situação.

Nunca conheci de verdade meus parentes, mas quando estava no segundo ano da universidade minha mãe ligou para o dormitório me pedindo para ir ao funeral e entregar uma oferenda em dinheiro. Afirmou que a tia dela a teria ajudado em certa ocasião. Sugeri que, sendo assim, ela própria deveria ir, mas ela deu a desculpa de não poder se ausentar do trabalho. Ou seja, como compreendi que ela desejava entregar a oferenda em dinheiro, mas não queria participar no funeral, aceitei e fui encarando como um passeio.

A cidade T. não era tão distante da nossa casa, mas eu nunca havia ido até lá.

Ao comentar com Koichi, ele afirmou que também tinha o funeral de uma pessoa da família. Na cidade T.

Não acreditei e ao perguntar o nome, me espantei por se tratar da mesma pessoa. Coisas assim acontecem. Koichi disse que a falecida era sua avó.

De início, minha mente emaranhou tentando compreender que relação existiria, mas descobri que minha mãe e o pai de Koichi eram primos e que éramos primos de segundo grau. Ou seja, a probabilidade do tipo de glóbulos brancos combinar era mais alta do que no caso de outras pessoas. Nós nos conhecemos por coincidência e não poderíamos imaginar que existisse entre nós um laço consanguíneo, o que me fez sentir nisso a força do destino.

– Que bobagem! Se havíamos nos conhecido, foi apenas por termos ficado próximos aos caminhos trilhados por nossos pais.

Naturalmente os pais de Koichi também estavam no funeral. Koichi me apresentou a eles e eu os cumprimentei muito tensa. Porque Kurata havia me contado que o pai de Koichi era um arquiteto famoso. No entanto, por mais tensa que eu estivesse, ele se mostrou indiferente, parecendo indeciso em relação a como me tratar.

Naquele momento, achei que fosse por eu não ter informado que minha mãe me mandara até lá como sua representante. Koichi sugeriu que eu permanecesse mais tempo na cidade, mas apenas compareci ao funeral e no mesmo dia voltei para casa.

Precisava pedir a minha mãe o reembolso do dinheiro que oferecera à família no funeral, e também queria consultá-la em relação a um emprego. Na realidade, pensava em trabalhar em Tóquio. Aquela também foi uma recomendação de Koichi.

Quando voltei para casa, havia gencianas enfeitando o hall de entrada. Quando chegava o outono, minha mãe costumava ornar o hall com essas flores.

Além de contar tudo sobre o funeral, disse a ela *Mãe, você é prima de um homem famoso*. Ao ouvir isso, ela exclamou *Basta!* Desde sempre ela se zangava comigo, mas era a primeira vez que me falava de um jeito frio e indiferente como aquele.

Também fui imprudente. Se ela não tinha ido ao funeral, deveria ser por causa de alguma desavença. Eu me dei conta de que deveria mudar de assunto. Não de uma forma óbvia, mas de um jeito natural.

— Amanhã não tenho aula nem trabalho e como estou mais livre vou visitar o túmulo de papai antes de voltar. Em breve é o aniversário da morte dele, e se você também quiser ir...

Não consegui ir além disso. Minha mãe mordeu o lábio inferior e fez uma expressão como se estivesse se contendo a todo custo para não chorar.

Mesmo perguntando o que houve, ela apenas balançava a cabeça negativamente, calada. Mas ao indagar de novo, desta vez colocando uma mão em seu ombro como se a consolasse, ela sussurrou numa voz esvaecida:

— Ele é responsável pela morte do seu pai.

— Ahn?

Parei. Eu acabara de falar sobre a visita ao túmulo. Akio também parou.

Gravada em uma pequena lápide posta de pé ao lado do caminho se via *XX jaz aqui*. Com certeza não havia quando vim antes. No verso da lápide, estava gravada uma data de janeiro de dois anos antes.

– Em um local com uma vista tão boa.

A correnteza ainda fica mais para a frente.

– É difícil acreditar que essa pessoa tenha morrido aqui.

– No inverno tudo muda – Akio disse diminuindo a marcha.

Lembrei que, na página do Monte Minamiyatsuga da caderneta de *hikings* que ele checava dentro do ônibus, estava escrita também uma data de janeiro. O clube de montanhismo, no inverno, tinha atividades separadas para rapazes e moças. Os rapazes subiam montanhas nevadas, mas as moças somente iam a montanhas sem acúmulo de neve.

Desconhecia o perigo de montanhas nevadas. Por isso, o que diria na sequência talvez causasse uma sensação desagradável a ele, mas achei que devia falar mesmo assim.

No verão do ano seguinte à morte da veterana Kurata, eu e Kimiko viemos até aqui, pois pretendíamos construir um túmulo. Nada muito esplêndido. Subimos trazendo uma placa de bronze gravada com o nome de Kurata e uma mensagem.

Como ela não havia morrido na montanha, o local não estava definido e subimos nos consultando mutuamente se seria melhor em um declive do Monte Io, de onde se avistassem muitas dicentras peregrinas, ou no cume do Monte Aka, o pico mais alto da cadeia de montanhas Yatsuga, mas lembrei-me das palavras da veterana Kurata.

Uma montanha não existe para que alguém a escale; é apenas uma montanha. Apesar disso, é estranho tratá-la como um edifício ou outro bem possuído pelo ser humano. Nós apenas subimos por elas.

Um colega veterano adorava resenhar as montanhas, dando notas às que subira e divulgando-as a todos. Porém, o comentário da veterana Kurata não levou isso muito em conta.

Pensava ser apenas uma questão de dar notas. Mas ele questionava se seria correto construir túmulos pessoais simplesmente porque o local era uma montanha. Mesmo que animais e insetos que viviam na montanha morressem, não se construíam túmulos para eles. Até as flores floresciam e feneciam. Apesar disso, construir um túmulo de um ser humano não seria prova de arrogância?

A veterana Kurata não desejaria que seu túmulo fosse construído na montanha. Ao contrário, talvez se entristecesse, achando lamentável.

Ao dizer isso a Kimiko, ela revidou:

– Mais do que se entristecer, ficará com raiva de nós.

Decidimos que Kimiko levaria com cuidado a placa de bronze.

– Vocês tomaram a decisão certa – Akio disse.

Não estava negando colocar uma lápide na montanha. Desejava transmitir que, a meu ver, a veterana Kurata talvez não quisesse aquilo, e Kimiko parecia ter entendido.

– Eu também, sempre que subo a montanha, estou ciente de que tudo pode acontecer e quando algo ocorrer terei realizado o antigo desejo de poder morrer em um local de que gosto, embora não precise de um túmulo.

– Você tem experiência no assunto?

– Tenho. E foi justamente nesta trilha. Um pouco mais à frente.

– Me desculpe.

– Pelo quê?

– Por ter dito que era inacreditável alguém morrer em um lugar como este.

– Passei por um sufoco aqui, mas como pode ver, estou bem vivo. Pretendia ficar calado até ver. Se aproveitei a oportunidade, não foi apenas porque desejava subir a montanha. Eu também desejava ver dicentras peregrinas.

Não poderia imaginar que ele tivesse o mesmo objetivo. Estava cada vez mais confiante de que veríamos dicentras peregrinas se fossemos ao Monte Aka. Desejava mostrar a Akio as marcas deixadas por mim e Kimiko na cabana do cume. Isso se elas ainda existissem.

Tomando cuidado por onde pisávamos, no local das correntes por onde passamos não pensei sobre Koichi, Kimiko ou Kurata.

Costumava deixar de lado o pensamento em outras pessoas quando estava preocupada com coisas pessoais, como assuntos de dinheiro.

Estaria eu brincando com a vida de outras pessoas?

Koichi lutava contra a leucemia enquanto se cansava de esperar por um doador. Talvez não tivesse nenhum parente compatível. Ele sabia que nós dois tínhamos o mesmo tipo de glóbulos brancos. Porém, o que Kimiko viera me pedir não seria por um julgamento dela consigo mesma?

Ao contrário, Kimiko teria vindo sem Koichi saber, pois provavelmente lhe teria dito para não me contar nada sobre a doença dele. Por ser ele quem, afinal, havia me revelado o que os pais dele tinham feito com meu pai.

Minha mãe, após sussurrar que meu pai fora assassinado pelo pai de Koichi, como se estivesse surpresa, pediu *Esqueça o que eu acabei de dizer* e depois disso selou os lábios como uma concha. Mesmo sempre desejando perguntar de meu pai, me acanhava ao ver a expressão no rosto de minha mãe, mas apenas naquele momento não recuei. Não se tratava apenas dela. Isso influenciava enormemente o meu futuro com Koichi.

– Se não desejava me contar, não deveria ter dito algo tão estranho. Agora que começou, vá até o final. Sou adulta o suficiente para poder enfrentar seja lá o que ouvir. Conte o que aconteceu com meu pai. Por favor.

Mesmo elevando o tom de voz e pedindo com insistência, aos prantos, minha mãe apenas contemplava calada as gencianas sobre a mesa.

– Mãe, talvez você não entenda, mas para mim, mais do que meu pai não estar presente, é muito mais duro não saber nada sobre ele. Afinal, sou a filha de que tipo de pessoa? Meu temperamento é parecido com o de quem? Quando assistimos à TV juntas, as impressões que sentimos, eu e você, são diferentes. Mesmo no caso de uma novela, não me acho tão sonhadora como você.

Minha mãe perdeu o marido quando ainda era jovem e apesar de ter trabalhado com afinco para de alguma forma dar um jeito de sustentar nossa casa, sempre concordava com a cabeça ao ouvir o clichê que só funciona mesmo em novelas: *Dinheiro não importa se houver amor.*

— Se eu fosse você, vivendo esse tipo de vida, não enfeitaria a casa com flores.

Minha mãe, que não movia um músculo a ponto de eu imaginar que ela sequer ouvisse minha voz, lentamente voltou os olhos para o meu rosto.

— O que é certo é certo. O que é errado é errado. Não depender de ninguém e sempre resolver tudo por si própria. Certamente é duro, mas isso é o bom em você, Satsuki, e você herdou esse temperamento de seu pai. Fico muito feliz que você tenha crescido assim. Mas seu pai não era do tipo de pessoa que por ser pobre não enfeitaria a casa com flores. Justamente por ser quem ele era, na volta do trabalho comprava flores iguais a estas e as trazia dizendo *Estavam vendendo lindas flores, por isso as comprei.*

Olhei para as gencianas sobre a mesa. Não eram deslumbrantes, mas a cor azul apaziguava o coração. Supunha que minha mãe estava sozinha imersa em pensamentos, mas ela se lembrava de meu pai e se questionava o que seria melhor fazer.

Até então sempre acreditara estar vivendo apenas eu e minha mãe, mas ela possivelmente estaria sempre vendo a figura de meu pai dentro da casa enfeitada de flores.

Não é justo, quase acabei dizendo, mas, receosa, não perguntei mais nada sobre a pessoa que tirou a vida de alguém tão importante para nós.

Ela não me contava nada e eu não podia pressioná-la. Porque, afinal, também não consegui revelar a ela sobre minha relação com Koichi.

Senti pingos de chuva em minha testa.

Como se esperassem até atravessarmos a correnteza, as nuvens de chuva, logo depois fazerem cair uma primeira gota, mudaram bruscamente de cor iniciando uma chuva violenta.

Vesti a capa de chuva e voltei a olhar para o céu.

— É a primeira vez que pego chuva no cume de uma montanha.

— Você teve sorte. Eu pego chuva direto. Será que sou um trazedor de chuva?

— Não falei nesse sentido. Apenas me preocupo se não vai demorar para passar chovendo desse jeito.

Apressei-me em negar, mas parecendo não se importar, Akio pegou um cigarro e o acendeu. Ele fazia isso até mesmo debaixo de chuva.

Enquanto ele fumava, ponderava até onde deveria contar a ele sobre a morte de meu pai. Quem me informou sobre isso foi Koichi.

Quando ruminava agora em minha mente as palavras opressivas, como se o fim do mundo tivesse acontecido naquela época, sinto que elas não passavam de um contorno indistinto. Somente as partes envolvidas poderiam saber o que houve no centro de tudo.

– Isto será a última coisa que eu tinha para revelar. Desculpe por fazê-lo em meio a tanta chuva, mas por favor me ouça, mesmo continuando a fumar.

Enxuguei as gotas de chuva que pingavam em minha testa do capuz da capa de chuva. O pé-d'água já começava a enfraquecer, como se fosse uma chuva passageira.

Koichi, que de nada sabia, revelou aos pais depois do funeral que estava se relacionando comigo. Disse também que pretendia se casar. Os pais, em particular a mãe, ao ouvi-lo dizer aquilo se espantaram e se posicionaram contra.

Quando perguntou a razão, de início eles se mostraram relutantes, mas talvez julgaram ser melhor contar tudo antes de um possível casamento. Não sei como eles contaram, mas Koichi me disse o seguinte.

– Antigamente meu pai, no trabalho, aparentemente usurpou os méritos do seu pai. Depois disso, seu pai faleceu em um acidente. Porém, sua mãe se convenceu de que ele teria morrido por culpa do meu pai.

Ciente disso, Koichi declarou que seu sentimento por mim não mudaria e que desejava que eu o escolhesse em lugar de minha mãe, mas fui incapaz de aceitar isso. Não poderia descartar minha mãe simplesmente. Se não tivesse sido criada vendo todo o sofrimento dela, provavelmente teria avançado em direção ao amor.

Sem que Koichi soubesse, pesquisei sobre o pai dele. Descobri que nossos pais se formaram na mesma universidade. Soube que o prédio que possibilitou ao pai dele ganhar fama como um arquiteto de alto nível se localizava nos arredores.

Imaginei que o prédio teria sido projetado pelo meu pai. Isso porque minha mãe sempre se negou veementemente a ir até lá.

Quando penso que os pais de Koichi mudaram os fatos para sua conveniência, sem ter outra resposta que pudesse me parecer correta, disse palavras cruéis a ele, *Não quero mais ver o rosto do filho do assassino de meu pai*, me desliguei do clube de montanhismo e me afastei dele.

Mas não foi por esse motivo que logo depois Koichi e Kimiko começaram a namorar. Depois de formados, os dois se reencontraram na missa de celebração à veterana Kurata e, após alguns anos de relacionamento, acabaram se casando.

Tornar-me uma doadora e salvar Koichi significaria salvar o filho do homem que impeliu meu pai à morte.

Se minha mãe ficar sabendo disso... Certamente se entristeceria por eu tê-la traído. Afinal, nós duas sempre lutamos juntas.

— Mesmo falando assim, você já tem uma resposta, não? — Akio disse, tirando o capuz da capa de chuva. A chuva agora se reduzira a alguns pingos no rosto.

— O que você me aconselha a fazer?

— Tenho minha opinião, mas prefiro dizer depois de você ver as dicentras peregrinas. Em questão de meia hora chegaremos lá.

— Aceito sua sugestão.

Também retirei o capuz e ergui os olhos ao cume do Monte Aka diante de mim. A vista estava encoberta pela neblina, e só conseguia enxergar Akio à minha frente. Era preciso seguir adiante em direção ao cume, guiando-se pelas flechas pintadas na rocha em intervalos regulares, mas não haveria problemas? Não me sentia confiante de termos tomado o melhor trajeto, mas seja como for, decidi acompanhá-lo sem perdê-lo de vista.

Ele revelara que tinha passado por uma situação difícil na montanha. O que ele estaria pensando de mim, vacilante apesar de poder salvar uma vida? Mesmo tendo lhe revelado tudo isso, ele ainda me tratava com delicadeza.

Na estação ele serviu de mediador entre mim e Kimiko e por acaso apenas aconteceu de virmos juntos, mas ele bem que poderia se aproximar mais de mim.

– Akio – chamei, ele ainda de costas para mim. – Você sabe meu nome?

Ele estacou os pés que pisavam confirmando a cada passo se uma pedra não desmoronaria sob eles e se voltou para mim.

– Professora Takano, do curso de aquarela, a moça chamariz de clientes da Baikoudo, todos a tratam pelo diminutivo Satchan. O nome completo seria talvez Satsuki Takano? Bem, você também não deve saber o meu nome completo. Vamos checar as respostas ao chegarmos ao cume.

Ao dizer isso, Akio virou-se e seguiu em frente. Eu não deveria ter perguntado isso enquanto caminhávamos em meio às nuvens. Para não perder de vista sua cabeça com cabelos desgrenhados, eu o acompanhava logo atrás.

Mais um pouco estaríamos no cume do Monte Aka. Eu me encontraria com as dicentras peregrinas e com a veterana Kurata.

CAPÍTULO 6

Miyuki

O céu noturno era assim tão pesado e a Lua tão efêmera? Apenas uma luz débil iluminava em frente e, por mais que pedalasse a bicicleta, não conseguia chegar aonde desejo ir como se não saísse do lugar.

Apenas desejava me encontrar com Kazuya.

Levada por Kiyoshi, ao chegar ao hospital, Kazuya já havia partido. Agarrei-me ao seu corpo ferido e frio e continuei a chamar seu nome, sem resposta, sem nenhuma retribuição ao meu aperto de mão, havia ali apenas uma casca. Mesmo assim eu desejava estar junto dele, mas os policiais me chamaram para contar sobre os momentos finais de Kazuya que lhes foram testemunhados por Yosuke.

Kazuya, Yosuke e Kiyoshi visitaram o Vale das Chuvas onde se localizava o terreno no qual estava prevista a construção do museu de arte. Depois de fazerem a medição cotejando com os desenhos, decidiram ir até um local de onde pudessem percorrer a vista de todo o futuro prédio e aparentemente foi de Kazuya a sugestão para subirem até o Monte Mikasa.

Além de não terem levado equipamento para subir a montanha, o movimento das nuvens era irregular, e Yosuke se opôs alegando que deveriam deixar para outro dia porque seria perigoso se começasse a chover no meio do caminho. No entanto, Kazuya insistiu afirmando que não precisariam subir até o cume e que não haveria necessidade de equipamentos para uma montanha como aquela, do tipo que estudantes visitam em excursões do colégio.

Teria Kazuya esquecido como subir uma montanha?

Dessa forma, Kazuya teria usado até palavras de incentivo a Yosuke, que na época de estudante era do mesmo clube de montanhismo de Kazuya, e ele decidiu subir junto já que Kazuya insistia tanto.

Todavia, mal se passaram dez minutos desde que começaram a subida, a chuva começou a cair. Yosuke insistiu para retornarem, mas Kazuya teimou em seguir por mais dez minutos até chegarem a um local de rochas projetadas à beira do rio, e os três se dirigiram até lá.

Ao chegarem ao local das rochas, começou a surgir também neblina e a visão se dificultou. Kazuya disse que dava para tirar fotos com flash e saiu do caminho em direção ao local das rochas projetadas.

– Como aqui é o Vale das Chuvas, é melhor captar a situação em dias de chuva e confirmar retificando o desenho – Kazuya disse. Tomou da câmera e, no instante em que inclinou o corpo a partir da rocha, seu pé escorregou e ele caiu, sendo levado pela corrente do rio inundado.

Tentei reproduzir em minha mente a cena conforme ouvia as palavras, mas era impossível. Kazuya jamais diria algo semelhante ou faria algo tão disparatado. Além disso, se fosse apenas ele, mas colocar outras pessoas em risco? Todos os gestos e palavras não coincidiam com os dele.

Yosuke não estaria mentindo?

Questionei os policiais se não haveria dúvidas no testemunho de Yosuke. No entanto, eles negaram de imediato. Porque havia uma testemunha. Até o Monte Mikasa não eram apenas Kazuya e Yosuke, mas eles subiram em três, com Kiyoshi.

Tanto Kiyoshi quanto Yosuke prestaram o mesmo depoimento.

Quando fomos ao Vale das Chuvas, Kazuya, eu e Kiyoshi, senti que Kiyoshi idolatrava sinceramente Kazuya. Não podia acreditar que pudesse mentir para proteger Yosuke.

E havendo ou não dúvidas no testemunho de Yosuke, isso não alteraria o fato de que Kazuya morrera.

Ao culpar Yosuke no caso dos desenhos, ele havia dito que Kazuya não considerou neles o fato de o prédio ser projetado em um local com abundância de chuvas. Por isso, talvez Kazuya tenha exagerado ao tentar constatar como seria a situação em um dia chuvoso.

Em frente aos policiais, me convenci disso, mas ao ouvir o mesmo diretamente da boca de Yosuke, um pensamento insuportável não me saía da cabeça.

No local do velório de Kazuya, Yosuke não parava de dizer às pessoas reunidas *Eu tentei fazê-lo parar inúmeras vezes*. Ele repetia essas palavras intencionalmente em voz alta. Apesar de ninguém, nem eu mesma, o culpar. A polícia considerou como morte acidental, mas como Yosuke repetia demais *Eu tentei fazê-lo parar*, havia os que sussurravam *Kazuya não teria na verdade se suicidado?*

O desenho com o qual Kazuya se inscreveu foi reinscrito em nome do escritório, o que significa que a informação devia ter vazado para além do Escritório de Arquitetura Kitagami ou da prefeitura, impossível saber.

Talvez por isso Yosuke estivesse tão sério. À medida que os parentes de Kazuya que vieram de longe se retiravam apressadamente, ele se tornou menos cerimonioso ou, talvez por culpa da bebida que tomara durante a refeição organizada pelo pessoal da região, sua linguagem ofensiva tornou-se ainda mais cruel.

— Não é culpa minha. O cara é que meteu o nariz aonde não era chamado. A culpa foi só dele por ter morrido.

Não podia mais admitir aquilo. Ele fazia pouco caso de Kazuya no local onde o corpo dele era velado.

— Tome vergonha na cara! Mesmo você tendo roubado os desenhos de Kazuya, ele colaborou com afinco para que o museu de arte fosse devidamente concluído.

No momento em que disse isso, minha mente apagou e depois disso minha voz raivosa não parecia me pertencer, e as palavras brotavam de dentro de meu corpo. Não me lembro ao certo do que falei. Acredito que o tenha chamado de *assassino*.

É estranho que, apesar de não recordar minha condição, lembro a reação das pessoas ao redor como num filme.

Natsumi se agarrou a mim gritando *Pare com isso!* Meu tio bradou revoltado *Eu a processarei por calúnia*. Minha tia assistia a tudo aflita.
E...
Minha mãe, debulhada em lágrimas, me incitava a pedir desculpas e me puxava pelo braço, embora eu não pudesse me mover por culpa de Natsumi.

Por motivo de saúde, meu pai não compareceu sequer ao funeral do genro. Seria muito mais tranquilo se eu desfalecesse ou enlouquecesse, mas a sensação de repugnância me preencheu todo o corpo, e apenas me assomavam náuseas. Ninguém neste mundo ficou do meu lado. As pessoas que eu acreditava serem meus familiares demonstraram isso fisicamente.
A única que me dispensou algum tipo de apoio foi a senhora Moriyama, mãe de Kiyoshi.
– Peço desculpas, mas o horário de uso do salão se encerra às vinte e uma horas e por isso gostaria de pedir a todos que aos poucos comecem a se preparar para sair – ela disse, e meio forçosamente despachou as pessoas e preparou um chá quente para mim.
– Seu marido era uma pessoa maravilhosa.
Graças a essas palavras, consegui de alguma forma viver nos três dias que se seguiram.
Mesmo assim, não conseguia voltar para casa. Imaginei que gastaria cerca de duas vezes mais tempo se estivesse de carro, mas estava demorando ainda mais do que isso. Porém, não havia pressa. Porque não havia nada que eu desejasse ou devesse fazer. E também não havia nada que tivesse deixado por fazer.
A casa estava lindamente arrumada e não havia ninguém que eu desejasse cumprimentar. Apenas escrevi uma carta de agradecimento a Kayo por ter me enviado um telegrama de condolências. Enquanto escrevia a carta me veio subitamente à mente a véspera do dia do acidente, e me lembrei que Kazuya ficara desenhando algo até tarde da noite.

Seria um testamento?

Tinha decidido não pensar, mas assim que me veio a palavra testamento, ressurgiram no fundo de meus ouvidos as vozes das pessoas no velório cochichando *suicídio* e acabei incapaz de apagar isso de minha mente.

Se Kazuya tivesse se suicidado, teria sido porque a titularidade dos desenhos fora trocada para o nome de Yosuke. Isso não teria acontecido se eu não tivesse falado mais do que deveria para Natsumi. Não, Kazuya pensou positivamente que o museu de arte projetado por ele se materializaria. Ou, ao descobrir a mancha de café nos seus antigos desenhos, deduziu ser eu a culpada. E imaginou que eu também estaria do lado de Yosuke e o traíra...

Quanto mais pensava, mais me conscientizava de que eu era a causa da morte de Kazuya.

Se houvesse um testamento, o que estaria escrito nele? Receava saber, mas repetia para mim mesma que deveria aceitar a verdade seja qual fosse, e com receio abri a gaveta da mesa de Kazuya. Mas não encontrei nada parecido com um testamento.

Na parte de cima havia uma folha arrancada de um caderno. Não sei se o teor fora escrito naquela noite ou muito antes disso. Vendo-a percebi que não pude fazer nada por Kazuya.

Se ele não tivesse se casado comigo, teria tido com certeza uma vida mais feliz. Seria melhor que eu não existisse neste mundo.

Apesar de pensar dessa forma, eu desejava ir para onde Kazuya estava. Acreditava que, se eu fosse, Kazuya me receberia de braços abertos.

Finalmente cheguei ao Vale das Chuvas.

Decidi não prender a bicicleta com chave. Como ainda era nova, desejava cedê-la a alguém que a usasse com cuidado, mas se fizesse isso não poderia ter vindo até aqui. Pensei em pegar um táxi, mas levantaria suspeitas que uma mulher abatida pedisse para ir até o Vale das Chuvas em plena madrugada. Ponderei como seria bom se pudesse ir de bicicleta até onde Kazuya estava, mas dali por diante era de fato difícil.

Tirei minha bolsa da cesta da bicicleta, e de dentro dela uma lanterna de mão. Eu a colocara na bolsa por não acreditar que a Lua iluminaria por minha causa o caminho a seguir. Comecei a seguir a trilha que Kazuya e eu caminhamos de mãos dadas.

Não tenho medo. Não tenho medo. Se eu sentir medo, bastará cantar uma canção.

Cantei as cantigas que cantava junto com Kazuya com a palavra "lua" nas letras.

Desci à margem do rio, estendi a esteira diante da Rocha do Leão e me sentei. Abri a garrafa térmica com café quente, verti o líquido na tampa em formato de xícara e estendi o papel que envolvia duas *kintsubas*.

– Kazuya, o chá está pronto – disse, sem obter resposta.

Tinha a leve expectativa de que se viesse até aqui Kazuya viria me recepcionar, porém não senti nenhum sinal. Até a Lua se escondera.

Comi meu *kintsuba*, tomei todo o café e despejei o de Kazuya no rio. A partir de agora estou indo para aí...

Ouvi uma voz me chamando. Mas não era Kazuya. As vozes de uma mulher e de um homem que não me chamavam de Miyuki, mas de *senhora Takano* e *senhora*.

Ao abrir os olhos... Um teto cheio de manchas cor de chá em um fundo branco. Que lugar é este?

– Ela acordou. Kiyoshi, vá chamar o doutor – ordenou a mulher que chamava meu nome. Ao mover um pouco a cabeça, dentro do meu campo de visão indistintamente turvo pude divisar o rosto da senhora Moriyama.

– Que bom, realmente é muito bom – ela fungava e enxugava o canto dos olhos com a toalha posta ao redor da nuca.

Aqui parece ser um hospital. Mas...

– Por que a senhora está aqui?

A senhora Moriyama assoou o nariz com um lenço de papel retirado da bolsa e explicou tudo o que acontecera até eu chegar ali, lentamente, como se escolhesse as palavras.

Na noite anterior, Kiyoshi voltou do escritório e como de costume jantou, tomou banho e estava descansando em seu quarto, quando de repente trocou de roupa e saiu dizendo que iria até minha casa. A senhora Moriyama tentou impedi-lo, fazendo ver que era tarde e que deixasse isso para o dia seguinte. *Não, tem de ser hoje*, ele insistiu e saiu correndo. Nem dez minutos se passaram ele retornou dizendo que a casa estava deserta, as luzes apagadas e não havia sinal da bicicleta.

A senhora Moriyama sabia da confusão que acontecera no velório e não acreditava que eu estivesse visitando algum conhecido. Seja como for, ela decidiu me procurar percorrendo, com a ajuda de Kiyoshi, desde os arredores da casa até a galeria Acácia e o entorno da estação, quando deu de cara com o dono da Baikoudo que voltava de uma reunião com o pessoal da galeria e ouviu dele que eu fora à tardinha comprar *kintsubas*. *A senhora me agradeceu por toda a gentileza que até agora dispensei a ela e imaginei que ela estivesse voltando para sua terra natal.* Ouvindo isso a senhora Moriyama e Kiyoshi disseram ter pensado ao mesmo tempo *Será?* Kiyoshi sugeriu que eu poderia estar no Vale das Chuvas; ao tomarem emprestado um carro de um vizinho e correrem até lá, encontraram minha bicicleta.

— Ir a um lugar como aquele à noite é um perigo.

— Desculpe.

— Mesmo assim, você teve força para ir muito longe de bicicleta. Para quem vai vacilante até mesmo à galeria.

— Realmente causei transtorno.

Lembro-me de ter entrado no rio. Agora estou vestindo um quimono curto. Certamente eles trocaram minha roupa porque a que eu usava devia estar encharcada. Mas a senhora Moriyama não falou nada sobre o que eu planejara fazer. Se por um lado era algo a agradecer, por outro sentia-me constrangida.

Preferiria que ela tivesse me culpado por não dar valor à vida... Não, se o fizesse, eu acabaria a pressionando de volta pela idiotice que ela havia cometido. Por que não me deixara ir ao encontro de Kazuya?

Era por isso que ela me tratava como a uma criança que sem razão teria ido à revelia a um lugar distante?

— É que você não pode fazer coisas tão perigosas agora. Porque seu corpo não é mais somente seu — a senhora Moriyama disse, em um tom um pouco mais ríspido.

O que ela estaria querendo dizer? Apesar de não haver pessoa mais sozinha do que eu neste mundo?

– Não se preocupe. O médico disse que o bebê está bem.

– De quem?

– O seu, ora. Ou não tinha percebido?

Repeti inúmeras vezes a palavra "bebê" em minha cabeça.

– Estou mesmo grávida? De verdade?

– O doutor disse isso com todas as letras. *Tanto a mãe quanto o bebê estão bem*. Falando nisso, o que o Kiyoshi está fazendo? Vou dar uma olhada, mas você vai ficar bem?

Ela deveria estar preocupada de afastar os olhos de mim. Mas o meu eu de agora não tinha tempo para pensar nisso. Calada, assenti com a cabeça e a senhora Moriyama saiu do quarto me advertindo que voltaria logo.

Carregava na barriga um bebê. Meu e de Kazuya. Provavelmente era essa a razão do meu mal-estar nos últimos dias. No início do casamento, quando me cansava um pouco ou sentia alguma indisposição, logo imaginava se não estaria grávida e relatava a Kazuya animada, mas depois de ter as expectativas frustradas diversas vezes, acabei esquecendo até que poderia acontecer.

E saber disso justo quando eu pensava em morrer para acompanhar Kazuya... Perceber que estava grávida depois de Kazuya ter morrido. Não podermos nos alegrar juntos apesar de o desejo que ambos nutríamos há tempos ter finalmente se concretizado. Como ele ficaria feliz se eu tivesse percebido minha gravidez um pouco antes e tivesse informado isso a ele.

Não, talvez ele tivesse percebido.

O papel dentro da gaveta da mesa foi sem dúvida escrito por Kazuya na noite da véspera de sua morte. Ele escreveu com simplicidade alguns nomes.

Masakazu, Yoshikazu, Hirokazu: se a criança fosse menino, ele pensava certamente em pegar o som *Kazu* do primeiro dos dois ideogramas de seu nome. Já nas opções de menina, não havia nenhuma com os ideogramas de Miyuki, meu nome. Satsuki, Natsuki, Hatsuki. O que era comum a todos era o ideograma *Tsuki*, de "lua".

Pensei por um instante que tivesse se baseado na *Lua ao alvorecer* de Michio Kasai, mas descobri no verso da folha uma palavra marcada por um círculo e entendi que ele se inspirara nela.

Setsugetsuka. A palavra é composta pela junção de três ideogramas: *neve, lua, flor*... Seria maravilhoso se fosse possível haver entre o nome de mães e filhas um laço tão lindo.

Laço... O filho que sucederá o sangue de Kazuya está na minha barriga.

A porta se abriu e a senhora Moriyama e Kiyoshi entraram.

– As enfermeiras e os médicos estão assoberbados de trabalho. Espere mais um pouco, por favor – a senhora Moriyama pediu.

Kiyoshi fez uma leve saudação com a cabeça, mas parecia indeciso sobre quais as palavras usar.

– Senhora Moriyama, Kiyoshi, muito obrigada por terem me salvado. Jamais pensarei em fazer uma idiotice como essa de novo.

Kiyoshi deixou escapar um soluço. Cobriu o rosto com ambas as mãos e chorava penosamente como se quisesse engolir a enxurrada de soluços.

– Você não pode chorar desse jeito – a senhora Moriyama disse e usando a toalha que envolvia o pescoço enxugou as lágrimas do filho, que escorriam por entre as frestas das mãos, enquanto dos próprios olhos lágrimas abundavam.

Vendo os dois chorando, lágrimas também se assomaram aos meus olhos, mas com às costas da mão direita eu as enxuguei com força. Porque para dar à luz em paz à criança em minha barriga e criá-la maravilhosamente como filha de Kazuya, lágrimas eram o que eu menos precisava, seriam o maior empecilho.

Você não precisa de lágrimas, seja forte. Forte, forte, forte...

Satsuki

Para onde devo seguir enquanto piso com firmeza em pedras ásperas em meio à neblina que obstrui meu campo de visão? Conseguirei chegar ao meu objetivo? Poderei encontrar as respostas que procurava?

Se, enquanto pensava nisso e em outras coisas, eu era capaz de caminhar por uma trilha com perigo de escorregar e cair caso me desviasse dela alguns metros, era certamente por ter na minha frente alguém em quem podia confiar por conhecer a montanha melhor do que eu. Seria diferente se fosse Kimiko que caminhasse diante de mim.

Nem mesmo pensava nessas coisas quando caminhei com Kimiko por este trajeto sob um céu que permitia-nos percorrer claramente com os olhos a paisagem em trezentos e sessenta graus. Por ser um trajeto que trilhei no passado, podia imaginar que chegaríamos à cabana na montanha em breve mesmo não podendo enxergar em frente, mas se fosse pela primeira vez certamente estaria tremendamente insegura.

Subitamente Akio parou. Teria desamarrado um cadarço do sapato? Ou estaria confirmando o trajeto? De costas para mim, ele continuava de pé, imóvel.

– O que houve? – perguntei em voz baixa imaginando que ele encontrara algum pássaro ou outro animal raro, mas não obtive resposta.

– Akio! – Ao erguer a voz, ele pareceu se espantar e virou a cabeça.

– O que houve? – perguntei de novo.

Ele parecia procurar as palavras. Como se pensasse se deveria ou não me falar algo.

– Talvez seja por aqui – ele murmurou.

– O quê?

Estaria se referindo às dicentras peregrinas? Baixei os olhos para o chão, mas nada havia que se assemelhasse a elas.

– Quando vim aqui da vez anterior, fui surpreendido por uma nevasca no momento em que estava prestes a alcançar o cume do Monte Aka. Me apressei para chegar à cabana no cume, mas preso pela neve não conseguia me movimentar.

Era o sufoco a que ele se referira ao falar sobre o túmulo. Realmente, devido ao trajeto difícil, por estar o campo de visão encoberto pela neblina e, além disso, com as flechas indicativas ocultas pela neve, não seria estranho errar o caminho em meio a uma tempestade de neve.

– Não havia outras pessoas com você?

– Não, estava só.

– Nossa...

– Não faça essa cara de tristeza. Agora, diante de seus olhos, está a prova viva de que a pior situação não ocorreu.

– Tem razão.

Apesar de ser evidente, acabei suspirando de alívio. Era assustador demais estar em uma situação em que não se pode enxergar nada, com o corpo imobilizado, enterrado na neve fria.

– Como você se salvou?

– Um grupo de estudantes que vinha atrás chegou à cabana na montanha. O pessoal percebeu que eu não estava. Naquele momento, a tempestade de neve havia amainado e todos saíram de imediato em meu socorro. Graças a eles agora estou aqui deste jeito.

– Que ótimo eles terem percebido.
– Parece que desejavam filar um cigarro.
– Cigarro?
– Na cabana de evacuação do Monte Io havia um grupo de estudantes. Apesar de um dos quatro do grupo ter decidido não fumar na montanha, ao me ver fumar, ficou com uma vontade irresistível. Quando chegou à cabana do cume, pensou em pedir um cigarro para mim.
– Por isso... eles perceberam. – Quase disse uma besteira sem querer. *Por isso... a cada parada você está fumando*, foi o que pensei na realidade em dizer.

Sabia que Akio era um fumante inveterado. Porém fumar na montanha tinha outro significado para ele. Mesmo em uma situação que não seja de pausa para descanso, está fumando também.

Com certeza ninguém quer ouvir isso de outra pessoa que acabou de conhecer, muito menos de alguém despreocupado que nunca correu risco de morte.

Akio colocou a mão no bolso da capa de chuva.
– Espere. Deixe para fumar depois de chegarmos. Não consigo enxergar, mas deve faltar menos de dez minutos até lá. Vamos subir num fôlego só.
– Vamos sim.

Akio retirou a mão do bolso.
– Sendo assim, que acha de eu cantar uma canção? De Momoe Yamaguchi ou outra.
– Por quê?

Seria um substituto ao cigarro de Akio, para que outros caminhantes na montanha percebessem nossa presença ali. Eu pensara algo bastante sensível. Estaria ele perguntando de propósito mesmo tendo entendido?
– Bem, achei que seria divertido.
– Com um campo de visão tão ruim, dependemos apenas da audição. Se você cantar, não perceberemos o som de pedras caindo.

Não havia me dado conta disso. Recebera essa orientação dos veteranos do clube, mas eu a esquecera por completo.

— Tem razão. Desculpe sugerir isso tão alegremente. Mas foi bom você ter recusado. Na realidade gosto de cantar, mas não sou muito boa.

— É uma pena. Gostaria de ter ouvido você cantar uma canção mesmo ciente de um deslizamento de pedras. Ao contrário, não deveria ter falado sobre o que aconteceu justo aqui. Deixei você preocupada sem necessidade. Desculpe. Mas o cigarro não é substituto a uma evacuação em caso de calamidade – Akio falou, virou-se de costas para mim e deu um passo em frente.

Ele previu todos os meus sentimentos. Pensei que tivesse parado por ser o local onde ele passara pelo contratempo e por ter se lembrado do medo que sentira na época, mas talvez não fosse isso. Faltavam poucos minutos para nosso destino final. Para tomar uma decisão quanto tempo faltaria?

A cada passo a neblina ia aos poucos se desfazendo. Seria para me incentivar?

Mesmo caminhando uma mesma distância, há uma diferença marcante no grau de esforço quando se pode ver o destino e quando não se pode vê-lo. Caso não dê para vê-lo, o corpo talvez poupe energia, pois precisa conservar sua força em preparação para uma longa batalha. Mesmo sabendo que em poucos minutos se chegará ao destino, deve poupar energia porque bem no fundo da mente imagina-se a possibilidade de ocorrer algum imprevisto.

Ainda não tinha chegado ao meu limite, mas estava bastante ofegante. Assim que em meio à neblina avistamos vagamente a silhueta da cabana da montanha, uma energia brotou do fundo do meu corpo a ponto de me imaginar podendo correr as dezenas de metros restantes.

Sem perceber, cantarolei baixinho uma canção.

Akio parou e se virou para trás. A cabana da montanha já estava diante de nossos olhos. Certamente não seria para me avisar para tomar cuidado. Teria ele se chateado com minha cantoria desafinada?

— Nem pense em dizer algo como *Ainda bem que no Concurso Miss Acácia eles não julgam o talento musical das candidatas.*

— Como é que é?

Pretendi atacar preventivamente, mas não foi para isso que ele se virou em minha direção.

— Desculpe. O que foi?

— Queria perguntar o que vamos fazer primeiro: ir ao cume ou entrar na cabana.

— Ah. Bom, as dicentras peregrinas têm prioridade.

— Então, é por aqui.

Akio não se dirigiu ao cume, mas à cabana. Como eu imaginava, as flores deviam estar sendo cultivadas em uma estufa na parte de trás. Então, ele entrou nela.

— É dentro?

Mesmo com a minha pergunta ele não se virou. Baixou a mochila na entrada de terra batida e se dirigiu ao balcão de recepção. Eu o acompanhei fazendo o mesmo.

Quando o dono de dentro do balcão viu Akio soltou uma exclamação e o cumprimentou.

— Foi bom tê-lo aqui da última vez.

— Apesar dos sufocos, continuo firme e forte nas caminhadas.

Enquanto os dois conversavam, eu inspecionava com os olhos o interior da cabana.

Nada mudara comparado há cinco anos.

Suspirei profundamente movimentando os ombros. Parecia ouvir detrás de mim a voz despreocupada de Kimiko dizendo *Ah, chegamos, chegamos*, com o aspecto cansado de quem apenas passeara pelos arredores. *Então, o que faremos? Vamos esquentar café em um canto da sala de estar, bebemos e depois...*

— Queria mostrar dicentras peregrinas à minha acompanhante. Ainda tem?

Reagi ao nome da flor me voltando para o balcão.

— Sim, estão todas adornando o mesmo local. Mostre a ela sem falta, por favor.

Fiquei animada com as palavras do dono. Havia realmente dicentras peregrinas.

— Você ouviu? Vamos.

Akio fez um sinal com a cabeça. Ao mesmo tempo, meus olhos se encontraram com os do dono.

– Ah – o dono exclamou.

Parece que ele não havia me visto, oculta à sombra de Akio. Deveria ter parado antes para agradecê-lo.

Mas, antes de mais nada, as dicentras peregrinas.

Fiz um cumprimento leve de cabeça ao dono, descalcei os sapatos e acompanhei Akio. Avançando pelo corredor entramos na sala de estar forrada com tatames. Ao fundo enfileiravam-se grandes janelas envidraçadas. Com tempo firme, um panorama maravilhoso se descortinava, mas infelizmente a neblina ainda não se dissipara por completo.

Também ali nada havia mudado em comparação há cinco anos. Olhei por todo o amplo cômodo de uns vinte tatames para verificar se não estaria enfeitado com vasos de dicentras peregrinas, mas não as vi em lugar nenhum e lancei a Akio um olhar ligeiramente condenatório.

Calado, Akio levantou o dedo indicador e apontou para o alto. Ao levantar o rosto...

Por todo o teto floresciam flores alpinas e bem no centro reinavam serenamente as dicentras peregrinas.

Sem dúvida, a veterana Kurata.

Apesar de termos desistido de construir um túmulo para a veterana Kurata, penso que havia o sentimento de deixar alguma lembrança. Algo que talvez nos ajudasse a recordar dela. Possivelmente uma prova de que eu e Kimiko viemos até aqui, mas havia somente coisas vagas que não implicavam forma ou ação.

Uma leve sensação de tédio nos invadiu por ainda estarmos bem dispostas, mesmo depois de chegarmos à cabana da montanha. Ainda era por volta das quatro da tarde e tínhamos tempo de sobra. Mesmo assim, estava um pouco barulhento ao redor para conversarmos seriamente sobre a veterana Kurata e Koichi. Afinal, nenhuma de nós pretendia realmente conversar.

Subimos as duas pelo trajeto repleto de recordações da veterana Kurata. Se construíssemos um túmulo, bastaria depois organizarmos cada qual os próprios sentimentos. *Em meio a isso, se Kimiko me perguntar sobre Koichi, direi a ela que jamais renunciarei a ele.* Era assim que eu pensava.

– Sachiko, desenhe algo. Desta vez ainda não fizemos o "um pedido por dia", não é mesmo? – Kimiko falou repentinamente enquanto tomávamos café a um canto da sala de estar.

Kimiko sabia que eu trouxera o material de pintura. Isso porque foi ela quem propôs que eu colorisse os desenhos na própria montanha, quando eu, ao voltar para o dormitório após o treinamento do clube, coloria os desenhos esboçados na montanha tentando a todo custo me lembrar das cores.

Contudo, mesmo elogiando minhas pinturas, Kimiko até aquele momento nunca havia manifestado desejar uma delas ou me pedira para pintar algo. Além disso, seria impossível recusar já que estava usando para isso o "um pedido por dia".

– Que desenho?
– Da veterana Kurata.

Percebi que Kimiko sentia o mesmo que eu. Tirei da mochila que estava no quarto o material de desenho e voltei para a sala de estar. Do lado de fora da janela, as montanhas tingidas pela luz do crepúsculo se alinhavam à distância e um ar solene parecia pairar como se fôssemos ouvir a qualquer instante algo semelhante ao som dos sinos de uma igreja. Realmente senti que naquele momento deveria desenhar a veterana Kurata, mas nunca fui muito boa retratista.

Mesmo assim, de qualquer forma tentei desenhar, e enquanto relembrava o semblante da veterana Kurata, estendi o caderno de esboços. Deslizando sobre ele o lápis, logo surgiu na folha branca volumosas dicentras peregrinas.

Kimiko sentou-se ao meu lado enquanto eu desenhava olhando para o caderno de esboços, mas não reclamou pelo fato de serem flores e não a veterana Kurata.

– É tão bom poder desenhar um coração simétrico nos dois lados. Meu coração sempre fica maior de um lado, desequilibrado.

Por que de repente ela falou isso?, pensei, e depois percebi a razão. Olhando para as partes das dicentras peregrinas vê-se o formato de um coração preso por um laço. Até então eu só via a flor em sua inteireza.

O desenho que fiz com o sentimento de instilar vida em cada parte no formato de coração das dicentras peregrinas, com cada galho repleto de flores exuberantes e envoltas cuidadosamente por um laço, pareceu com a veterana Kurata mais do que todas as dicentras peregrinas que eu desenhara até então.

– Coloque cores também.

Tinha essa intenção antes mesmo de Kimiko pedir. Desejava concluir o desenho. Queria dar forma a veterana Kurata que existia dentro de mim.

Ao entregar a Kimiko o desenho das dicentras peregrinas, ela sugeriu deixá-lo na cabana da montanha antes de retornarmos. Segundo ela, dessa forma a veterana Kurata não ficaria zangada com ela. E...

– Sachiko. Desenhe também o meu retrato. E o seu, o de Koichi, o de todos do clube. Se forem desenhos, todos poderemos permanecer juntos aqui.

Era isso. Como não era um túmulo, podia desenhar qualquer um. E o importante era todos estarem aqui.

Abri uma nova página do caderno de esboços.

– Sou uma flor de narciso pequena e branca, você é um trollius ou outra flor amarela. Seria isso?

– Espere. Vamos um de cada vez.

Desenhava com entusiasmo as flores alpinas citadas por Kimiko. Fui rodeada por caminhantes que entraram na sala de estar, mas sem me incomodar com eles continuei a movimentar a mão. Algumas flores eu só conhecia de nome e não me recordava delas claramente, mas pude desenhá-las porque uma pessoa que me observava abriu uma enciclopédia botânica de bolso dizendo *É esta, é esta*.

– Por último, Koichi? Pode ser um acônito. Porque tem um rosto afetado e é venenoso. Brincadeira, brincadeira. Seria lírio? Um lírio laranja.

Desenhei um lírio laranja mesmo sem vê-lo. Com convicção.

– Não acredito. Você está demorando o dobro de tempo que gastou com o meu... Depois de desenhar esse, me faça você também um pedido. Tipo: *desista do lírio laranja*. Essa história de "um pedido por dia" foi ideia da veterana Kurata, logo eu ouvirei atentamente – Kimiko afirmou e ouviu meu pedido.

Nem eu nem Kimiko sugerimos acabar com o "um pedido por dia". Porque era uma ideia da veterana Kurata. Por isso...

O dono aceitou alegremente quando pedimos para deixar o maço com meus desenhos em sua cabana. Sabia que ele a adornava com eles, mas não imaginara que os exibisse naquele local. Apesar de não ter pedido isso, a veterana Kurata está posicionada no centro, onde todos a rodeiam.

Mas o lírio laranja não estava lá.

– Ainda me toma realmente por um mentiroso? – Akio perguntou enquanto eu olhava para o teto. Sem palavras, ignorava como revidar. Se, por exemplo, fosse o desenho feito por outra pessoa, como me sentiria?

Quê? É só um desenho. Akio, você é um mentiroso. Certamente é o que eu diria.

– Quando me trouxeram até aqui e acordei, foi a primeira coisa que vi. Por que há flores florescendo no teto? Por algum tempo eu nem percebi que eram pinturas – Akio disse.

As flores das pinturas pareciam verdadeiras. Por isso, ele me trouxe aqui, pois eu desejava ver dicentras peregrinas fora da estação. Como eu poderia ter motivos para me decepcionar ou culpar Akio?

– Não, você não mentiu. E pude me encontrar com a veterana Kurata. Obrigado.

– Que ótimo. Conforme nos aproximávamos do cume, estava muito apreensivo, crente que você iria me bater.

Estava brincando? Era do fundo do coração? Parecendo aliviado, Akio retirou do bolso o maço de cigarros, olhou para as dicentras peregrinas no teto e devolveu o maço ao bolso.

Diante dos olhos um mar de nuvens violeta-claro brilhante se estendia. Mais adiante se via o Monte Fuji. Quanto tempo permanecemos sentados diante da placa onde estava escrito Monte Aka? Akio permaneceu completamente mudo desde que deixamos a cabana. Já havia fumado três cigarros.

Fiquei indecisa se deveria ou não dizer a ele que fora eu quem fizera aquelas pinturas. Ao olhar de repente para fora da janela, a neblina havia dissipado e um mar de nuvens alaranjadas se estendia iluminadas pelo Sol poente. Era um desperdício ver uma paisagem tão maravilhosa através de um vidro. Foi quando saímos os dois da sala de estar dizendo *Vamos nos dirigir ao cume*. O dono saiu de dentro do balcão de recepção e perguntou para Akio:

– Vocês dois se conheceram por causa daquelas pinturas?

– Não, trabalhamos no mesmo local.

– Não diga. Eu juraria que você gostou tanto daqueles desenhos que teria mandado uma carta de fã à professora de pintura para poder conhecê-la – o dono disse abrindo um sorriso para mim.

Gostaria de ter dito a ele para não me chamar de professora de pintura, mas percebi que a questão não era essa. Akio dirigiu ao dono um olhar confuso, como se ignorasse o significado.

– Quando os recebi, achei um desperdício enfeitar uma cabana de montanha com desenhos tão bons, mas quando a pessoa de uma editora veio de Tóquio por ter ouvido falar dos desenhos e me disse que desejava usar o do lírio laranja na capa de um romance sobre montanhas de um famoso escritor, fiquei admirado com o fato de um desenho poderoso poder atrair pessoas até um lugar como este. Contatei de imediato a senhorita Takano, quer dizer, a professora. Comprei também a coletânea de ilustrações publicada depois disso. Naturalmente a professora continua a desenhar, não é? – o dono, que até então conversava com Akio, apenas dirigiu essa última pergunta a mim.

– Uma vez ou outra, porque também ministro um curso de aquarela...

– Que bom – o dono disse voltando à recepção porque caminhantes haviam chegado.

– É isso.

Olhei para Akio e embora nossos olhares tivessem se cruzado ele nada falou. Não parecia estar zangado, tampouco tinha uma fisionomia amigável.

O silêncio era desagradável. Calcei às pressas os sapatos, e apesar de nos dirigirmos para o cume localizado cerca de cinco minutos da cabana, o silêncio perdurou. Enquanto isso, a cor do mar de nuvens passou de laranja para rosa e em seguida para violeta. Foi minha terceira vez no cume do Monte Aka, mas essa paisagem foi a primeira.

– Desculpe por não ter dito logo que eu desenhara as pinturas.

– Não há o que se desculpar. Em vez disso, quando propus irmos ao Monte Yatsuga, você não achou que as dicentras peregrinas a que eu me referia eram as suas pinturas?

– Nunca imaginei que fosse isso.

Se tivesse percebido, teria vindo até aqui? Talvez não. Mesmo lembrando de ter feito os desenhos, isso não me serviria de incentivo. Provavelmente relembraria o lírio laranja, e não as dicentras peregrinas, e possivelmente teria me recusado a vir considerando não ser um local para ir de forma alguma.

Antes disso, não me lembrava que Akio tivesse alguma vez prestado atenção nos meus desenhos. Esse tipo de coincidência seria possível? A paisagem quimérica diante dos olhos, contudo, me fazia lembrar que milagres como esse também aconteciam. Olhei para o mar de nuvens e respirei fundo.

– Akio, você é um arco-íris.

Dentro do mar de nuvens havia uma ponte formada por um arco-íris. Como se partisse do Monte Aka em direção ao Monte Fuji.

– Quando a chuva passa, por vezes aparece um – ele disse calmamente com o cigarro em uma das mãos.

Para um homem que se intitulava trazedor de chuvas, talvez um arco-íris não fosse nada raro. Mas, para mim, o que se estendia diante dos olhos era uma paisagem fantástica, e aquele era o momento exato de revelar minha decisão.

–Vou ser a doadora. Hesitar quando se tem a vida de uma pessoa na palma da mão é por si só estranho, mas finalmente consegui decidir. Talvez me arrependa ao pensar em meus pais. Mas ainda é melhor se arrepender por tê-lo salvado do que por não tê-lo. Vou apenas informar a minha mãe que me tornarei uma doadora e que desconheço quem receberá a doação. Direi que o hospital ainda tinha os resultados dos exames que realizei na época da veterana Kurata e descobriram a compatibilidade do meu tipo de glóbulos brancos com o de uma pessoa internada com leucemia. O que você acha...?

– Não é arriscado?

– O quê?

– Não sei o que será doado ou de que forma, mas não ficam cicatrizes ou sequelas?

– Nem havia pensado nisso. Não adianta pensar nisso agora.

– Muito altruísta de sua parte. Satsuki Takano é realmente uma mulher abnegada.

Seria isso um elogio? Minha maior alegria, no entanto, não foi pelo fato de ter sido elogiada, mas sem dúvida por ter sido chamada corretamente pelo meu nome.

Diante da porta de entrada, com a mochila nas costas e a mão esquerda escondida atrás do corpo, toquei com a mão direita a campainha e minha mãe apareceu correndo. Olhando meu rosto, exalou um suspiro de alívio. Não imaginava que estivesse tão preocupada.

– Estou de volta – disse estendendo a mão esquerda.

– Ah, você as colheu na montanha?

– Claro que não. A lembrança que trouxe da montanha é outra, mas, ao chegar à estação e passar pela galeria, de repente senti vontade de comprar flores. Não são lindas?

Ofereci a mamãe o buquê de gencianas azuis que segurava na mão esquerda.

– Tenho uma consulta para lhe fazer – acrescentei.

Porém minha mãe não fez menção de receber as flores. Apesar de sempre se apossar das que sobravam na aula antes mesmo de eu lhe oferecer.

– Conversa séria?

– Sim – assenti com a cabeça e ela estendeu ambas as mãos não para receber o buquê de flores, mas para apertar minha mão.

– Não é uma consulta, mas algo que você já decidiu, não é mesmo?

– Como sabe?

– Porque você comprou flores. Como seu pai costumava fazer. Por isso certamente o que você decidiu não está errado.

Minha mãe apertou forte minha mão e abriu um leve sorriso. Uma lágrima escorreu pelo seu rosto.

Uma enxurrada de lágrimas também rolou de meus olhos e incapaz de dizer *perdão* chorei copiosamente.

Rika

Ao atravessar a catraca, vislumbrei de pé duas pessoas de rostos conhecidos. O secretário e o Diretor. Senti vontade de suspirar ao pensar que tomei o trem bem cedo para vir até este lugar e continuar a batalha travada outro dia no Grand Hotel H, quando não obtive nenhum resultado.

— Peço-lhe desculpas pelo outro dia — o secretário falou em um tom polido, fazendo uma saudação.

Embora não estivesse sorridente, ele olhava para mim, o que representava por si só uma mudança na sua atitude naquele dia.

— O carro está em um estacionamento mais à frente. Permita-me carregar sua bagagem.

Serviço completo? Mas não tenho tanta bagagem assim. Uma bolsa a tiracolo e uma sacola de papel da Baikoudo.

— Não há necessidade. Obrigada.

Ao recusar ele disse apenas um *sendo assim*, virou-me as costas e começou a caminhar apressado. O Diretor foi em seguida, e eu os acompanhei. Não parecia ser bem-vinda; tratavam-me como a uma convidada.

Apesar de ter imaginado um carro preto do tipo que as estrelas de Hollywood costumavam usar, a porta que o secretário abriu dizendo *por favor* era a de um carro de passageiros relativamente grande, do tipo bom para ser usado também em trilhas na montanha. Talvez seja melhor apagar de minha cabeça a imagem que formei de uma casa de campo parecida a um antigo castelo europeu.

Acomodei-me ao lado do Diretor no banco traseiro. O carro arrancou.

Se estivesse no carro com um namorado, amigos ou familiares, certamente teria vontade de exclamar *Nossa, que lindo!* ao contemplar a paisagem, mas eu desconhecia qual era minha relação com as pessoas dentro do veículo.

— É o senhor Moriyama, não é? — tentei dizer me dirigindo ao Diretor que olhava para fora da janela.

— Quem lhe falou?

— Por intermédio da Baikoudo, fui diretamente até a sua casa. Queria lhe agradecer por visitar o túmulo de minha família. Muito obrigada.

Gostaria de perguntar sobre a relação dele com meus avós, mas pensei em primeiro agradecer descontraidamente. Porém, o Diretor Moriyama apenas emitiu um som quase inaudível, algo como *não* ou *nada*. Talvez fosse somente impressão minha, mas ele parecia exalar uma aura como se quisesse dizer *Não me dirija a palavra*.

— Aos poucos as folhas de bordo estão se revestindo de muita cor, não? Quanto tempo falta para chegarmos?

Permanecer calada após ter aberto uma vez a boca parecia dobrar o peso do ar, portanto tentei perguntar algo mais evasivo.

— Deixe-me ver. Para mim também é a primeira vez, não sei bem...

— Mais uns vinte minutos — o secretário, que até então dirigia calado, apressou-se a informar. — Como a casa de campo foi construída pelos meus pais, não havia até hoje convidado o Diretor. Como outro dia nos encontramos e desta vez iríamos conversar novamente com você, achei melhor pedir a ele para vir também.

Aparentemente o Diretor Moriyama chegara à estação em outro trem vinte minutos antes de mim. Então ele também era um convidado. Se a casa de campo fora construída pelos pais, isso significava que, na verdade, as pessoas envolvidas se reuniriam na casa de campo construída por K. Se fosse um romance policial, era o enredo perfeito para um assassinato ser cometido.

– Apesar de não ter contado para minha família sobre nosso encontro, a informação vazou e fui questionado. Sendo assim, contra-ataquei exigindo que também me dessem explicações e marquei uma reunião com todas as pessoas envolvidas.

Verdade? Pessoas envolvidas? O que era aquilo afinal?

De início pensei em pedir emprestado o dinheiro para a cirurgia de minha avó a K., essa pessoa que no dia vinte de outubro de cada ano enviava a minha mãe um enorme arranjo de flores e que, por ocasião da morte dela, ofereceu uma ajuda financeira à minha família, mas agora não era para pedir dinheiro emprestado que eu tinha vindo.

Afinal, para que eu tinha vindo?

Quem é K. e que relação mantinha com minha mãe? Por que lhe enviava flores, até mesmo após sua morte?

O senhor Moriyama, que atuava como Diretor na empresa de K., foi no passado colega de trabalho de meu avô, e a mãe da senhora Moriyama disse que ele devia muito a meu avô a ponto de ela não poder deixar de visitar seu túmulo.

Vim porque desejo saber qual é o vínculo existente entre K. e minha família.

Mas K. não estava mais neste mundo. Então, quem dará as explicações? Ah, espere um pouco.

Afinal, K. estaria indicando uma única pessoa?

Chegamos à casa de campo. Fiz bem em ter expulsado de minha mente a imagem do antigo castelo. Tratava-se de uma casa de madeira construída em uma localização ideal para se contemplar o Monte Aka. Mais do que uma casa de campo, uma cabana de montanha chique. Se meus pais estivessem vivos, provavelmente expressariam seu desejo de morar em um local como aquele.

Levados pelo secretário, entramos na casa, eu e o Diretor, sendo guiados até uma ampla sala de estar. Havia um aquecedor à lenha, e pinturas de plantas alpinas emolduradas nas paredes adornavam todo o redor do quarto a intervalos regulares. Em minha casa há desenhos com um toque bem semelhante. Gostaria de admirar com calma cada um deles, mas não era o momento para isso.

No sofá no centro do cômodo havia duas mulheres sentadas que se levantaram ao nos ver entrar.

Primeiro, certamente, as apresentações.

– Boa tarde. Sou Rika Maeda. Por favor, aceitem esta lembrança.

Entreguei a sacola de papel à senhora posicionada mais próximo de mim.

– Obrigada. São doces da Baikoudo, não? Eu os adoro.

Na sacola de papel e no papel de embrulho não constava o nome da loja. A senhora olhou a sacola de papel, e com um leve sorriso me encarou.

– Você é a cara de Satsuki – afirmou.

Continuou a sorrir, mas os olhos lacrimejaram. Não sabia como reagir. Quando por fim afastei o olhar, meus olhos encontraram os da mulher idosa por detrás dessa senhora. Mas foi a vez dela de desviar o olhar. Seria impressão minha ou ela num átimo parecia ter se assustado?

O que estaria por trás dessas duas formas de reação?

– Sim, sim. Não disse meu nome – a mulher sorridente falou enxugando as lágrimas com as pontas dos dedos. – Sou Kimiko Kitagami.

Essa senhora não seria K., a "Kimiko" de quem o dono da Baikoudo se recordava...?

– Eu e Satsuki fomos colegas de classe na universidade e dividíamos o mesmo quarto no dormitório.

Kimiko falou sobre a relação com minha mãe, Satsuki Maeda, cujo nome de solteira era Satsuki Takano.

Ambas foram convidadas pela veterana Kurata a ingressar no clube de montanhismo da Universidade W, onde conheceram Koichi Kitagami, dois anos mais velho. No primeiro encontro, minha mãe teria inadvertidamente chamado Koichi de *papai* e os dois acabaram se apaixonando.

Ela conseguia dizer *se apaixonando* com a fisionomia tranquila. Pessoas de idade me inspiravam medo.

Kimiko amava Koichi antes mesmo de minha mãe e sofria muito à medida que a amizade entre elas duas se aprofundava. Todavia, algo aconteceu que colocou o amor ou a paixão em segundo plano. A veterana Kurata recebeu o diagnóstico de leucemia mieloide aguda. O tratamento era um transplante de medula óssea. Os membros do clube realizaram exames de sangue, mas nenhum deles era compatível.

— Embora nenhum de nós fosse compatível com a veterana Kurata, descobriram que Satsuki e Koichi possuíam o mesmo tipo de glóbulos brancos.

Alguns anos atrás, o protagonista de uma série televisiva bastante popular também padeceu da mesma doença, mas, se me lembro bem, a probabilidade de compatibilidade com uma pessoa sem relação sanguínea era extremamente baixa, de uma em dezenas de milhares. Mesmo eu, enquanto ouvia o relato da senhora Kimiko, senti um pouco do laço entre minha mãe e Koichi e imaginei que ambos teriam ficado muito impressionados.

Kimiko continuou a contar.

A veterana Kurata não resistiu. Koichi curou a tristeza de minha mãe, mas não havia quem curasse a tristeza de Kimiko. Para curar sua própria tristeza e celebrar a amizade sincera existente entre minha mãe e Koichi, Kimiko convidou minha mãe para irem ao Monte Yatsuga pensando em construir um túmulo na montanha em que haviam ido juntas com a veterana Kurata.

Durante o caminho, elas desistiram da ideia de construir o túmulo e Kimiko pediu a mamãe que, em vez disso, fizesse desenhos. Os desenhos que agora adornavam aquele cômodo. Durante alguns anos estiveram enfeitando uma cabana na montanha, mas parecem ter sido trazidos para cá quando a casa de campo foi construída.

— Fizemos o "um pedido por dia" quando subimos a montanha. Por isso, pedi a Satsuki para fazer os desenhos e, por sua vez, ela me pediu que desistisse de Koichi.

Pensava que minha mãe era do tipo relativamente insensível, e me surpreendi que ela pudesse pedir algo tão profundo.

Depois de colocarem um ponto final dessa forma, Kimiko fortaleceu a amizade com minha mãe durante o restante da vida universitária, mas certo dia subitamente minha mãe se separou de Koichi e se desligou do clube. Por mais que Kimiko indagasse o motivo, minha mãe jamais se abriu. Kimiko perguntou a Koichi, mas ele também se calava.

As duas se formaram na universidade e a relação entre Kimiko, que continuou em Tóquio trabalhando, e minha mãe, que voltou para sua cidade natal, restringira-se a trocas de cartões de Ano-Novo. Depois disso, na missa de terceiro aniversário da morte da veterana Kurata, Kimiko se reencontrou com Koichi Kitagami e, conforme foram se vendo várias outras vezes, começaram a namorar e se casaram.

— Na época, perguntei outra vez a Koichi o motivo de ter se separado de Satsuki. Ameacei desistir de me casar se ele não me revelasse. Embora receosa, se não perguntasse teria de conviver com essa apreensão até o fim dos meus dias.

— E ele contou o motivo?

— Bem... Mãe, a senhora permite que eu conte? – ela perguntou à senhora que a ouvia calada, mas esta nada respondeu.

Ela continuou a olhar fixamente um dos desenhos da parede. Parecia um lírio.

— Ela é filha da mulher que salvou seu filho – Kimiko insistiu e a senhora assentiu levemente com a cabeça.

— O pai de Koichi e a mãe de Satsuki eram primos.

A mãe de Satsuki, minha avó, apareceu na história.

O pai de Koichi e meu avô trabalhavam na mesma empresa e houve um desentendimento entre eles. Logo depois disso meu avô sofreu um acidente de trabalho. Minha avó ficara convencida de que o marido fora assassinado e rompeu relações com a família Kitagami.

Minha mãe e Koichi descobriram o que acontecera no passado, e isso motivou sua separação.

– Por essa razão, após entrar para a família Kitagami, também cortei relações com Satsuki. Mas surgiu uma circunstância que me forçou a contatá-la a qualquer custo.

Koichi ficou doente. Leucemia mieloide aguda. Pediram aos parentes e ao pessoal da empresa para realizarem exames de sangue, mas ninguém tinha o tipo de glóbulos brancos compatível.

– E o banco de medulas ósseas? – perguntei, algo que me preocupava desde a conversa sobre a veterana Kurata.

– Naquela época ainda não existia – Kimiko respondeu.

Sendo assim, minha mãe era provavelmente a última esperança. Mesmo que um antigo namorado sofresse de uma doença que o conduzisse à morte, por ser o filho do inimigo que supostamente assassinou meu pai, ela não concordaria com facilidade. Kimiko deixou o filho pequeno, Nobuaki, aos cuidados de alguém e foi diretamente procurar minha mãe, mas assim que pronunciou o nome de Koichi, ela foi embora sem ouvir a conversa e começaram a discutir na estação. Quem passava por acaso por ali foi um conhecido do local de trabalho de mamãe, Akio Maeda, meu pai.

Depois que minha mãe fora embora, Kimiko explicou a situação a meu pai e pediu que de alguma forma a convencesse. Deixou com ele uma mensagem e, se não desse certo, pediu para transmitir a minha mãe que Kimiko desejava que ela recordasse de quando as duas subiram no Monte Yatsuga e, se mesmo assim não desse certo, ela desistiria.

– Akio levou Satsuki diretamente ao Monte Yatsuga.

Alguns dias depois, Kimiko recebeu um telefonema de mamãe. Ela aceitava ser a doadora.

Minha mãe falou o seguinte para Kimiko, que não cansava de agradecer.

– Não leve isso tão a sério e apenas pense no "um pedido por dia". O meu pedido é que você oculte de Koichi e dos membros da família Kitagami que eu sou a doadora. Direi a minha mãe que vou doar, mas vou ocultar que o receptor é Koichi, por isso, por favor, nunca mande um cartão de agradecimento.

— Cumpri minha parte no pacto, porém Koichi percebeu. A partir do ano seguinte, no dia vinte de outubro de cada ano, dia da cirurgia do transplante, ele decidiu enviar flores a Satsuki.

Então era isso.

— De que forma Satsuki recebia as flores todo ano? — Kimiko me interpelou.

Entendi o motivo do oferecimento das flores e podia me convencer também de terem sido tão deslumbrantes, mas como seria o sentimento dela? O antigo namorado de minha mãe que me desculpasse, mas na minha opinião ele agiu para apenas sua autossatisfação.

— Desconheço. Não ficava em particular alegre e apenas repartia as flores recebidas em grande quantidade colocando-as em vasos com a ajuda de toda a família. Para mim ela dizia que as flores eram entregues por ela ter acertado numa loteria.

— Loteria? É bem do jeito de Satsuki — Kimiko balbuciou como se estivesse aliviada.

Mas havia algo que não me convencera. Ouvindo a conversa de Kimiko, a parte final estava muito vaga.

— A voz de Koichi e a do seu pai são semelhantes?

— Sim, isso mesmo. A ponto de eu mesma me confundir ao telefone. Por quê?

— Como direi? O que aconteceu entre meus avós e a família Kitagami foi realmente imaginação de minha avó? O pai de Koichi não seria o famoso arquiteto Yosuke Kitagami?

— Isso mesmo. Você conhece bem — Kimiko respondeu inesperadamente. — É famoso, mas é alguém do passado. Mesmo assim, a memória do dono da Floricultura Yamamoto é fantástica.

— Não tenho interesse em arquitetura, mas na cidade onde moro há um Museu de Arte Michio Kasai projetado por Yosuke Kitagami. Dizem que foi o ponto de partida para que ele se tornasse reconhecido mundialmente como arquiteto, e mesmo hoje artistas vão expressamente até essa cidade interiorana para celebrar cerimônias de casamento. Ignoro se é devido à situação financeira ou não, mas dos três Museus de Arte Michio Kasai existentes no país, dois deles fecharam as portas e as obras expostas foram leiloadas, mas em minha cidade ninguém sequer cogita a possibilidade de fechar o museu. Procurei me inteirar sobre isso e me espantei quando soube que até as cartas de Michio Kasai endereçadas à poeta Setsuko Hori foram postas à venda.

— Ela é uma poeta famosa. Não sabia da existência dessas cartas.

— São de cerca de dez anos atrás e dizem que foram descobertas em meio aos bens do espólio de Setsuko Hori. Por algum motivo, eles não puderam se casar, mas estavam apaixonados e acreditavam mutuamente serem almas gêmeas para toda a vida. Parece que, mesmo quando Michio Kasai estava em tratamento em sua cabana no Vale das Chuvas, Setsuko o visitava com frequência às escondidas e, por isso, o governo provincial comprou as cartas por achar que poderiam ser expostas no museu de arte.

— Isso tudo são fatos? — O Diretor Moriyama perguntou. Até então permanecera calado, a ponto de eu não entender o motivo de ele ter sido chamado aqui.

— Talvez. Como pesquisei na internet, ignoro até que ponto são informações verdadeiras. Mas acredito que sejam mais corretas do que a minha forma de interpretar uma pintura — respondi dessa forma ao Diretor Moriyama e voltei o rosto em direção a Kimiko.

— Guardo lembranças dolorosas das pinturas de Michio Kasai, mas adoro aquele museu de arte. Yosuke Kitagami e minha avó são primos e meu avô trabalhava na mesma empresa, não é? Essa empresa era o Escritório de Arquitetura Kitagami?

Sem responder, Kimiko olhou para a mulher mais velha. Ela a chamava de mãe, mas seria sua mãe verdadeira? Se fosse sua sogra, era a mãe de Koichi, esposa de Yosuke. Ela deveria ter idade semelhante à de minha avó, trajava com elegância um vestido de grife, tinha as costas bem eretas e sentava de pernas cruzadas.

— Isso mesmo. O escritório começou as atividades naquela cidade interiorana. Com o sucesso do Museu de Arte Michio Kasai, houve uma avalanche de pedidos provenientes de todo o país e o escritório foi transferido para Tóquio — a senhora respondeu.

— Esta é Natsumi Kitagami, minha sogra — complementou Kimiko.

– Que mal-entendido ocorreu entre meu avô e Yosuke Kitagami? – perguntei a Natsumi.

– Uma tolice apenas.

– Mas minha avó acha que o marido foi assassinado. Não deve ser algo tão tolo assim.

Natsumi desviou o rosto e se calou. Sim, era ela.

– O senhor Moriyama trabalhava na mesma empresa e conhecia meu avô, não é? Não sabe o que aconteceu?

– Eu também... Nada...

– Então, por que sua mãe continuou visitando o túmulo de meu avô durante décadas?

– É porque ele a ajudou diversas vezes...

– Ontem, ao visitar a casa da família Moriyama, sua mãe veio até a porta e ao me ver começou a se desculpar. Abaixava a cabeça a ponto de quase tocar o chão. Eu estava sem maquiagem, com os cabelos presos, me vestindo como um homem. Sua mãe não teria me confundido com meu avô? O que ele deixou naquela cidade que sua mãe carregou dentro dela por tantas dezenas de anos?

O senhor Moriyama abaixou a cabeça e permaneceu calado. A única pessoa que não pretendia dizer nada.

– Kimiko, a senhora não sabe nada sobre isso? A senhora se convenceu só com aquela explicação do motivo da separação de minha mãe e Koichi, se casou e suplicou pela vida de seu marido a ela? A senhora me toma por idiota? O correto seria revelar o passado e, se houve culpa, pedir perdão, e só então solicitar algo, não acha?

– Eu pedi perdão – foi Natsumi quem respondeu. – Quando Koichi comentou sobre Satsuki, com quem se relacionava, ele disse que *sentia ser a força do destino o fato de haver um laço em uma probabilidade de uma em dezenas de milhares, mas não imaginava que existisse um laço sanguíneo*. Naquele momento não procurei entrar em detalhes, pois foi para mim um choque tão grande que me senti nauseada – Natsumi continuou com um tom de voz firme que não denotava sua idade.

Quando Koichi adoeceu e todos se desesperaram por não encontrarem um doador, Kimiko disse se lembrar de um conhecido dos tempos de estudante. Quando pediu a Natsumi para cuidar de seu filho, declarando que iria pedir a essa pessoa, Natsumi começou a desconfiar. Quando viu o rosto de Kimiko ao vir buscar Nobuaki, esta confirmou a Natsumi que a pessoa a quem ela pedira era Satsuki Takano, mas não obtivera dela uma resposta positiva. Por isso, Natsumi decidiu, junto com o marido Yosuke, pedir a Miyuki Takano que salvasse a vida do filho.

– Como certamente ela não ouviria nosso pedido se fôssemos de repente encontrá-la, escrevemos uma carta sob pseudônimo e, para que ela não desconfiasse vendo o carimbo dos correios, pedimos a um conhecido da cidade T para postá-la. Dessa forma, ela nos recebeu.

A carta mencionava que o filho Koichi sofria de leucemia mieloide aguda; que o tratamento seria um transplante da medula óssea; que era difícil encontrar um doador; que Koichi e Satsuki tinham o mesmo tipo de glóbulos brancos; e que isso fora descoberto quando os dois pertenciam a um clube de montanhismo na época de estudantes. Terminava a carta pedindo para terem um encontro para conversarem.

Uma resposta veio imediatamente por telegrama, mas ao visitar a família Takano na data designada, somente Miyuki estava em casa.

– Minha filha foi a uma excursão na montanha.

Foi quando meus pais subiram juntos o Monte Yatsuga.

Talvez tivessem escolhido esse dia por não terem de pedir a Satsuki. Desolado, o casal Yosuke e Natsumi pediu perdão pelo passado e implorou a ela que salvasse o filho. Eles sentiram pelo aspecto no interior da casa que a vida delas era simples e ofereceram uma ajuda financeira.

Minha avó respondeu com frieza.

– É muito estranho um pedido de perdão condicionado a uma troca. Vocês apenas fingem estar se desculpando por que desejam salvar o próprio filho, mas nem sequer pensam como tudo isso é deplorável em relação a Kazuya. Durante anos não deram a mínima para nós, e agora isso? Ajuda financeira? Não me façam de idiota. Criei minha filha sozinha e onde quer que vá ela nunca me envergonhou.

O casal Yosuke e Natsumi não encontrou palavras para revidar. Porque era tudo incontestável. Yosuke começava a desistir, mas Natsumi perseverou.

– Miyuki, você sabia que Koichi e Satsuki eram bons amigos e pensavam até em se casar? Depois dos funerais de minha sogra, eles descobriram sobre o passado e Koichi foi desprezado por Satsuki. Mas ele sempre se preocupou. Satsuki voltou para a cidade natal porque não conseguia emprego, não foi? Por intermédio de um conhecido de Yosuke, ele mostrou uma pintura de Satsuki a uma pessoa de uma editora. Sim, foi ele.

Revelar isso em um momento como aquele. Como minha avó teria se sentido?

– Que atitude covarde!

– Por quê? – Antes mesmo que eu pudesse me arrepender de ter falado sem pensar, Natsumi retrucou friamente. Certamente nada que eu dissesse seria aceito por ela ou por essa família. – Miyuki também falou o mesmo. Disse que foi melhor ter marcado a reunião em um dia em que a filha estivesse ausente. Eu me desesperei. Não sabia mais o que fazer para convencê-la. E foi então que Yosuke...

Natsumi de repente estancou as palavras. Olhou para o secretário Nobuaki. Havia algo que ela queria me dizer, mas não desejava que o neto soubesse.

– Vamos, fale logo – Nobuaki ordenou. Assim como eu, ele também sem dúvida desejava saber o que teria acontecido com os pais e os avós. Porque, em nome do pai e sem saber o motivo, ele fora propor a pessoas desconhecidas ajuda financeira e enviara flores.

– Vou eliminar do meu currículo o Museu de Arte Michio Kasai. Por isso, desejo que salvem meu filho – Yosuke declarara e baixara a cabeça para Miyuki.

– Museu de Arte? O que isso significa?

– O Museu de Arte Michio Kasai foi um projeto de Kazuya, e Yosuke efetuou retificações posteriormente – Natsumi explicou, escolhendo bem as palavras.

Kazuya Takano, meu avô, trabalhava na área comercial do Escritório de Arquitetura Kitagami e se inscreveu, sem que Yosuke soubesse, em um concurso de projetos para o Museu de Arte Michio Kasai, patrocinado pelo governo da província. Ao tomar conhecimento disso, Yosuke pediu à prefeitura que lhe enviasse de volta os desenhos e corrigiu partes com problemas estruturais, refazendo a inscrição em nome do escritório.

Por que não falaram desde o início algo tão importante?

– Aquele museu de arte é considerado o ponto de partida do sucesso de Yosuke Kitagami e é sua obra mais representativa, aquela que ele em toda a vida nunca conseguiu superar, não é mesmo? Conforme minha avó disse, meu avô foi assassinado?

– Na realidade foi um acidente. Não é, senhor Moriyama?

Natsumi olhou para o Diretor. Eu também olhei para ele. Todos ficamos atentos.

– Yosuke não contou a verdade à senhora?

– Verdade? O que o senhor quer dizer com isso?

– Sobre o dia em que o acidente ocorreu. O fato de Yosuke ter mentido para a polícia.

Natsumi conteve a respiração.

– Naquele dia, nós três, eu, Yosuke e Kazuya, fomos ao Vale das Chuvas. Lá, desejávamos ter uma imagem geral do futuro prédio. Por isso, Yosuke sugeriu que subíssemos o Monte Mikasa – o senhor Moriyama começou a contar sobre aquele dia.

Kazuya tentou impedir, argumentando que o movimento das nuvens estava irregular, mas Yosuke insistiu que iria mesmo que sozinho. Sem outro jeito, subimos os três o Monte Mikasa. Na ida, dentro do carro, Kazuya comentou com Kiyoshi que desejava consultar a mãe dele sobre algo relacionado à saúde da esposa. Aproveitando-se disso, Yosuke perguntou a Kazuya se ele tinha sido castrado pela esposa a ponto de esquecer como subir uma montanha e coisas semelhantes, e talvez por isso meu avô acabou se sentindo forçado a ir. Fora isso, Kazuya e Kiyoshi calçavam tênis, mas Yosuke tinha sapatos de couro.

Conforme previsto, começou a chover e todos ficaram ensopados até chegarem a um local de rochas projetadas em direção ao rio, bem na metade do caminho na montanha. Yosuke disse que tiraria fotos ali. Kazuya alertou que as rochas seriam perigosas porque Yosuke calçava sapatos de couro e, segurando ele próprio a câmera, foi até as rochas, caiu de lá de cima e morreu afogado.

— O que Yosuke testemunhou para a polícia? — perguntei, apertando com força meus dedos trêmulos.

— Ele insistiu que Kazuya queria subir a montanha.

— Por que essa mentira? O senhor não contou a verdade?

— Não pude contar.

— Por quê?

— Porque havia algo que me fez sentir culpado em relação a Kazuya. Fui eu quem informou a Yosuke que Kazuya se inscrevera no concurso. Quando eu e Yosuke descemos a montanha, ele me disse: *Vamos alegar que Kazuya insistiu em nos fazer subir a montanha. Do contrário, serão levantadas falsas suspeitas de que eu o teria assassinado em razão do concurso. O mesmo com relação a você.* Por isso, mentimos.

— Que crueldade.

— Então foi você que informou a Yosuke? Miyuki declarou na frente de todos que eu fui a culpada. Apesar de nunca ter falado com Yosuke sobre Kazuya. Talvez até hoje ela me culpe por isso. Mas por que você fez algo assim? Você tinha mais afeição por Kazuya do que por Yosuke, não é? — A meu lado Natsumi novamente disse algo estúpido e eu senti vontade de ranger os dentes.

— A interpretação da pintura.

— Como? — Até eu exclamei com voz estúpida ao ouvir a resposta do senhor Moriyama.

— Ontem no hotel, quando perguntei a você, Rika, sobre a pintura de Michio Kasai, sua explicação foi algo transmitido a você por alguém de sua família, não foi?

— Não, absolutamente. Minha família ignora tudo o que se refere a esse pintor e nunca contei a ninguém de casa sobre a vergonha que passei na excursão...

— Inacreditável...

— Se é daquela forma que vejo a pintura, nada posso fazer com relação a isso, não acha? Como disse naquele dia, cada pessoa tem uma interpretação diferente de uma pintura abstrata.

Por que Michio Kasai reaparece agora?

– Minha avó via as pinturas de Michio Kasai da mesma maneira que você. Ouvindo a interpretação de minha avó também passei a ver da mesma forma que ela. E falei sobre isso com Kazuya. E ele confessou que passou a ver também as pinturas dessa forma e foi assim que ele concluiu os desenhos do museu de arte. Esperava que ele incluísse meu nome também no campo do nome do projetista e perguntei discretamente a um conhecido que trabalhava na prefeitura da província. Mas só constava o nome de Kazuya. Foi uma frustração.

– Era sobre o meu avô que se referia no outro dia então. Que tolice.

– Para mim não era uma tolice. Sentia muita lástima por minha avó. Achava que ela poderia ser uma amiga especial de Michio Kasai. Porque eu ouvira falar sobre o episódio de uma amante visitando-o na cabana. Até pouco tempo eu acreditava que seria minha avó. Por isso, achei que estivesse usando uma forma de interpretação ensinada especialmente à pessoa amada...

– O senhor tinha apenas inveja por não ter conseguido se aproveitar do talento de meu avô. Além do mais, é um equívoco. Deve ter pensado *Viu só, seu idiota*, quando meu avô morreu?

– Não, de jeito nenhum. Uma única vez, não conseguindo aguentar, cogitei revelar tudo à esposa dele. Mas aconteceu algo que me fez ver que não deveria fazê-lo e acabei não dizendo nada. Minha mãe percebeu que eu tinha a consciência pesada. Três anos depois do incidente revelei tudo a ela, na noite anterior à ida com Yosuke para Tóquio. Minha mãe se despediu de mim dizendo para deixar tudo por conta dela.

– Sórdidos todos vocês. Foram embora deixando para trás o que fizeram naquela cidade. Viveram felizes como se nada houvesse acontecido e apenas choramingaram no momento conveniente. Minha avó jamais perdoaria gente como vocês.

– Não perdoou – Natsumi disse.

Graças ao Museu de Arte Michio Kasai, tornou-se famoso, conquistou a posição de agora, e eliminar doravante do currículo é apenas o desejo de Yosuke. Li em alguma revista que, mesmo recebendo prêmios em concursos internacionais, nunca superou sua primeira obra. E fala-se tanto disso a ponto de chamar atenção logo de mim, que fujo de notícias relacionadas a vocês. Você não quer escapar do talento de Kazuya? Se você roubou, carregue durante toda a vida a responsabilidade. O casal Yosuke e Natsumi só ouvia cabisbaixo as palavras de minha avó. Os dois desistiram achando que era o fim. No entanto...

Jamais os perdoarei. Mas quem deve decidir se vai ou não ser doadora é minha filha. Por isso, qualquer que seja a resposta dela, nunca voltem a pisar nesta casa. Não tenho intenção de contar a ela sobre o passado e sobre a vinda de vocês aqui hoje, minha avó declarara. Não estaria ela convicta de que a filha aceitaria ser doadora? E foi assim que minha mãe tomou aquela decisão.

Minha avó e minha mãe continuaram, como mãe e filha, a deixar trancados no peito os acontecimentos que ocorriam com cada uma delas de forma a não se ferir mutuamente. Durante muitos anos, durante décadas.

— Depois da morte de Satsuki, fui eu quem insisti na ajuda financeira e pedi a Koichi que continuasse a enviar flores. Porque Miyuki jamais aceitou receber nossos agradecimentos — Natsumi afirmou.

— Creio que tanto minha avó quanto minha mãe não desejavam isso. Mas para mim foi bom. Porque, aos poucos, ao puxar essa corrente de flores pude saber sobre meus pais e avós.

— Fico feliz em ouvir isso. E gostaria de aproveitar para pedir que nos deixe pagar as despesas de cirurgia de Miyuki. E, se possível, também que nos permita arranjar um trabalho para você.

Ela realmente não entendeu nada. Continuaria assim por toda a vida? Mas quem primeiro disse que desejava tomar dinheiro emprestado fui eu. Acabei fazendo justamente aquilo que eu menos deveria fazer.

— Peço desculpas por ter pedido o dinheiro, mas vou declinar tanto das despesas da cirurgia quanto de um emprego. Por favor, parem de enviar flores. Vamos colocar um ponto-final em tudo isso.

— Então não vai nos deixar fazer nada? — Natsumi disse amuada.

— Rika, por favor. Faça o "um pedido por dia" no lugar de Satsuki — Kimiko disse.

Meus olhos se encheram de lágrimas sem entender o motivo. Era covardia dizer para fazer um pedido em lugar de minha mãe, mas na verdade, mesmo entendendo as circunstâncias, havia algo que eu desejava pedir.

— Então, uma única vez, por favor realizem um pedido de minha avó.

Coloquei minha avó sentada na cadeira de rodas e empurrei lentamente. Subimos uma rampa. Nas instituições públicas se vê com frequência rampas provisórias ao lado de escadas, mas aqui elas existiam desde o início. Meu avô, Kazuya, deve ter imaginado que haveria diversos tipos de visitantes.

Comprei dois ingressos no guichê, entramos e seguimos em frente. No centro do amplo andar, no local que mais chamava a atenção, essa pintura está exposta.

Lua ao alvorecer. Posto em leilão, o quadro fora adquirido pelo Escritório de Arquitetura Kitagami e, em comemoração aos 55 anos de fundação da empresa, fora doado a este Museu de Arte Michio Kasai. *Em homenagem aos serviços prestados por Kazuya Takano*, estava escrito.

Ao saber que essa frase fora acrescentada, telefonei ao secretário Nobuaki protestando, pedindo para pararem com tais atitudes inescrupulosas. *Assim como você gosta de sua avó, amo meu avô e desejo dessa forma libertá-lo.* Desisti ao ouvir dele sobre a situação atual de Yosuke Kitagami.

Não foi divulgado oficialmente, mas há mais de uma década Yosuke Kitagami apresenta sintomas de demência e parece estar internado em uma instituição. Mesmo hoje, quando acabou esquecendo tudo sobre a família, por vezes, como se relembrasse, desenha a lápis em um papel algo semelhante ao Museu de Arte Michio Kasai para logo depois rasgar e jogar fora.

Com os olhos marejados de lágrimas, minha avó admirava intensamente a pintura.

— Foi do jeito que a senhora imaginava? — perguntei estendendo-lhe um lenço.

– Obrigada – ela agradeceu enquanto enxugava com o lenço as lágrimas que rolavam. Seu olhar não desgrudava da pintura. O que estaria pensando?

Na véspera da cirurgia, contei a minha avó, Miyuki, tudo o que acontecera na casa de campo de Kiyosato. Talvez devesse guardar alguns fatos somente para mim, mas era difícil julgar o que eu deveria dizer a ela e o que deveria ocultar. Acabei desistindo e contando tudo.

Ela permaneceu calada e por vezes ouvia tudo chorando. Ignoro o tipo de sentimentos que teria para cada acontecimento. Depois de acabar o relato, minha avó falou apenas sobre minha mãe.

– Eu sabia que Satsuki tinha ido à montanha com Akio. Notei que ela não fora com Kimiko por ter lido a carta e também porque Akio abriu um mapa do Monte Yatsuga enquanto jantava no restaurante onde eu trabalhava.

Ela me relatou isso diante do altar budista. Aproveitou para atualizar o florista Kenta, e disse que não havia mais necessidade de fazer uma oferta no leilão.

Encontrei de alguma forma um local de trabalho. No mês seguinte com coragem começaria a dar aulas de inglês em uma escola preparatória na cidade, e seja o que...

– Ah, com licença – ouvi uma voz por detrás de mim.

Era uma funcionária do Museu de Arte. Ela segurava um buquê de rosas cor-de-rosa.

– Pois não.

– No primeiro andar está sendo realizada agora uma cerimônia de casamento, e como já está chegando ao final, o casal descerá por aquela escadaria. Vocês poderiam, por favor, entregar a eles estas flores? – ela nos pediu.

Ao olhar para os arredores da escada, várias pessoas se enfileiravam formando um caminho, cada qual segurando uma rosa. Era intenção do Museu de Arte celebrar a presença dos visitantes, como no caso do casal de arquitetos residentes em Hokkaido que se conheceu em função deste museu e que veio até esta cidade interiorana distante para celebrar a dois a festa de casamento.

Recebemos, eu e minha avó, uma rosa cada, e nos juntamos aos demais no caminho de flores sob a escada.

Dentro do Museu uma música começou a tocar. Os noivos apareceram no alto da escada. O vestido branco da noiva resplandecia. Exibindo sorrisos radiantes, os dois fizeram uma saudação em agradecimento, se deram os braços e começaram a descer a escadaria passo a passo.

– Que lindo – minha avó exclamou apertando os olhos. – Hoje é um dia realmente maravilhoso. Mas se a noiva fosse você, Rika, seria ainda mais espetacular.

Essas palavras poderiam ser consideradas afrontosas, mas por algum motivo eu estava muito alegre e as lágrimas não paravam de correr.

LEIA TEMBÉM:

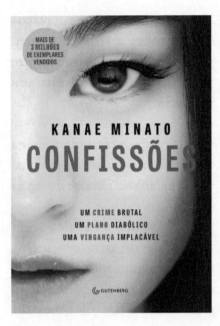

Seus alunos mataram sua filha. Agora ela quer se vingar.

O mundo da professora Yuko Moriguchi girava em torno da pequena Manami, uma garotinha de 4 anos apaixonada por coelhinhos. Agora, após um terrível acontecimento que tirou a vida de sua filha, Moriguchi decide pedir demissão.
Antes, porém, ela tem uma última lição para seus pupilos. A professora revela que sua filha não foi vítima de um acidente, como se pensava: dois alunos são os culpados. Sua aula derradeira irá desencadear uma trama diabólica de vingança. Narrado em vozes alternadas e com reviravoltas inesperadas, Confissões explora os limites da punição, misturando suspense, drama, desespero e violência de forma honesta e brutal, culminando num confronto angustiante entre professora e aluno que irá colocar os ocupantes de uma escola inteira em perigo.

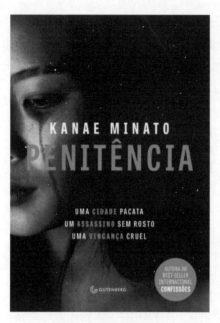

Um arrepiante suspense psicológico sobre a vida de quatro mulheres, unidas para sempre por um dia terrível em sua infância.

Quinze anos atrás, uma menina de 10 anos foi assassinada em uma pacata cidade do interior do Japão. Quatro garotas que estavam com a vítima pouco antes de ela ser morta falaram com o suspeito, mas, por algum motivo, nenhuma delas conseguia se lembrar do rosto dele, e o caso foi arquivado. A mãe, inconformada com a perda da filha, queria vingança, e ameaçou as garotas: "Eu nunca vou perdoar vocês. Façam o que for preciso para encontrar esse assassino. Se não conseguirem, cada uma terá que pagar uma penitência".

Mesmo com esse fardo sobre os ombros, as protagonistas, Sae, Maki, Akiko e Yuka, conseguem chegar à vida adulta. Mas uma série de tragédias as espera.

Este livro foi composto com tipografia Bembo e impresso
em papel Off-white 70 g/m² na Formato Artes Gráficas